古典文獻研究輯刊

二二編

曾永義 主編

第 2 冊

學為通儒：焦竑與明代隆慶、萬曆年間文學思潮

楊敏 著

國家圖書館出版品預行編目資料

學為通儒：焦竑與明代隆慶、萬曆年間文學思潮／楊敏　著 --
初版 -- 新北市：花木蘭文化事業有限公司，2020〔民 109〕
目 2+202 面；19×26 公分
（古典文學研究輯刊　二二編；第 2 冊）
ISBN 978-986-518-172-7（精裝）
1.（明）焦竑 2. 儒學 3. 思想史 4. 明代
820.8　　　　　　　　　　　　　　　　　　109010540

ISBN-978-986-518-172-7

9 789865 181727

古典文學研究輯刊
二二編　第 二 冊　　　　　　ISBN：978-986-518-172-7

學為通儒：焦竑與明代隆慶、萬曆年間文學思潮

作　　　者　楊　敏
主　　　編　曾永義
總 編 輯　杜潔祥
副總編輯　楊嘉樂
編　　　輯　許郁翎、張雅淋　美術編輯　陳逸婷
出　　　版　花木蘭文化事業有限公司
發 行 人　高小娟
聯絡地址　235 新北市中和區中安街七二號十三樓
　　　　　　電話：02-2923-1455／傳真：02-2923-1452
網　　　址　http://www.huamulan.tw 信箱 hml810518@gmail.com
印　　　刷　普羅文化出版廣告事業
初　　　版　2020 年 9 月
全書字數　175913 字
定　　　價　二二編 9 冊（精裝）台幣 22,000 元

學為通儒：焦竑與明代隆慶、萬曆年間文學思潮

楊敏 著

作者簡介

楊敏，女，1986 年生。首都師範大學中國古代文學博士，湖南師範大學中國古代文學博士後（在站）。師從左東嶺先生治中國文學思想史。現就職於雲南民族大學文學與傳媒學院。

提　　要

　　本文以在明代隆慶、萬曆時期對思想界與文壇有重要影響力的學者型文人焦竑為研究對象。焦竑，字弱侯，江蘇南京人，在明代中後期以博學著稱。在整個明代學術史上，以博學著稱者，除楊慎外當首推焦竑。焦竑在為學上表現出「淹雅」的特點，在為人上則體現出一種「學為通儒」的人格類型。他出生於嘉靖二十年，而自嘉靖四十五年開始對思想界、文壇等產生影響。本文採用文學思想史的研究方法，對其人格心態、學術思想、文學思想以及其對隆慶、萬曆年間文學思想的影響進行全面探析。

　　本文共分為四章。

　　第一章首先是在整體上梳理隆慶、萬曆年間政局與士風的演變，其次是通過對焦竑與當時不同士人群體交遊狀況的考證來說明其與隆慶、萬曆年間時代思潮的扭結點，探尋其是如何參與到時代思潮的演變中的，找到其與時代思潮的關聯所在。

　　第二章分析焦竑「學為通儒」的人格特徵與學術思想。首先，焦竑對於道德性命之學頗有研究。其次，其亦有經世治國之志向與建樹。在學風日趨空疏，士人日益追求自我解脫的中晚明，焦竑之通儒人格，特別是其經世情懷，具有十分重要的意義。焦竑的學術思想呈現出尊德性與道問學並存，三教會通的總體特徵。析言之，又體現在其心學、性空理論與經世實學幾個方面。

　　第三章分析焦竑的文學思想。焦竑的文學思想是其在學為通儒的人格心態與學術思想的共同作用下形成的，呈現出一種複雜性，並非之後的性靈文學所能涵蓋。本章擬從大文觀、文章觀與詩學觀三個層面探討焦竑的文學思想。

　　第四章分析焦竑與隆慶、萬曆年間文壇的關係。焦竑與隆慶、萬曆年間文壇的聯繫，主要是通過與李贄和袁宗道之間的交往來體現的。另外，南京是焦竑的重要活動場所之一，其與金陵文人亦有交往。本章擬從這三個方面揭示焦竑與隆慶、萬曆年間文壇的關係。

目
次

緒　論

一、論題的形成

　　本文的研究對象是明代中晚期著名思想家，同時在當時文壇也很有影響力的學者型文人焦竑，之所以以此為研究對象，基於下列幾點原因：

　　（一）焦竑是明代中後期著名的學者、思想家、藏書家、文學家。他主述陽明心學，反對朱程理學，認為學者應該獨立思考、卓然自見，是一個兼容並蓄、不拘故常的文化、思想集大成者。他一生博學多聞，於心學、文學、史學、考據學等諸多領域都有所建樹，在文壇、儒林素有雅望，影響頗大。他與李贄、公安三袁都有過交往，他的人生見解、哲學觀點等對李贄、三袁等產生了很大影響，以至於文學史家都目之為性靈派的先驅。同時他的文學思想又具有自己的特點，其文學觀與李贄和三袁都有不可忽視的區別。其學術思想和文學思想呈現出一定的複雜性。

　　（二）士人心態、學術思想、文學思想的演進之間存在著密切的聯繫，這一點在焦竑身上體現得尤為明顯。對焦竑進行研究，有益於對三者關係的深入把握。

　　（三）焦竑研究的意義不僅在於其本身思想的複雜性，更在於其與時代精神的關聯。焦竑所生活的嘉靖晚期以及隆慶、萬曆年間確為一轉折時期，而其以一種非常積極的態度參與並推動了社會思潮的轉折。焦竑交遊之廣，也可以使我們透過其交遊的狀況窺視出時代的精神狀況。

　　基於上述原因，本文希望能夠對焦竑與隆慶、萬曆年間文學思潮的演變做深入研究，還原其思想的本來面貌，揭示出時代的精神狀況與文學思想的演變。

二、焦竑研究現狀

　　古代學者對焦竑已多有評介，最早論及焦竑學術史地位的是明末清初的黃宗羲。他在《明儒學案》中，將焦竑歸入泰州學案，稱「金陵人士輻輳之地，先生主持壇坫，如水赴壑，其以理學倡率，王弇州所不如也」。〔註1〕黃宗羲對焦竑在王學發展史上的作用與地位給予了很高的評價，但對其「以佛學為聖學」則頗有微詞。清人論焦竑一般皆祖述黃宗羲，《四庫全書總目提要》雖然稱讚焦竑博洽，但對焦竑學雜釋、道極為不滿，認為「竑友李贄，於贄之習氣沾染尤深。二人相率而為狂禪，贄至於詆孔子，而竑亦至崇楊、墨，與孟子為難，雖天地之大，無所不有，然不應妄誕至此也。」〔註2〕真正意義上的焦竑研究始於20世紀30年代。1938年容肇祖撰寫《焦竑及其思想》〔註3〕一文，應是焦竑研究的嚆矢。自20世紀80年代至今，焦竑日益受到廣大研究者的關注，學界湧現出了大批研究成果。按其所述內容不同，可將其分為焦竑哲學思想研究，焦竑史學思想研究，焦竑文學思想研究，焦竑美學思想研究，焦竑生平、交遊活動研究，焦竑文獻研究等多個方面。

（一）焦竑哲學思想研究

　　縱觀整個焦竑研究史，關於焦竑哲學思想的研究可謂是開啟最早、用力最勤、成果最多的部分。最早對焦竑哲學思想進行研究的是上述容肇祖《焦竑及其思想》一文。該文最早編訂焦竑年譜，將焦竑思想概括為會通儒佛、博學返約、注重實際、反對放浪無忌憚等幾方面，並認為其博學與返約的思想是統一的。由於焦竑注重向內的一路，「故此大膽的承認佛經所說」，「認為孔門的學問亦在於空」，「人性本是空」，故而主張復性。同時焦竑是「重行檢的」，「有懲泰州後輩放任之失」，很有「實用主義色彩」。〔註4〕這一成果具有重要的開啟作用，之後研究者大多沿襲此思路論述焦竑哲學思想。這一類型的研究成果有牟鍾鑒《焦竑的主體意識和求實精神》〔註5〕，該文具體論述了焦竑強烈的主體意識，融通三教之學，由博返約的博學，為學注重實踐以及

〔註1〕黃宗羲：《泰州學案四》之《文端焦澹園先生竑》，《明儒學案》卷三十五，北京：中華書局，2008年版，第829頁。

〔註2〕永瑢：《四庫全書總目》卷一百二十五子部三十五，清乾隆武英殿刻本。

〔註3〕容肇祖：《焦竑及其思想》，《燕京學報》1938年第22期。

〔註4〕容肇祖：《焦竑及其思想》，《燕京學報》1938年第22期。

〔註5〕陳鼓應、辛冠潔、葛榮晉：《明清實學思潮史》，齊魯書社1989年版，第250～263頁。

小學方面的成就。蔡文錦《論焦竑的哲學思想》〔註 6〕從盡性至命之學,「百姓日用之道」的哲學特質,大圓智鏡的佛學特質與樸素辯證法思想,寬商惠民與仁義功利相結合等方面分析焦竑哲學的內涵。

　　在關於焦竑哲學思想的研究中,焦竑心學思想與實學思想的關係,是研究者所探討的重要論題。余英時在《從宋明儒學的發展論清代思想史——宋明儒學中智識主義的傳統》(載《論戴震與章學誠》)〔註 7〕一文中,以焦竑為例考察明中後期所謂儒家智識主義的興起,認為焦竑在心性之學方面可說是結束人物,在博學考訂方面卻是一開創人物,並因此認為其學分為「兩橛」,有內在矛盾。弱侯以一個王門理學家而從事博文考訂工夫,則更可見儒家思想的動向。焦氏的出現象徵著儒學從「尊德性」階段到「道問學」階段的過渡。趙樹廷《心學的絕唱,實學的序曲——焦竑學術遞嬗的個案探析》〔註 8〕認為焦竑之學內求真心、外濟實用,將主體的自覺和對客體的認識統一起來,既得王學「精一」、「執中」之旨,又力挽王學末流空言之弊,對明清學術遞嬗影響深遠。焦竑的學術上承心學之緒,下啟實學之端,誠為明清間風氣轉換之嚆矢。心學與實學是焦竑思想體系中兩個緊密聯繫的組成部分,探討兩者關係不僅能夠深入展現焦竑哲學思想,而且能由此窺探中晚明學術發展之大勢。陳鼓應等人的《明清實學思潮史》中專門探討了焦竑的實學思想。指出焦竑頗重小學工夫,首開古書辯偽之風,在詩經研究中發現「古詩無叶音」,這對於明清考據學的發展貢獻甚大。陳氏著重論述了焦竑的實學並且強調焦竑同於李贄的異端色彩。〔註 9〕此外,哥倫比亞大學的錢新祖發表了題為《焦竑對程朱理學的反駁》〔註 10〕一文,從考證學發展的角度論證晚明王學左派對程朱學派的反叛是清代考據學發展的一個源頭,而焦竑在其中更是居於領袖地位。其後,錢新祖在此文的基礎上改寫成他的著作《焦竑與晚明新儒學的重構》〔註 11〕。此後,余英時撰文對錢氏此書發表評論,題為《重訪焦竑

〔註 6〕蔡文錦:《論焦竑的哲學思想》,《江南大學學報(人文社會科學版)》2004 年第一期。

〔註 7〕余英時:《論戴震與章學誠》,三聯書店 2000 年版,第 290～321 頁。

〔註 8〕趙樹廷:《心學的絕唱,實學的序曲——焦竑學術遞嬗的個案探析》,《山東大學學報(哲學社會科學版)》,2008 年第 1 期。

〔註 9〕陳鼓應:《明清實學思潮史》卷十八,濟南:齊魯書社,1989 年版。

〔註 10〕Edward T. Ch' ien, Chiao Hong and the Restructuring of Neo-Confucianism in the late ming(NewYork: Columbia University Press, 1986).

〔註 11〕Edward T. Ch' ien, Chiao Hong and the Restructuring of Neo-Confucianism in the late ming(NewYork: Columbia University Press, 1986).

的思想世界》〔註12〕。該文對錢著的史料運用以及論證過程提出質疑，並且認為焦竑的考證興趣並非來自其哲學立場，焦竑作為理學家、考證學者和文人可以分別從明代的哲學、考證、文學這三個學術潮流來理解，三者雖非無關但有其自身的發展脈絡。其次，關於氣的一元論與考證的關係，他認為氣一元論源於明代的程朱派學者羅欽順，因此如果從理學傳統中找尋考證的根源，與其強調陸王還不如強調程朱，並且他認為將焦竑說成是氣的一元論者是值得懷疑的。周啟榮（ChowKai—wing）認為明代楊慎、焦竑等人的考證與清代考據學只有技術上的聯繫，而兩代學者對於考據的理解以及運用考據所要達到的目的都不相同。〔註13〕林慶彰的《明代考據學研究》一書，其中有關於焦竑的專門章節，該文承認焦竑在明清考據學史上的價值，但認為他始終是一個處於心學與考據學的「兩截」人物。〔註14〕

近年來，對焦竑「融通三教之學」進行專題研究是焦竑研究的熱點。張學智《焦竑的儒釋道三學》〔註15〕論述了焦竑知性復性之儒學，儒釋不二，以道補儒的思想，特別具有新意的是其指出焦竑思想中「禮的形而上學解釋」，認為這種觀點是焦竑「三教會通」之學的內在基礎。龔鵬程的《晚明思潮》〔註16〕中以「攝道歸佛的儒者」為題，探討焦竑的三教會通的思想。2005年對於該問題的研究出現了兩部力作：黃熹《焦竑三教會通思想研究》〔註17〕、劉海濱《焦竑與晚明會通思潮》〔註18〕。前文為個案研究，文中從焦竑三教會通思想的理論背景、理論依據、基本特徵，以及經典注釋中會通思想的表現等部分，具體而深入的展示了焦竑三教會通思想的內在理路，論證的邏輯過程，以及所包含的具體內容。該文鞭闢入裏、論證精微，是迄今研究焦竑三教會通之學最為重要之作。後文引入了「會通思潮」的概念，所謂「會通思潮」除了指稱王學內部以三教合一為宗旨的會通派王學外，還是晚明思想學術各領域中，自覺或不自覺地受到會通派王學的影響，採用會通的態度和思

〔註12〕余英時：《重訪焦竑的思想世界》，收入《人文與理性的中國》，上海古籍出版社2007年版，第68～102頁。

〔註13〕 Chow Kai-wing, "YangShen and Chiao Hung: Various Uses of Philology in the Ming Period",《漢學研究》第10卷第1期（1992年6月）。

〔註14〕林慶彰：《明代考據學研究》，臺北：臺灣學生書局，1986年版。

〔註15〕張學智：《明代哲學史》，北京大學出版社2000年版，第283～296頁。

〔註16〕龔鵬程：《晚明思潮》商務印書館2005年版，第73～117頁。

〔註17〕黃熹：《焦竑三教會通思想研究》，北京大學中國哲學系宋明理學專業2005博士論文。

〔註18〕劉海濱：《焦竑與晚明會通思潮》，復旦大學歷史學系2005年博士學位論文。

想方法對待理論、學術，在各自領域進行理論和學術創新或改造的思想潮流的總稱。作者認為焦竑乃是此種會通思潮的典型代表。並以焦竑的生平為經，交遊為緯，考察了會通思潮在晚明的興衰。該文將焦竑置於晚明社會思潮的具體語境中，試圖找出其與時代精神的扭結點，這是非常值得肯定的。劉文雖對焦竑三教會通思想研究不如黃文細緻深入，然而在展示時代思潮方面尤為可貴。另外，岡田武彥《王陽明與明末儒學》〔註19〕對其思想有簡略評述，將焦竑歸為所謂王門現成派系統下的容禪派，著眼於焦竑會通三教的思想特點。余英時《重訪焦竑的思想世界》一文認為焦竑「三教合一」思想來源於王畿，但同時強調不能因為這樣低估其重要性，像其他任何歷史中的思想家一樣，只有當歷史學家找到他在思想世界中所處的恰當位置，他才能被真正理解。〔註20〕

此外，還有一些研究成果專門論述焦竑哲學思想的某一方面。如黃熹《從「明道」到「明性」——焦竑〈老子翼〉思想闡釋》一文認為焦竑的《老子翼》以「明道」為目標展開對《老子》的闡釋，在此過程中，融入了對性命問題的關注，可說其究竟之意圖在「明性」。焦竑作《老子翼》，其目的也在於，在維護儒家之「有」的立場上，吸納來自道家老子之「無」的智慧。〔註21〕吳正嵐《焦竑〈易筌〉對吳澄易學的沿革及其學術史意義》對焦竑易學思想進行了分析。臺灣洪芬馨的《老子翼研究》〔註22〕、施錫美《莊子翼研究》〔註23〕，以及謝京恩《焦竑與佛教》〔註24〕，分別對焦竑的道家思想及佛學思想進行了論述。

（二）焦竑文學思想、美學思想研究

由於上世紀三、四十年代的晚明文學熱，學者們因追溯公安派的思想淵源而提及焦竑，如嵇文甫在《公安三袁與左派王學》〔註25〕中將焦竑劃歸左

〔註19〕岡田武彥：《王陽明與明末儒學》，上海古籍出版社2000年版，第105～117頁。
〔註20〕收入余英時《人文與理性的中國》一書，上海：上海古籍出版社，2007年版。
〔註21〕黃熹：《從「明道」到「明性」——焦竑〈老子翼〉思想闡釋》，《中國哲學史》，2011年第4期。
〔註22〕洪芬馨：《老子翼研究》，（臺灣）東吳大學中國文學系1985年碩士學位論文。
〔註23〕施錫美：《莊子翼研究》，（臺灣）逢甲大學中國文學研究所1994年碩士學位論文。
〔註24〕謝京恩：《焦竑與佛教》，（臺灣）華梵大學東方人文思想研究所1988碩士學位論文。
〔註25〕嵇文甫：《公安三袁與左派王學》《文哲月刊》第1卷，第7期，1936年8月。

派王學系統，並提及他與袁宏道的師友淵源。其後郭紹虞在 1947 年出版的《中國文學批評史（下冊）》〔註 26〕中將焦竑作為「公安派之前驅」之一，開始對焦竑的思想和文論與公安派的文學主張的內在聯繫等方面有了較深入的探討。九十年代以來，沿著這一研究方向，學者們對焦竑與性靈文學思潮的關係給予了充分的注意，並出現了很多研究成果。龍曉英《焦竑與三袁關係考論》〔註 27〕指出焦是三袁接受心學的來源之一，袁宏道視其為師，並且其文學發展觀、「性靈說」影響了袁宏道的文學觀。由於焦竑與李贄的密切關係，研究者在研究李贄時也常常論及焦竑。左東嶺《李贄與晚明文學思想》〔註 28〕在論及李贄對公安派影響的原因與途徑時提到了焦竑的中介作用。王亞茹《焦竑與李贄文學思想關係研究》〔註 29〕論述焦與李文學思想之異同，文章指出焦竑標舉「性靈」，強調「獨抒胸臆」，其「性靈」與李贄「童心」一脈相承，然而在對待「法度」、「文道關係」、文章實用價值等方面二人又存在著重要差別。

以上這些研究成果都從「求同」的思路出發，著重探究焦竑對三袁、李贄文學思想的開啟作用。然而學術界對焦竑本身文學成就、文學思想的研究還很缺乏，研究者們逐漸意識到此問題，出現了一些對焦竑本身文學成就、文學思想進行研究的成果。韓偉《焦竑文論思想探析》〔註 30〕注意到焦竑文學思想所具有的承上啟下的作用，該文指出焦竑文學思想既重視文學的「載道」傳統，亦承認「詞」、「法」的重要性；既推崇「風骨」、「興寄」，亦不忽視「性情」；既承認文學的「經世」之功，亦在詩文中「無功利」地抒情。實現了質與文、尚古與性靈、經世與抒情的完滿融合。龍曉英《焦竑研究》〔註 31〕運用文學史的研究方法，清理了焦竑生平，焦竑的師承，與李贄、公安派成員的交遊，分析了作品的內容及藝術特色，指出了焦竑文學觀所包含的以實論文，注重文章刺世作用，強調文以載道，同時又提倡性靈反對模擬等方面。周群《融通儒佛的焦竑文論》〔註 32〕指出了融攝儒道是焦竑學術思想的

〔註 26〕郭紹虞：《中國文學批評史》，百花文藝出版社 2008 年版，第 418〜423 頁。
〔註 27〕龍曉英：《焦竑與三袁關係考論》，西南科技大學學報（哲學社會科學版）2006 年 12 月第 4 期。
〔註 28〕左東嶺：《李贄與晚明文學思想》，天津人民出版社 1997 年版，第 249 頁。
〔註 29〕王亞茹：《焦竑與李贄文學思想關係研究》，上海財經大學 2008 年碩士論文。
〔註 30〕韓偉：《焦竑文論思想探析》，《貴州師範大學學報·社會科學版》2011 年第 4 期。
〔註 31〕龍曉英：《焦竑研究》南京大學古代文學專業 2005 年碩士論文。
〔註 32〕周群：《儒釋道與晚明文學思潮》，上海書店出版社 2000 年版，第 140〜167 頁。

基本特徵，並分析了其對焦竑文學思想的影響，表現在不必以祖宗陳法及「古法高格」為依歸，認為詩可悟而不可傳。其思想雖兼融和會，但又以儒學為本，標舉治世之音而又以變風變雅為務，尚實以矯摹形之習。重實尚用是焦竑文學思想的基本價值取向等方面。這是一篇有深度有價值的文章，從學術思想與文學思想的關係入手，揭示了焦竑文學思想的根抵所在。對於作為一個思想家的焦竑來說，這無疑是一個恰當的角度。從這一角度出發對焦竑的文學思想進行研究，出現了一些重要的成果。白靜《焦竑學術思想及文論研究》〔註 33〕介紹了焦竑的生平和著述，追溯了焦竑的學術淵源，比較了焦竑的「初心」說和羅汝芳的「赤子之心」說以及李贄的「童心」說的不同，從心學與文學的關係入手考察了焦竑的「文道」觀對中晚明詩文理論的影響。此後，該作者又撰寫了《焦竑以禪意為最高境界的佛教詩學觀》〔註 34〕一文，該文通過對《焦氏筆乘》及明刻本焦氏詩評《古詩選九種》的分析，指出焦竑論詩，尤其推崇王維與孟浩然，其原因在於其以禪意論王、韋的詩佛境界。並指出焦竑於佛學好尚的是禪宗一脈，而對於詩歌而言，其所心儀的也正是這類能「空諸所有，獨契其宗」的禪詩之美。吳正嵐《論焦竑文學思想與蘇軾易學的淵源》〔註 35〕認為焦竑「物相雜曰文」的主張，提倡文學典範多樣化，反對模擬文風等文學思想與北宋蘇軾「文生於相錯」說一脈相承，包含了推崇規矩法度之外的文學之「神」、重視創作主體的神定氣全等邏輯層面。通過汲取蘇軾易學的思想資源，焦竑提出了反對模擬文風的獨特途徑。因此，焦竑的文學思想與蘇軾易學有著深刻的淵源關係。這些成果標誌著對焦竑文學成就與文學思想研究的進一步深入。

　　隨著新的文獻材料的發現，焦竑與通俗文學的關係得到研究者們的重視。韓春平《焦竑與明代中後期金陵地區的通俗文學》〔註 36〕從為通俗文學創作提供平民化的思想支持，通過藏書、博學和交遊積極促進通俗文學傳播，整理、編撰、刊刻、評點通俗文學作品等方面論述焦竑對金陵地區通俗文學的貢獻。劉根勤《明代文學中的「太史」群體角色──以焦竑〈四太史雜劇〉

〔註 33〕　白靜：《焦竑學術思想及文論研究》，北京大學古代文學專業 2004 年碩士論文。
〔註 34〕　白靜：《焦竑以禪意為最高境界的佛教詩學觀》，《蘭州交通大學學報》2011年 4 月第 30 卷第 2 期。
〔註 35〕　吳正嵐：《論焦竑文學思想與蘇軾易學的淵源》，《廈門教育學院學報》2011年 11 月第 13 卷第 4 期。
〔註 36〕　韓春平：《焦竑與明代中後期金陵地區的通俗文學》，《華僑大學學報・哲學社會科學版》2007 年第 3 期。

為例》〔註37〕通過對焦竑編選與刊刻的《四太史雜劇》的分析，揭示出「太史」在明代政治與文學中的角色以及「太史」群體的遭遇。白靜《崇南抑北：焦竑戲曲思想研究》〔註38〕分析了焦竑在「依經論樂」的主導思想下，一主北曲，對晚明南曲尚辭藻、黜本色的流弊有所糾偏的戲曲思想。

焦竑美學思想研究是一個新的研究視角，成果還較少。筆者認為對焦竑的美學思想研究從焦竑的人生、心態出發是非常值得肯定的。這一方面的成果有：童偉《妙性無寄 天真朗然——焦竑的人生境界論》〔註39〕論述了焦竑美學思想中「粗重習氣，頓然清明」的超脫層面，「千轉萬變，而不失赤子之心」的現實期待，「人主持乎天，而非待主於天也」的浪漫熱情。姚文放主編《泰州學派美學思想史》〔註40〕設專章探討了焦竑「和而不同」的美學思想，指出其美學思想中所具有的相反相成的多個因素。

（三）焦竑史學思想研究

史學是焦竑學術思想的重要方面，學者者們對其也不乏研究。向燕南《焦竑的學術特點與史學成就》〔註41〕介紹了焦竑「以知性為要，而不廢博綜」的學術特點，對修史的有關見解以及《國朝獻徵錄》與《國史經籍志》的史學價值。王勇剛《焦竑的史學思想》〔註42〕介紹了焦竑的「史職」說，對史館修史的看法，重視史料的收集和整理，主張傳信的修史原則，重視家譜的編纂等歷史編纂思想以及其在目錄學與文獻考辯方面的突破。還有的研究者專門著力於焦竑某一部史學著作的價值。展龍《論焦竑〈獻徵錄〉的史料價值》〔註43〕論述了《國朝獻徵錄》所具有的補明史文獻之闕略，為明史文獻之史源，糾明史文獻之訛誤，輯明史文獻之散佚的史料價值，同時指出了《獻徵錄》存在的問題。關於《國朝獻徵錄》，該作者另有兩篇論文，《焦竑〈獻

〔註37〕劉根勤：《明代文學中的「太史」群體角色——以焦竑〈四太史雜劇〉為例》，《文化遺產》2009 年第 3 期。

〔註38〕白靜：《崇南抑北：焦竑戲曲思想研究》，《內蒙古民族大學學報》2011 年 5 月第 37 卷第 3 期。

〔註39〕童偉：《妙性無寄 天真朗然——焦竑的人生境界論》，《黑龍江社會科學》2008 年第 6 期。

〔註40〕姚文放：《泰州學派美學思想史》，社會科學文獻出版社 2008 年版，第 328～398 頁。

〔註41〕向燕南：《焦竑的學術特點與史學成就》，《文獻季刊》1999 年 4 月第 2 期。

〔註42〕王勇剛：《焦竑的史學思想》，《殷都學刊》2001 年第 3 期。

〔註43〕展龍：《論焦竑〈獻徵錄〉的史料價值》，《史學史研究》2007 年第 1 期。

徵錄〉徵引文獻考》〔註44〕以及《焦竑〈獻徵錄〉的編纂及版本流傳》〔註45〕。
前者具體統計了《獻徵錄》文獻徵引自明人文集中的碑傳文字，明代列朝《實
錄》，明代人物傳記，明人野史筆記和《家乘》小說，地方文獻以及徵引自其
他文獻材料的具體情況，從而指出《獻徵錄》使用並載與互載兩種徵引方法，
遵循求備與求真兩個原則。後者分析了焦竑編纂《獻徵錄》的動因、過程以
及《獻徵錄》的各種不同版本和流傳情況。楊波《焦竑〈國朝獻徵錄〉的文
獻價值》〔註46〕與胡永啟《焦竑與〈國朝獻徵錄〉》〔註47〕均著眼於《國朝獻
徵錄》對於明代史事和人物的研究，對於清修《明史》的考訂所具有的重大
的學術價值和史料價值。李焯然《焦竑及其〈玉堂叢語〉》分析了《玉堂叢語》
的取材，編纂目的以及史料價值。

（四）焦竑生平、交遊研究

　　前述容肇祖《焦竑及其思想》一文最早編訂《焦竑年譜》，李劍雄《焦竑
評傳》〔註48〕亦編訂《焦竑年譜》。除了年譜的編訂之外，研究者主要就焦竑
生平、交遊的個別方面進行考察。龍曉英不同意一些文獻所記載的「焦竑生
於嘉靖二十年」，其在《焦竑生卒年及其他》〔註49〕一文中論證焦竑生於嘉靖
十九年（1540）卒於萬曆四十七年（1619），又探討了焦竑的子嗣及其行第。
卜鍵在《焦竑的隱居、交遊與其別號龍洞山農》〔註50〕指出焦竑的隱居、交
遊後，又考證出焦竑有龍洞山農的別號。由於焦竑對公安派的影響，許多研
究者著眼於焦竑與公安派成員的交往。李劍雄《焦竑與公安三袁》〔註51〕論
述焦竑在學術思想上對三袁的引導以及其文學思想與三袁的異同之處。龍曉
英《焦竑與公安三袁關係考論》〔註52〕考證了焦竑與三袁交往的具體史實，

〔註44〕展龍：《焦竑〈獻徵錄〉徵引文獻考》，《圖書館雜誌》2007 年第 3 期。
〔註45〕展龍：《焦竑〈獻徵錄〉的編纂及版本流傳》，《圖書館工作與研究》2009 年第
　　　　4 期。
〔註46〕楊波：《焦竑〈國朝獻徵錄〉的文獻價值》，《河南教育學院學報‧哲學社會科
　　　　學版》2007 年第 5 期第 26 卷。
〔註47〕胡永啟：《焦竑與〈國朝獻徵錄〉》，《中州大學學報》2007 年 4 月第 27 卷第 2
　　　　期。
〔註48〕李劍雄：《焦竑評傳》，南京大學出版社 1998 年版。
〔註49〕龍曉英：《焦竑生卒年及其他》，《南京師範大學文學院學報》2006 年第 1 期。
〔註50〕卜鍵：《焦竑的隱居、交遊與其別號龍洞山農》，《文學遺產》1986 年第 1 期。
〔註51〕李劍雄：《焦竑與公安三袁》，《社會科學輯刊》1990 年第 3 期。
〔註52〕龍曉英：《焦竑與公安三袁關係考論》，《西南科技大學學報》2006 年 12 月第
　　　　23 卷第 4 期。

並進一步闡述了焦竑對三袁的影響。該作者在另一篇題為《焦竑與公安派文學交誼二題》〔註53〕的文章中考察了焦竑與公安派另外兩位成員陶望齡與黃輝的交往活動。劉開軍《焦竑學術交誼二題》〔註54〕論述了焦竑與李贄、徐光啟的交往及相互影響。文中指出，焦竑在三教會通的學術思想上給予了李贄極大的影響，李贄《易因》等學術著作也是在焦竑的啟發下完成，另外焦竑豐富的藏書為李贄撰寫《續藏書》提供了資料搜集上的便利條件。而焦竑與徐光啟的交往則建立在其共同的經世主張的基礎上。龍曉英《焦竑與戲曲家南京交遊考》〔註55〕梳理了焦竑與陳所聞、汪道昆、梅鼎祚、汪廷訥、王衡、湯顯祖、張鳳翼、余翹等的交往。認為焦竑以在文壇儒林的聲望、豐富的藏書、開明的治學心態支持了戲曲家的創作和批評，為當時南京的戲曲創作作出了貢獻。劉根勤《「心學」與「實學」之間——對焦竑與徐光啟學術交往的考察》〔註56〕認為二者既是王陽明心學的繼承人，又在西學、實學等新興學術領域有諸多交集。並從基於「心學」的共同追求，「會通」思潮中對「西學」的不同態度，實學經世的天下情懷等方面分析二人的學術交往。韓偉《楊慎對焦竑之影響考釋》〔註57〕注意到楊慎在焦竑思想形成過程中的重要作用。焦竑在多年搜集整理楊慎佚文過程中，不僅繼承了楊慎「由博返約」、「通達融通」的治學態度，也吸收了楊慎重視實學的治學方法。在對待理學與心學、儒學與佛學、形上之學與形下之學的關係方面，焦竑與楊慎如出一轍。

（五）焦竑文獻研究

　　展龍《焦竑〈獻徵錄〉的版本及流傳》〔註58〕文中探討了《獻徵錄》的編纂原因以及過程，並據各種官私目錄的著錄情況考察了該書的流傳及版本。王煒民《從〈四庫全書〉看焦竑》〔註59〕考察了《四庫全書》對焦竑著作的採錄情況。《焦竑著述考略》整理了現存焦竑的十餘部著作。李劍雄自 1981 年以來先後點校出版了焦竑的史料筆記《玉堂叢語》、《焦氏筆乘》和焦竑重

〔註53〕龍曉英：《焦竑與公安派文學交誼二題》，《時代文學》，2010 年 12 期。

〔註54〕劉開軍：《焦竑學術交誼二題》，紅河學院學報 2009 年 2 月第 1 期。

〔註55〕龍曉英：《焦竑與戲曲家南京交遊考》，金陵科技學院學報（社會科學版）2005 年 9 月第 3 期。

〔註56〕劉根勤：《「心學」與「實學」之間——對焦竑與徐光啟學術交往的考察》，《暨南學報·哲學社會科學版》2013 年第 2 期。

〔註57〕韓偉《楊慎對焦竑之影響考釋》，《古籍整理研究季刊》2013 年 3 月第 2 期。

〔註58〕展龍：《焦竑〈獻徵錄〉的版本及流傳》，《圖書館工作與研究》2009 年第 4 期。

〔註59〕王煒民：《從〈四庫全書〉看焦竑》，《殷都學刊》1995 第 4 期。

要的文集《澹園集》，並做了《焦竑著述小考》〔註60〕為後人的研究奠定了堅實的基礎。

三、焦竑研究突破的可能性及本文的學術增長點

以上對焦竑研究成果的梳理顯示出近年來焦竑研究所做出的成績。這些成績突出表現在兩個方面。首先，焦竑十分博學，其在諸多學術領域都有所建樹。學者們對焦竑在各個學術領域成就的研究已經較為充分。如上述對焦竑哲學思想、文學思想、史學思想，生平、交遊的研究等。其次，對焦竑在諸多領域之成就的綜合介紹已經較為全面。如李劍雄《焦竑評傳》，韓偉《焦竑》，白靜《焦竑思想研究》等著作。然而筆者認為，在對焦竑的研究中，還有幾個非常重要的問題值得深思。

（一）有關焦竑的文獻問題

焦竑的傳世文獻較為蕪雜。李劍雄曾對焦竑文獻做過整理，見其《焦竑著述小考》〔註61〕，之後的焦竑研究都建立在此基礎上。我們不能否認李劍雄在焦竑文獻整理方面的突出貢獻，諸如《澹園集》、《焦氏筆乘》、《玉堂叢語》等當然是研究焦竑的主要參考文獻。然而近來筆者走訪了國內諸多圖書館，發現了一些李劍雄所遺漏的焦竑文獻。這些文獻雖然不是焦竑最主要的著作，但對焦竑研究也起著非常重要的作用，不可忽視。如南京圖書館藏有稿本《焦弱侯手札》一冊（不分卷）收錄了焦竑寫給友人的書信，是我們瞭解焦竑交遊狀況的重要材料。明刻本《左傳鈔》，《國策鈔》題焦竑輯。南京師範大學圖書館藏有明天啟元年徐象樗曼山館刻本《焦太史批點東坡二妙集》（尺牘十一卷四冊），該書卷首收錄焦竑撰《東坡二妙題詞》，書內收錄有焦竑評語。蘇州圖書館藏有明刻本《名文珠璣》（存四冊），《新鐫焦太史匯選百家評林名文珠璣》，二書入選篇目稍有不同，《名文珠璣》選入明文，《新鐫焦太史匯選百家評林名文珠璣》則不選明文，均題為焦竑編，卷首收有焦竑序文，書內收錄焦竑評語。北京圖書館藏楊慎選輯，焦竑批點《絕句衍義四卷、絕句辨體八卷、絕句附錄一卷、唐絕增奇五卷、唐絕搜奇一卷、六言絕句一卷、五言絕句一卷》中有少量焦竑評語。北京圖書館藏有明閔齊伋刻朱墨套印本，《東坡先生志林》五卷，題蘇軾撰，焦竑評。日本嘉永四年（1851）浪

〔註60〕收入焦竑：《澹園集》，李劍雄點校，中華書局 1999 年版，第 1312～1324 頁。
〔註61〕收入焦竑：《澹園集》，李劍雄點校，中華書局 1999 年版，第 1312～1324 頁。

華書林群玉堂刻本及東龜年補訂日本明治五年（1872）至九年（1876）鹿兒嶋縣刻本《續文章軌範評林注釋》七卷，題為明鄒守益輯，焦竑評校，李廷機注閱。又有日本明治十年（1877）十二年（1879）東京萬青堂刻本《補注續文章軌範校本》七卷，題為明鄒守益輯，焦竑評校。日本明治三十五年（1902）嵩山堂刻本《增補續文章軌範評林》七卷，題為明鄒守益輯，焦竑評校，李廷機注閱。這些都是研究焦竑文學思想的重要材料。諸如此類的文獻還有很多，在此不一一贅述。對於這類文獻我們首先要辨別真偽，對於確實為焦竑文獻的要充分利用，對於無法辨別真偽的，可作為旁證加以利用。筆者認為焦竑研究必須建立在盡可能完備的文獻基礎上。因此，對焦竑文獻做一次全面的清理是非常有必要的。

（二）還原焦竑的思想世界

研究思想史的學者所要做的最首要工作無疑是還原研究對象的思想世界。而這一工作對於焦竑研究來說則更加重要，因為在某種程度上，焦竑確實是一個令人費解的人物。焦竑的令人費解主要出於兩個原因。首先，焦竑的學問十分博雜。眾所周知，焦竑不僅是陽明後學的一名健將，而且其在經學、史學、佛學、考據學、文學等各個領域均有建樹。後人常稱其「學問淹雅，於書無所不窺。」另外，焦竑為學以復性為宗，斥朱學為支離，而同時其又從事了大量博雜的經典考證工作。如其弟子陳第所說：「先生之學，以知性為要領，而不廢博綜。為諸生以迨上公車、入詞林，無不蒐獵於古人之載籍。聞有秘本，必為購寫。又日與海內名流討析微言，訂正謬誤。墳索遺義，朝廷故實，無不瞭如指掌。」〔註62〕提倡學為復性，可以說是王學的一貫宗旨，然而「訂正謬誤」的經史考證則並非王學的重點。焦竑實在是一個有趣的人物。因此，在焦竑研究中我們首先要解決的問題便是如何正確理解焦竑的博學以及焦竑學術的各個方面之間是一種怎樣的關係。關於此點歷來有兩種看法，一種看法以為焦竑「學分兩橛」，其學術的各個方面存在著內在矛盾。此種觀點以余英時為代表。另一種看法認為，焦竑對於各個領域的學問能夠會而通之。此種觀點以劉海濱為代表。如前所述，其在《焦竑與晚明會通思潮》中提出了「會通」的概念。所謂「會通：不僅意味著會通三教，而且還指是晚明思想學術各領域中，自覺或不自覺地受到會通派王學的影響，採用會通

〔註62〕陳第：《尊師澹園先生集序》，《澹園集》，中華書局 1999 年版，第 1214 頁。

的態度和思想方法對待理論、學術，在各自領域進行理論和學術創新或改造的思想潮流的總稱。」在該文中作者認為焦竑學問的各個方面是一個有機的整體，並且可以用「道」與「文」來概括，「道」指的是焦竑的理學思想，「文」則指理學之外的各種知識性學問。焦竑根據自己博學的特點設計了博學啟悟的王學理論，反過來這種王學理論又加強了他的博學傾向。然而，筆者認為用「會通」來概括焦竑學術的各個方面是值得商榷的。筆者在閱讀焦竑文獻中發現，儘管焦竑常用博與約的關係來論證為學的方法，但是這並不能概括焦竑學術的所有方面。其學術的各個方面或許並不如上文作者所想像的那樣圓融。再者，會通的概念並非焦竑提出，「會通」一詞來源於王畿，並且王畿是在「會通出世入世」這一語境中使用「會通」一詞的。如果硬要對焦竑思想的特徵做一番概括，筆者認為「學為通儒」更加恰當，因為這不僅出於時人之口，也更加符合焦竑思想的實際狀況。焦竑在當時人眼中是以通儒的形象出現的。如其弟子陳第在評論焦竑學術成就時說：「傳曰：『通天地人曰儒。而世乃析言之，曰：有道德之儒，有功業之儒，有文學之儒。夫通則合三才，寧有偏致之用，獨勝之場哉？」〔註63〕又如徐光啟云：「能兼長備美者，近世見王陽明氏焉，於今乃見先生。」〔註64〕

　　綜上可知，如何正確理解焦竑的博學以及焦竑學術各個方面之間的關係這一問題目前並沒有得到解決，而這個問題實在還有進一步探討與解決的必要。因為這個問題不能澄清，不僅不能從總體上準確把握焦竑的思想特徵，而且對焦竑在某個學術領域內的研究也會大打折扣。具體到對焦竑的文學思想的研究來說。如果不能正確理解焦竑的博學以及焦竑學術的各個方面之間的關係，就無法認清文學思想在焦竑學術體系中的位置，無法認清文學思想與焦竑其他思想之間的關係，因而也無法做出正確的學術判斷。因此，筆者將在本文中試圖解決這一問題。也只有解決了這一問題，焦竑研究才能得到推進。

（三）焦竑與時代思潮的關聯

　　焦竑研究的意義不僅在於其本身思想的複雜性，更在於其與時代精神的關聯。徐光啟描述焦竑在當時的影響時這樣寫道：「吾師澹園先生，粵自早歲則以道德經術標表海內，巨儒宿學，北面人宗；餘言緒論，流傳人間，亡不

〔註63〕陳第：《尊師澹園先生集序》，《澹園集》，中華書局 1999 年版，第 1213 頁。
〔註64〕徐光啟：《尊師澹園焦先生續集序》，《澹園集》，中華書局 1999 年版，第 1220頁。

視為冠冕舟航矣。」〔註65〕黃宗羲也說：「金陵人士輻輳之地，先生主持壇坫，如水赴壑，其以理學倡率，王弇州所不如也。」〔註66〕從這兩段話中可以想像焦竑在當時的巨大影響。其實焦竑作為時代精神扭結點的思想史價值早有學者注意到。《四庫全書總目提要》在評價方以智《通雅》時著眼於焦竑在明代博學考證思潮中的位置：「明之中葉，以博洽著稱者楊慎……次則焦竑，亦喜考證。……惟以智崛起崇禎中，考據精覈，迴出其上。風氣既開，國初顧炎武、閻若璩、朱彝尊沿波而起。始一掃懸揣之空談。」〔註67〕余英時也認為在焦竑思想中已經透露出儒學從反智識主義轉向智識主義的消息。焦竑實乃開風氣之先者！

焦竑所生活的嘉靖晚期以及隆慶、萬曆年間確為一轉折時期。特別是張居正去位之後，明代政局迎來了很大的變動。這一時期的社會思潮也表現出新的動向。陽明後學的發展迎來了一個轉折點，博物考據與實用之學受到重視，文學領域也出現了一些新的氣象。焦竑常在其文中感歎士風的「肆蕩」，在給柯挺的信中，他指出：「天下文弊久矣！」〔註68〕他在經學、史學、考據學、實學、文學等方面的成就足以說明他是以一種非常積極的態度參與並推動了社會思潮的轉折的。另外，焦竑交遊之廣，也可以透過其交遊的網絡窺視出時代精神的狀況。據筆者初步考察，與焦竑交遊者有理學家、經學家、文人、考據學者、藏書家等等。而文學思潮作為社會思潮的一種，只有將其置於當時社會思潮發展的具體語境中，才能對其得出透徹的理解。因此本文試圖通過對焦竑交遊網絡的考證來找出其與時代思潮的關聯。

具體從焦竑文學思想與隆慶、萬曆年間文學思潮的關係這一問題來說。之前的研究者大多從焦竑與性靈文學的關係這一側面揭示其與隆慶、萬曆年間文學思潮之關聯。然而筆者認為焦竑在當時文壇的影響絕不僅僅如此。焦竑一生中大部分時期都在南京，其在南京的影響也很大，因此筆者認為考察焦竑與金陵文壇的關係，以及當時金陵文壇與主流文壇之間的互動關係，更能夠展示出焦竑與隆慶、萬曆年間文學思潮演變之間的關聯。然而關於焦竑與南京文人的交遊以及在南京的文學活動卻鮮有學者進行梳理。

〔註65〕徐光啟：《尊師澹園焦先生續集序》，《澹園集》，中華書局1999年版，第1220頁。

〔註66〕黃宗羲：《明儒學案·泰州學案》，中華書局1985年版，第829頁。

〔註67〕子部，雜家類三，方以智「通雅條」（萬有文庫本），冊二十三，第51頁。

〔註68〕焦竑：《澹園集》，李劍雄點校，中華書局1999年版，第106頁。

　　綜上，本文力圖在盡可能完備的文獻基礎上，對焦竑思想，特別是文學
思想進行客觀、透徹的分析，揭示出焦竑文學思想在焦竑思想中所處的位置
以及焦竑文學思想與焦竑其他方面學術思想的關聯，並透過焦竑揭示出時代
的精神狀況與文學思潮。需要說明的是本文將研究的時間限定在隆慶、萬曆
兩朝，是由於焦竑生於嘉靖二十年，直至嘉靖四十五年隆慶改元之際，焦竑
的影響力尚未充分展現出來。

四、研究方法與思路

　　本文採取文學思想史的研究方法，結合歷史語境、社會思潮對焦竑的人
格心態、學術思想、文學思想及其與隆慶、萬曆年間文學思潮的演變作具體、
深入的剖析。中國文學思想史是羅宗強先生經過長期的實踐與探索而提出的
一整套學術理念與研究方法。關於中國文學思想史的學術理念及研究方法，
左東嶺先生在 2004 年發表的《中國文學思想史的學術理念與研究方法》〔註
69〕一文中敘述的頗為精切、詳盡。文學思想史的研究方法包括四個方面：其
一，求真求實與歷史還原。羅宗強先生認為求真或者說歷史還原是文學思想
史研究的根本目的之一，而「歷史還原」之法乃是達到「求真」之目的的必
經之途。羅宗強先生指出：「古代文學思想史研究的第一位的工作，應該是古
代文學思想的盡可能的復原。復原古代文學思想的面貌，才有可能進一步對
它作出評價，論略是非。這一步如果做不好，那麼一切議論都是毫無意義的。
我把這一步的工作稱之為歷史還原。」〔註 70〕左東嶺先生進一步指出中國文
學思想史的所有方法與程序，均是為了實現歷史還原此一目的而進行的，如
果失去此一目的，便不是真正意義上的文學思想史的研究。當然，強調歷史
還原的重要性，並不代表能夠完全恢復歷史的本來面目，對此，一方面要恢
復原典本意，一方面又可以展開其理論蘊涵並探討其當代價值，羅先生將此
一過程概括為「還原、展開、充填。」其二，理論批評與創作實踐相結合。
理論批評與創作實踐相結合的方法是中國文學思想史得以建立的基本前提，
是實現「求真」目的的重要一環。理論批評與創作實踐相結合的方法包括兩
方面：一是結合創作來探討文學思想可以補理論批評之不足。二是結合創作
來探討文學思想可以與理論批評互為印證。其三，歷史環境與士人心態。中

〔註69〕載《文學評論》，2004 年第 3 期，第 167～175 頁。
〔註70〕載《文學評論》，2004 年第 3 期，第 168 頁。

國文學思想史之所以能夠與傳統的理論批評區別開來，重要一點在於對文學思想發展的具體過程與演變原因的重視。要說清楚這點，離開具體的歷史環境是無法弄清楚的。而單純的對歷史環境的敘述，在解釋時有隔靴搔癢之感，故羅先生引入「士人心態」這一概念。即「社會環境影響士人心態，士人心態又影響文學思想。」〔註71〕此處的社會環境主要是指政局變化、思想潮流、士人具體的生活境遇三個方面。可以說，「士人心態」這一概念的提出，對說清楚文學思想的發展過程與闡釋其原因有極為重要的意義，亦是借助史學、哲學資料來研究文學的極重要通道，是文史哲打通的肯綮。其四，心靈體悟與回歸本位。在該部分中，左先生對中國文學思想史的學術理念與學術方法在實際操作時可能會出現的問題拈出兩點研究者尤其注意的：一是歷史客觀性與心靈體悟的統一。二是跨學科研究與回歸文學本位的協調。為此，作為文學思想史研究者應該具備較深厚的國學基礎、理論素養和審美能力。

　　本書是在上述方法的指導下寫作的，在本書寫作中筆者力圖對文學思想史所涉及到的研究理念作出盡可能的嘗試。筆者在考論焦竑文學思想及其影響時，首先做的便是盡可能還原焦竑所處的歷史語境及那個時代的士人心態，具體集中在政治局勢及交遊狀況兩個方面。作為一個始終懷有經世志向的學者型文人，政治局勢的演變對焦竑的影響是巨大的。細讀焦竑的文字，我們可以體會到，焦竑的一生始終在關注國家水利、邊防、倭患、財賦等實事。雖然在他的整個生活狀態中不乏超越之意趣，雖然他對萬曆後期的政局一度感到失望，然而他對國事的關心始終是真誠的。還原隆慶、萬曆年間政局的變化，還為了能夠呈現出在政治局勢的變化下士大夫們不同的人生選擇，能夠讓我們體認到那個時期士人們多彩的心靈世界。而考察焦竑與不同類型的士人的交遊，我們能夠看到焦竑是如何與不同類型的士人相互激蕩的。這些類型的士人由於學術取向的不同而具有不同的人生價值觀。諸此種種必會對焦竑及那個時代士人的寫作方式與文學表達有直接的影響。還原歷史語境與士人心態也是為了給焦竑及隆慶、萬曆年間文學思想的探討提供一個更加統籌的視野。文學思想與文學觀念不是抽離的，抽象的，而是附著性的，附著於具體的歷史事件、人生意趣乃至哲學觀念。離開了具體的歷史語境，我們則無法對文學觀念的具體所指有正確的解讀。這也是文學思想史研究的一個重要特徵。關於此點，亦有學者有所論及。黃卓越在其《明代永樂至嘉靖初

〔註71〕載《文學評論》，2004 年第 3 期，第 171 頁。

文學觀研究》中提出文學觀念史的研究理念：「觀念史以一種混合流的方式包容了多種多樣的文藝學問題、意見與概念等，同時，又與具體促使其發生的事件及政治觀、文化觀、理學觀等有多樣式的勾連，而不是一種抽象、單純的時空框架。觀念史概念的獲得首先基於一種十分自覺的未分析前認識，即認為於分析理性將概念、個體等從現場狀況中剝離出去之前，這些被研究要素於原初是以混成的方式存在於一種綜合情狀中的。這樣的理解當然也不同於以某一外在的其他學科理論如社會學、政治學等理論模式來考察文藝，賦予一黏貼式的背景，而是更進一層強調自體混合、內部關聯的特徵。進入觀念史也即重新進入到了當下現場，並獲得了一統合性的認識論基礎。」〔註72〕文學觀念史研究中重新進入當下現場的路徑與文學思想史研究注重歷史語境與士人心態的還原在研究理路上是相契合的，本書的寫作也力圖做到一種當下現場感的呈現。

　　具體就焦竑文學思想的探討而言，本書亦力圖貫徹文學思想史研究將理論批評與創作實踐相結合的原則。將二者結合起來，我們能發現焦竑文學思想的真實面貌並非如其理論表達那樣清晰，而是呈現出複雜性、多元性、混溶性與過渡性。焦竑文學思想的表達是多層面的，不同文體類別寄託了他不同的價值關懷與審美追求。他的理論批評與創作實踐也多有齟齬之處，如他在詩學理論表達中反對模擬，反對才學，但在其詩歌創作中卻有明顯的模擬之痕跡。另外，他對復古的態度也是值得玩味的。他既追求性靈，又追求經世實用。他與李贄、公安派諸人交往很深，但人生價值、文學觀念卻同而不同，諸此種種都透露出文學思想演進過程中的交錯現象。

　　明代隆慶、萬曆時期是一個精彩紛呈的時代，也是一個激變的時代，而焦竑是處於這個時代交叉口的人物。本文的寫作力圖透過焦竑文學思想的複雜面貌及其與不同士人群體的相互激蕩，呈現出那個時代立體的、鮮活的一個側面。

〔註72〕黃卓越：《明代永樂至嘉靖初詩文觀研究》第 7 頁，北京師範大學出版社 2001年版。

第一章　焦竑與隆慶、萬曆年間的
　　　　時代思潮

　　焦竑，字弱侯，江蘇南京人，在明代中後期以博學著稱。在整個明代學術史上，以博學著稱者，除楊慎外當首推焦竑。焦竑在為學上表現出「淹雅」的特點，在為人上則體現出一種「學為通儒」的人格類型。他出生於嘉靖二十年，而自嘉靖四十五年開始對思想界、文壇等產生影響，其人生經歷以萬曆十七年進京為官與萬曆二十八年辭官歸隱為界，分為三個時期。第一個時期為萬曆十七年為官之前，這一時期焦竑的主要活動除了科舉考試外便是與耿定向、王襞、李贄、羅汝芳等人探討陽明心學，並開始對博物考據之學產生興趣。第二個時期為萬曆十七年到萬曆二十八年，在入朝為官的這十年中，焦竑得以施展自己的經世抱負，然而由於遭到誣陷，他辭官歸隱，從此開始了一段平淡從容的學者生涯。黃宗羲云：「金陵人士輻輳之地，先生主持壇坫，如水赴壑，其以理學倡率，王弇州所不如也」。﹝註1﹞指出了焦竑在當時的巨大影響，其以一種積極的姿態參與並推動了時代思潮的演變，本章即是通過對焦竑交遊網絡的具體考證來說明其是如何參與到時代思潮的演變中的。筆者將通過兩個層面探討此問題，首先是在整體上梳理隆慶、萬曆年間政局與士風的演變，其次是通過對焦竑與當時不同士人群體交遊狀況的考證來說明其與隆慶、萬曆年間時代思潮的扭結點，找到其與時代思潮的關聯所在。

﹝註1﹞黃宗羲：《泰州學案四》之《文端焦澹園先生竑》，《明儒學案》卷三十五，北
　　　京：中華書局，2008年版，第829頁。

第一節　隆慶、萬曆年間政局與士風之演變

一、隆慶年間士氣之復蘇與王學之崛起

比起世宗的獨裁與嘉靖年間的恐怖氣氛，隆慶皇帝雖然才能平平，且在位時間僅六年，但可以「寬仁」目之。這也是歷代史家之共識。《國榷》載，史臣曰：「上天資純粹，寬仁大度。」〔註2〕支大綸曰：「帝寬仁恭儉，從諫弗咈。」〔註3〕均著眼於穆宗之寬仁。穆宗之寬仁最顯現於言路之發抒。世宗酷待言官，士氣摧極，大小官員噤若寒蟬。相較而言，穆宗對言官之態度則溫和許多。「言事之官，雖震怒然責讓後嘗釋遣之。」〔註4〕隆慶年間言路之發抒，除了歸因於穆宗寬仁之性格外，還有首輔徐階有莫大之關聯。徐階在世宗晚年便以「寬大」引導世宗，《明史》載：「階以張孚敬及嵩導帝猜刻，力反之，務以寬大開帝意……言路益發抒。」〔註5〕隆慶年間，徐階執政亦好結言路：「給事、御史多起廢籍，恃階而強。」〔註6〕隆慶一朝建言者，徵之史料可見於以下數端。隆慶元年，吏科給事中攜御史王好問核內府監局歲費。事竣，彈劾中官趙廷玉、馬尹幹貪沒罪，尋又上疏陳四事。御史周弘祖上疏請止司禮中貴人及藩邸近侍世襲。隆慶元年六月，京師淫雨傷稼，又有兵部郎中鄧洪震就隆慶帝後宮遊幸上疏進言。又有給事中周怡陳新政五事，語多刺中貴。隆慶二年，中官日導帝遊幸，吏科給事中石星條上「養聖躬、講聖學、勤視朝、速俞允、廣聽納、察讒僭六事」。隆慶二年，屯田御史周弘祖因地震進言。隆慶四年，給事中李己因上從中官崔敏言，命市珍寶，李己在戶部，執奏不從。如此這些在嘉靖年間是不可想像的。

隆慶年間言官的勇於進言，還可見於以下數人。詹仰庇，嘉靖四十四年進士，徵授御史。隆慶二年，詔買珠寶，戶部尚書馬森執奏，給事中魏時亮、御史周弘祖、賀一桂等相繼力爭，皆不聽。詹仰庇上疏直言，指出隆慶帝「玩好之端漸啟，弼違之諫惡聞，群小乘隙，百方誘惑，害有不勝言者」之弊端。隆慶三年，中官制煙火，延燒禁中房舍，詹仰庇請按治，由此得罪中官。詹仰庇不僅敢於得罪近幸，也敢於得罪皇帝本人。隆慶帝耽玩聲色，陳皇后微

〔註2〕談遷：《國榷》第五冊，上海古籍出版社1983年版，第93頁。
〔註3〕談遷：《國榷》第五冊，上海古籍出版社1983年版，第93頁。
〔註4〕談遷：《國榷》第五冊，上海古籍出版社1983年版，第93頁。
〔註5〕《明史‧列傳》第一百一，中華書局1983年版，第5637頁。
〔註6〕《明史‧列傳》第一百一，中華書局1983年版，第5637頁。

諫引起帝怒，將皇后出之別宮，外廷大臣頗為憂慮。然此事畢竟觸及皇帝後廷之事，按照中國古代政體，前朝後廷儼然有別，朝臣一般不會冒然言後廷之事。因此舉朝上下莫敢言者。一日，詹仰庇入朝，遇醫從禁中出，詢問之後方知陳皇后病篤。詹仰庇於是上疏進言此事，詹仰庇冒然言宮禁之事，自度將會受到重罰，同官亦危之，然而隆慶帝並未給予重罰，僅手批答曰：「後無子多病，移居別宮，聊自適以冀卻疾。爾何知內廷事，顧妄言！」旨下，中外驚喜過望，詹仰庇亦感奮。詹仰庇此時感受到的應是皇帝的信任與寬容，並準備著更加盡職盡責。不久之後詹仰庇巡視內庫又就內臣「假上供明，恣意漁獵」之財用弊端上疏進諫，其疏中有「再照人主」語，宦官因以激帝怒，詹仰庇遂被杖百，除名。詹仰庇為御史僅八月而數進言，為隆慶年間敢言者之典例。〔註7〕另有，隆慶三年尚寶丞鄭履淳上疏指責「綱紀因循，風俗玩愒，功罪罔核，文案徒繁」等諸弊端，帝大怒，杖之百，繫刑部獄數月乃釋為民。隆慶五年，給事中駱問禮上十條面奏事宜，上不悅，謫楚雄知事。御史汪文輝、尚寶卿劉奮庸上疏彈劾首輔高拱，汪文輝貶謫出外，劉奮庸以謫官。〔註8〕觀以上建言諸臣，隆慶帝雖震怒然責讓後嘗釋遣之。由上述諸條史料可證得，較嘉靖年間軟媚之士風，隆慶年間士風可謂復蘇了許多。

伴隨著士風之復蘇的是王學的崛起。士風之復蘇與王學的崛起其實是互為因果的。士風之復蘇，使得士大夫了獲得了重振王學的歷史機遇，而王學作為一種注重自我心靈的學說，必然會帶來士大夫主體意識的高揚。一種學說之盛行需要恰當的歷史機遇，王學雖然早在正德年間便已產生，並一度在嘉靖年間流行，然而由於嘉靖皇帝獨裁的性格及其對士人的控制，導致其始終無法獲得官方的認可，並一度遭到嘉靖皇帝的壓制。隆慶年間，王學終於迎來了重新崛起的歷史時機。王學的崛起從陽明後學要求朝廷恢復王陽明封號開始。隆慶元年，王學後學耿定向、辛自修、王好問聯名上疏，為王陽明頌功。此次行為得到了政府的支持。根據吏部和禮部會議意見，由內閣大臣徐階起草文告，對王陽明學問事功等進行全面褒獎。隆慶帝下詔贈王陽明新建侯，謚文成。隆慶元年三月，辛自修、岑用賓等又上疏請復王陽明伯爵封號，經吏部尚書楊博等查覆征藩實跡，詔遵先帝原封伯爵，與世襲。同年十二月楊溥上《會議覆爵疏》，

〔註7〕《明史‧列傳》第一百三，中華書局1983年版，第5679頁。
〔註8〕以上建言謝臣本，見《明史‧列傳》第一百三，中華書局1983年版，第5673～5691頁。

－21－

同意王陽明子襲新建伯伯爵。然而陽明後學並不滿足於僅僅恢復王陽明恢復伯爵封號，隆慶五年鄒德涵中進士，上疏提出王陽明應該從祀文廟。然終隆慶一朝只以薛瑄配饗文廟。隆慶年間，各地的講學活動也進行得沸沸揚揚，這自然與首輔徐階的大力支持分不開，其以王學後學身居高位，確實為王學之振興提供了有力的政治支持。徐階亦熱衷於講學活動，史評其講學為天下倡，可見其對講學之倡導力度確實不小。終隆慶一朝，王學雖未進入官方話語體系，然終究獲得了認可，為王學在士人中的大肆盛行提供了有利的條件。

二、張居正新政對王學的鎮壓

張居正，字叔大，江陵人。少時便穎敏絕綸，巡撫顧璘許為國器。嘉靖二十六年中進士，討求國家典故，為人勇於任事，以豪傑自許，為史官時潛求國家典故及時務之切時者。對於張居正及其在萬曆初年所行之新政，有稱頌其功績者：「十年來海內肅清，四夷警服，太倉粟可支數年，四寺積金不下四百餘萬。成君德、抑近侍，嚴考成，核名實，清郵傳，核田畝，洵經濟之才也。」〔註9〕也有指出其勾結宦官，權高震主者：「江陵用事，與馮瑠相倚，共操大權，於君德挾持不為無益。惟憑藉太后，攜持人主。束縛鉗制，不得伸縮……江陵之所以敗，惟操美之權，鉗制太過耳。」〔註10〕這些評價應該說都是客觀公允的，也指出了張居正新政最核心的要素，即「尚實」。早在隆慶年間，張居正上疏言六事便已透露出江陵新政之消息。及萬曆改元，萬曆皇帝虛己以委任之，張居正亦慷慨以天下為己任。其為政「以尊主權、課吏職、信賞罰、一號令為主。」〔註11〕張居正施行新政，意在提高官員之行政效率，注重實際政績。如其施行章奏考成法，使各項政務得以月有考，歲有稽，大大提高了行政職能，使得政體肅然。張居正新政注重實效還可以從官員的任用看出，其任用官員多看重其處理實際政務的能力，對於虛文矯飾者，雖才高亦不用，所謂芝蘭當道，雖美必除。〔註12〕

張居正不僅在其他政務之處理上嚴苛尚實，其新政之文化政策亦有此特點。《明通鑒》萬曆三年五年載：「張居正請敕吏部，凡所在督學使者，非方正博聞之士勿遣。督學所至，務興起教化，毋得日坐都城中，虛談沽譽，計

〔註9〕談遷：《國榷》第五冊，上海古籍出版社1983年版，第229頁。
〔註10〕談遷：《國榷》第五冊，上海古籍出版社1983年版，第23頁。
〔註11〕《明史‧列傳》第一百一，中華書局1983年版，第5645頁。
〔註12〕夏燮：《明通鑒》第五冊，中華書局2009年版，第2349頁。

日待轉，使人之干以私。宜以時遍歷郡邑，興廉舉孝，察學官、博士、弟子之賢否而進黜之。務在敦本尚實，毋得群聚徒黨，虛論橫議。其有譏時好詰，市語道謗，敢行稱亂者，令有司論如法。」〔註13〕可見張居正在文化方面的舉措要點在於「敦本尚實」，反對「虛談橫議」，簡言之便是要統一意識形態，易於管理。萬曆三年，其又論郡縣入學太爛，大量減除入學名額。這種嚴苛的政治作風自然招致了士人群體之不滿。士人群體對張居正的發難始於萬曆三年，南京戶科給事中余懋學上疏言「崇惇大，親蹇愕，慎名器，戒紛更，防諛佞五事。」〔註14〕其中「崇惇大」條便是直接針對張居正施行的章奏考成法，指出「政嚴則苦，法密則擾，非所以培元氣，存大體也。」〔註15〕並提出應「持大體而掠繁文，矜微瑕而宥小過。綸惇本之和平而不數下切責之旨，政令依於忠厚而不專尚刻核之實。」〔註16〕余懋學因此被黜為民。余懋學此疏實為接下來的御史傅應禎、劉臺上疏彈劾張居正張本。同年御史傅應禎上疏言「重君德、蘇民困、開言路」〔註17〕三事。次年，御史劉臺上疏論「居正專擅威福，如逐故輔高拱，私贈成國公朱希忠王爵，引用張瀚、張四維為黨，斥逐言者余懋學、傅應禎等」〔註18〕士人集團與張居正之對立為萬曆五年之奪情事件所激化。萬曆五年九月，張居正父喪至，起初萬曆皇帝並無意留之。而居正恐握權久，一旦去位，權柄旁落，新政也將功虧一簣。戶部侍郎李幼滋欲媚居正，馮保亦不欲其去，倡議居正奪情。居正奪情，隨即引起一場輿論風波，在飽讀儒家經典的讀書人看來不為父守制是有悖倫理綱常之行為，其嚴重程度可想而知，何況這種行為還是發生在作為天下士人之首的首輔身上。於是編修吳中行首論居正奪情不合綱常，接著檢討趙用賢，員外郎艾穆，主事沉思孝合疏論居正貪位忘親，繼而觀政進士鄒元標又復論。這場奪情風波最終以張居正的獲勝而告終，吳中行等人均被處以廷杖並戍邊。關於這場奪情風波史書多有記載，無庸贅述。值得注意的是上述所列士人群體與張居正之對立，實際上成為了張居正對王學大加整治的導火索。張居正本為陽明後學，其對心學學說不無研究，其自身的人格心態中也有逍遙自適

〔註13〕夏燮：《明通鑒》第五冊，中華書局 2009 年版，第 2349 頁。
〔註14〕談遷：《國榷》第五冊，上海古籍出版社 1983 年版，第 137 頁。
〔註15〕談遷：《國榷》第五冊，上海古籍出版社 1983 年版，第 137 頁。
〔註16〕談遷：《國榷》第五冊，上海古籍出版社 1983 年版，第 137 頁。
〔註17〕夏燮：《明通鑒》第五冊，中華書局 2009 年版，第 2350 頁。
〔註18〕夏燮：《明通鑒》第五冊，中華書局 2009 年版，第 2354 頁。

的一面，只是位列首輔之後，其政治地位決定了其對重視自我內在價值的陽明心學必然採取了另外的態度。上文所提及「毋得群聚徒黨，虛論橫議」的文化措施便是對陽明心學講學活動的某種壓制，只是尚未明言。萬曆三年劉臺、傅應禎上疏事件引起張居正對講學者的更加不滿。劉臺、傅應禎皆為江西人，江西乃陽明後學江右學派的核心地區，張居正便懷疑劉臺之疏出自鄒守益之孫鄒德涵之手，從而直接引發了之後的講學之禁。其中原委，前人早已點破。劉元卿《復古書院續置田記》記曰：「江陵柄政，修申、韓之術，孤立行一意。我安成傅、劉諸君詆訐時事，首犯其所最忌。於是嗛言者極論講學之弊，議毀天下書院。」〔註19〕焦竑《鄒君德涵墓表》亦云：「時江陵當國，惡言學，又君鄉人御史劉臺上疏詆之，謬意疏出君，因稍遷君（鄒德涵）員外郎。隨出之僉憲河南，巡按御史望風疏論，君於是遂拂衣歸。」〔註20〕萬曆三年，張居正上《請申舊章飭學政以振興人才疏》指出講學活動乃是別標門戶，聚黨空談，並下令：「今後各提學官督率教官生儒，務將平日所習經書義理，著實講求，躬行實踐，以需他日之用。不許別辦書院，群聚徒黨，及號招他方遊食無行之徒，空談廢業。」〔註21〕萬曆七年，張居正明令禁燬天下書院，改各省書院為公廨。

陽明後學諸人大多在江陵新政中採取不合作之態度，並對其新政措施多有不滿。耿定向曾云：「渠初秉政，欲汲引陸平老、萬士和與兄輩，此猶是源頭未濁。已而二老不肯為用，兄又不出。渠遂深信韓非之論為確，引用群小，一二邪佞媚嫉其間。」其中所云陸平老、萬士和即為陽明後學。陽明後學不與張居正合作之情狀可見於數人。耿定向，字在倫，陽明後學之泰州學派傳人。其與張居正有鄉梓之誼，亦為張居正多年好友。張居正對其也頗為看重。萬曆初年，先後擔任工部主事、尚寶少卿、都察院御史等職，又於萬曆六年被張居正派往福建負責清田事宜。然而耿定向對張居正之新政卻並不認同。焦竑《天台耿先生行狀》載：「自今上臨御，江陵勵精求治，提衡宇內，宴然如一，後浸為苛急，不類初政，先生以桑梓之誼，又雅為所推重，屢進苦言。江陵卒瑱其規不以受，而先生自此疏矣。」〔註22〕從中可見二

〔註19〕劉元卿：《劉聘君全集》卷七，四庫全書存目叢書本。

〔註20〕焦竑：《澹園集》，李劍雄點校，中華書局1999年版，第390頁。

〔註21〕張居正：《新刻張太岳先生文集》卷四，續修四庫全書本。

〔註22〕焦竑：《天台耿先生形狀》，《澹園集》李劍雄點校，中華書局1999年版，第524頁。

人之隔閡。李材，字孟誠，豐城人，曾從鄒守益講學。萬曆初年因與張居正不和辭官歸里。羅汝芳，泰州學派重要人物，亦為張居正故友，因講學不為張居正所喜而被勒令致仕。萬士和，字思節，宜興人。因反對張居正贈王於成國公朱希忠及貶斥余懋學等言官而積忤張居正，謝病歸。在張居正奪情事件中，陽明後學諸人亦極力反對。除上述鄒元標諸人外，亦有沈懋學、管志道、宋儀望諸人。沈懋學，字君典，萬曆五年進士第一。據其好友管志道記載，沈懋學在趙用賢、吳中行之前便已準備上疏彈劾張居正奪情，被管志道以言非所職為理由攔下，而在吳、趙二人上疏之後又預寫了救兩君疏云：「且逆慮其不測，而預草救兩君疏，以視余。余曰：『兩君疏上未？』曰：『吳上矣，趙在明日。萬一兩君死杖下，吾義不得獨生。』余且憂且疑，曰：『勢不可激，盟不可背。奈何？子其三思而行。』兩君疏上之三日，而廷杖之命下，且有旨，禁諸人勿復言。余貽君典書曰：『毋救人，勿入館。告休以謝兩君，可也。』弗聽，袖疏策馬而出。會有座主邀之歸，索其袖本持去，弗果去。而疏中語已流播縉紳間，籍籍貫當道耳矣。已而兩君幸不死，君典含淚視兩君，即杜門引疾而去。」〔註 23〕沈懋學即是因為反對張居正奪情永遠告別官場。管志道亦為吳中行等人多方救援，不避嫌謗。隨即又上疏彈劾張居正權高震主，勸諫萬曆皇帝無使大權旁落。從而觸怒張居正，之後便辭官歸隱。宋儀望因反對張居正奪情，由大理卿外調南京，之後被劾歸鄉。

　　政權的力量或許可束縛人們的行為，卻束縛不了人的思想，張居正雖明令禁止講學，然講學活動豈能禁之？相反，上述陽明後學諸人辭官歸隱後，便是將自我之價值寄託在讀書講學上。於是乎，鄒元標講學於貴州，李材與士友大舉會於石龍，管志道講學於蘇州，羅汝芳終身講學不輟。或許我們可以用羅汝芳的一段話來概括：「先大夫止以此件家當付我，我此生亦惟此件事幹，捨此不講，將無事矣。今去官正好講學。」〔註 24〕「去官正好講學」恐怕是張居正始料不及的。因此，由於張居正之種種措施，萬曆初年之士風如同政體一樣呈現出一種整肅的氣氛，然而陽明心學雖受到鎮壓，卻仍然在士大夫之間蔓延不絕。張居正一死，這種整肅的局面便瞬間被打破，士人群體與陽明心學也向著不同的方向分化。這是下一個需要討論的問題。

〔註23〕管志道：《惕若齋集》卷四，明萬曆二十四年刻本。
〔註24〕羅汝芳：《近溪子集　庭訓下》，四庫全書存目叢書本。

三、萬曆中後期之紛亂與士人群體之分化

（一）萬曆中後期朝政之紛亂

萬曆十年，張居正卒，次年追奪官階。張居正曾經那耀眼的光芒似乎一夜之間便已黯然，張居正以專橫敗，為政嚴苛，後任首輔張四維、申時行懲於前車之鑒，更其猛而為寬，務行寬大之政。萬曆十一年，張四維深知大小官員均苦於張居正實行的各種嚴格制度，欲大收人心，上疏請滌蕩煩苛，弘敷惠澤。萬曆初年曾經整肅一時的政體悄悄發生著變化。其後張四維以父憂歸，申時行為首輔，以寬大為政。萬曆十四年，其便上疏指出章奏考成法之弊端云：「考成之法，不過催徵錢糧、捕獲賊犯、提問官員三事而已。今水旱災傷，民力不及。若以錢糧重處撫、按，則撫、按別無計策，惟參論有司；有司別無計策，惟敲撲百姓；百姓不安，盜賊蠭起，此臣等所大懼也。盜賊逃亡，潛跡異地，撫、按專駐一方，豈能搜之於他省？若以此重責，不過嚴督司道，此較州縣，而持之過急，必至拷逼平民，報充抵數，無辜被冤，致干和氣，此臣等所大慮也。至官員提問，其間有陞任遠方，黜回原籍，行文提取，非數月不至，或證人不齊，詔承不服，往返駁詰，非旬月不完；若畏避參罰，急促了事，又恐啟鍛鍊文致之風，此非治體之所宜也……臣等以為事苟治不必苛責，民苟安不必過求。」〔註25〕申時行所言應該說不無道理，考成之法確有其弊端，即過為苛責嚴格，而不符合儒家仁政之品格。然而一味以寬大為政，則會降低行政效率，無綱紀可循。史評申時行云：「時行在閣九年，政令務承上指，不能有所匡正。又懲居正綜覈之弊，一切務為簡易。由是上下恬熙，法紀漸至不振云。」〔註26〕於是萬曆中後期呈現出一種與前期之整肅全然不同的面貌，可以紛亂概之。

萬曆中後期政體紛亂的表現之一便是言路勢張及言官與政府的矛盾。萬曆十年張居正卒，十一年追奪官階，張居正之前所引用者，削斥殆盡，而之前以建言得罪張居正者則紛紛得到起復。吳中行復故官，進右中允，直經筵。趙用賢復故官，進右善贊。艾穆起戶部員外郎，沉思孝復官，進光祿少卿。而江東之、李植、養可立等人更是以攻張居正驟貴。起初萬曆帝頗怨馮保與張居正，而苦於無人上疏彈劾。御史江東之首發張居正、馮保同黨徐爵罪，並揭發兵部尚書梁夢龍結交徐爵諸情狀。接著李植揭發馮保十二大罪狀，養

〔註25〕夏燮：《明通鑒》第五冊，中華書局 2009 年版，第 2428 頁。
〔註26〕夏燮：《明通鑒》第五冊，中華書局 2009 年版，第 2464 頁。

可立又追論張居正諸罪，於是三人頗受帝知，深相結，並引趙用賢、吳中行為重。張居正執政時期言路曾倍受摧抑，而至此言官們則是爭礪鋒銳，而又正值李植等人並荷上寵，因此言官們則是鼓足了勇氣紛紛搏擊當路。由此，言路與政府的矛盾日漸加深。萬曆十二年的丁此呂上疏事件可謂是言路與內閣的首次交鋒。御史丁此呂彈劾侍郎高啟愚主南京試以「舜亦以命禹」為題乃是企圖為張居正勸進。萬曆帝徵求首輔申時行對此事的看法，申時行認為丁此呂的說法是以曖昧陷人大逆，如果此風一開必定讒言接踵而至。於是尚書楊巍請貶丁此呂於外，李植、江東之等人便因此彈劾申時行、楊巍蔽塞言路。萬曆帝最終歸罪於高啟愚，而並未貶謫丁此呂。申時行、楊巍相繼求去，後余有丁以「大臣國體所繫，今以群言留此呂，恐無以安時行、巍心。」之言勸諫萬曆皇帝，萬曆帝才聽從楊巍之言，貶謫丁此呂。此事可謂是一導火索，全面激發了政府與言路之間的互相不滿。內閣大臣許國對言路諸人不勝激憤，專疏求去，並指責言路：「昔之專恣在權貴，今乃在下僚，昔顛倒是非在小人，今乃在君子。意氣感激，偶成一二事，遂自負不世之節，號召浮薄喜事之人，黨同伐異，罔上行私。」〔註27〕萬曆十五年，南京太僕卿沉思孝又上疏彈劾政府壓制言路：「禁其作奸犯科可也，而反禁其讜言直諫；教其砥行立節可也，而反教人緘默取容，此風一開，流弊何極！諫官避禍希寵不言矣，庶官又不當言。大臣持祿養交不言矣，小臣又不許言。」〔註28〕至此之後，政府與言路日相水火，政府對言路之壓制，言路對政府之攻擊終萬曆一朝而不止。言官與政府勢為水火是導致萬曆中後期紛亂的重要原因。前人有幾個重要的觀點值得參考。

> 攻江陵而以諫顯也，諸君又於是更其諱而為諍。言者彌熾，輒指之曰是出位也，是欲趨捷徑而適者也，是不知大體也，是為某氏攻某氏也，而力主矯偏救枉之說以與言者敵，此諸相國之近習也。上之人按之彌窘，輒指之曰是塞言路也，是欲痛懲正人也，是一綱掩也，是亦為某氏去某也，而力主請靭止輦之說以與上之人敵，此諸君子之近習也。〔註29〕

> 然而馮狐鼠者因眾而批龍領者亦不乏也，首鼠者十一，而鳴

〔註27〕夏燮：《明通鑒》第五冊，中華書局 2009 年版，第 2414 頁。
〔註28〕夏燮：《明通鑒》第五冊，中華書局 2009 年版，第 2437 頁。
〔註29〕談遷：《國榷》第五冊，上海古籍出版社 1983 年版，第 351 頁。

鳳者亦十九也。〔註 30〕

自乙酉以至於今，相持者五載，大小紛擊，彼我犄角，燥濕敵而水火爭。此其勢必至於乞援中涓，借交群小。夫中涓既以陰操顛倒威福之權而群臣復佐以朝暮燕秦之舌，一旦勢成，禍見醸而為唐之甘露，宋之熙寧，偎首駢肩而就東漢黨獄。諸君雖以空言搏擊，傾黨訕訶，終何益於朝廷道義哉？〔註 31〕

士不以一節概終身，建言諸臣，始而悻悻，繼而靡靡，骨鯁成性者幾人？類多負氣借叢，共標門戶。〔註 32〕

嘉隆以來，天下士唯唯阿阿，寢處顛倒於脂膏間，不自持矣。弔詭者乘之而起，爭陛而陛，爭堂而堂，負建鼓，立赤幟，震撼撞擊。必欲使天下出字下，附津殘，以自雄高也。甚乎哉？〔註 33〕

由此，可得出以下幾個結論，首先言路與政府勢若水火，不僅有政府的原因也有言路的原因。第二，言路與政府之間的紛爭，雖有道義之爭，但更多時候確實有意氣之爭，因此這些爭論並非有是非曲直的標準。所謂「深結戚畹近侍，威制大僚，日事請寄，廣納賂遺，褻衣小車，遨遊市肆，狎比娼優，或就飲商賈之家，流連山人之室，身則鬼蜮，反誣他人。」〔註 34〕第三，言路與政府之間的紛爭最終導致門戶之爭，是明末黨爭之源頭。明末之黨，有宣昆、齊、楚、浙之說。祭酒湯賓尹與諭德顧天埈，各召收朋徒，評論時政，湯賓尹是宣城人，顧天埈是崑山人，號稱宣昆黨。齊黨則亓詩教、周永春、韓濬、張延登為魁，而燕人趙興邦輩附之；楚黨以官應震、吳亮嗣、田生金為之魁，而蜀人田一甲、徐紹吉輩附之；浙黨則姚宗文、劉廷元為之魁，商周祚、毛一鷺等附之。齊、楚、浙三黨聲勢相倚。顧憲成家居，講學東林，從之遊者甚眾，忌者甚眾，於是齊著楚三黨並立，共攻東林。萬曆中後期萬曆怠政，章奏多留中，言路所攻之人，往往不等皇帝下旨就自動解職。不僅小臣自動解職，大臣也多不安其位。萬曆四十年，吏部尚書孫丕陽因不滿廷臣日事攻擊，拜疏自去。內閣大臣李廷機被言路交章詆之，累疏乞休，杜門不出。萬曆四十一年，兵部尚書孫瑋為黨人官應震所攻擊，拜疏自去。萬曆

〔註 30〕談遷：《國榷》第五冊，上海古籍出版社 1983 年版，第 351 頁。
〔註 31〕談遷：《國榷》第五冊，上海古籍出版社 1983 年版，第 352 頁。
〔註 32〕談遷：《國榷》第五冊，上海古籍出版社 1983 年版，第 436 頁。
〔註 33〕談遷：《國榷》第五冊，上海古籍出版社 1983 年版，第 472 頁。
〔註 34〕夏燮：《明通鑒》第五冊，中華書局 2009 年版，第 2633 頁。

四十五年，吳道南典會試，舉子有以代倩獲第者，湯賓尹嗾其黨攻之，吳道南言：「臺諫劾閣臣，職也。二百年來，有糾閣臣之言官，無詈閣臣之言官。臣辱國已甚，請立罷黜。」〔註 35〕

萬曆中後期之紛亂還表現在吏部。由於言路勢張，內閣往往需要倚靠銓部壓制言路。因此萬曆中後期內閣與政府之關係頗為複雜。萬曆十八年大計，都御使辛自修想要有所澄汰，而吏部尚書楊巍則徇政府所指，賢否混淆。後改任戶部尚書宋纁於吏部，宋纁一改楊巍遇事輒請命政府的作風，於執政一無所關白。宋纁遭罷斥後，繼任者陸光祖承之，常常以事忤申時行，萬曆二十年大計外吏，有物議者多黜之。然而宋纁與陸光祖都為執政所不容而遭到罷斥。繼任尚書孫鑨持守益堅，萬曆二十一年京察，政府所欲庇者皆在罷黜中，於是政府皆憾。內閣與吏部的矛盾正如薛敷教所言：「且部權歸閣，自高拱兼攝以來，已非一日。尚書自張翰、嚴清而外，選郎自孫礦、陳有年而外，莫不奔走承命，其流及於楊巍，至劉希孟、謝廷寀而掃地盡矣。尚書宋纁稍欲振之，卒為故輔申時行齮齕以死。尚書陸光祖，文選郎王教，考功郎鄒觀光，矢志澄清，輔臣王家屏虛懷以聽，銓敘漸請。乃時行身雖還里，機伏垣牆，授意內璫張城、田義及言路私人，教、觀光遂不久斥逐。今祖其故智，借拾遺以激盛怒，是內璫與閣臣表裏鉗制部臣。」〔註 36〕萬曆十五年，改左都御史孫丕陽為吏部尚書，孫丕陽掌吏部，挺勁不撓。為了杜絕中貴請謁，創為制簽法，銓政一大變。萬曆三十六年，吏部尚書菜國珍因不為首輔張位用，亦罷。而萬曆末年黨爭激烈，鄭繼之為吏部尚書，鄭繼之為楚人，一聽楚黨指揮，之後的吏部尚書趙煥則一聽齊黨指揮，吏部之權不復振。而言路的紛爭也使得萬曆皇帝對言路充滿厭倦與憎惡，對科道屢有譴責。萬曆十五年，因何起鳴事件詔譴科道。萬曆十八年，因星變責言官欺蔽。萬曆二十四年，削兩京科道官二十四人籍。萬曆四十一年，誡廷臣毋植黨妄言。

萬曆中後期，皇帝之痿痺，朝務之雍滯，政務之解體已經到了無可挽回之地步。張居正去位之後，萬曆皇帝逐漸荒怠，章奏多留中。更由於立儲之事與群臣相持不下，皇帝和官員之間失去了信任與默契，以至於萬曆皇帝幾十年不上朝，置朝政於不顧，置若罔聞。吏部尚書宋纁的一段話頗能揭示萬曆皇帝此種痿痺之態度。史載：「時中外陳奏，上多不省。或指言斥之，則曰

〔註 35〕夏燮：《明通鑒》第五冊，中華書局 2009 年版，第 2663 頁。
〔註 36〕夏燮：《明通鑒》第五冊，中華書局 2009 年版，第 2491 頁。

此沽名耳，亦不加罪。于慎行稱上寬大，繼愀然曰：『言官極論得失，要使人主動心。縱罪及言官，上意猶有所儆醒。概置勿聞，則如痿痹，不可療矣。』時以為至論。」〔註37〕萬曆皇帝痿痹於政事，卻積極於斂財，萬曆二十六之後天下皆苦礦稅，所謂「內臣務為劫奪以應上求，礦不必穴而稅不必商，民間邱隴阡陌皆礦也，官吏農工皆入稅之人也。公私騷然，脂膏殫竭，向所謂軍國正供，反致缺損。」〔註38〕此時政務之解體狀還可見於曹署空缺，官員不補。萬曆三十一年，吏部奏陳天下郡守之缺幾達一半，請敕吏部推補，不報。當時曹屬之空，或一人身兼數職，或直接空缺，不了了之。如萬曆三十七年，南京禮科給事中晏文輝請補南署卿貳，當時南京各部門官員，除吏部、戶部、兵部侍郎各一人，右僉都御使一人，通政使一人外，其餘皆空缺。又「吏科都給事中久不補，教官候憑者至七八百人，或窮死吏部。」〔註39〕皇帝對官員們失去信任，官員們也紛紛對朝政喪失信心。封印自去，拜疏自去者屢見。萬曆三十七年，署左都御使封印自去。萬曆四十二年，孫慎行拜疏自去。萬曆四十六年，兵部尚書崔景榮封印自去等等。可見當時之明王朝已幾近癱瘓，又加上南北邊患，真可謂皇帝庸怠、朝政解體、正人去國、民心不安、山河破碎，時事之不可為矣！百年之後每思及此，也不免使人扼腕歎息，正如萬曆三十四年，工科給事中王元翰所言，當時時事可痛苦者有八：「輔臣，心膂也。朱賡輔政三載，猶未一睹天顏，可痛苦者一。九卿強半虛懸，甚者闔署無一人，監司、郡守亦曠年無官，或一人綰數符，事不切身，政自苟且，可痛苦者二。兩都臺省，寥寥幾人，行取入都者累年不被命……御史巡方事竣，遣代無人，威令不行，上下胥玩，可痛哭者三。被廢諸臣，久淪山谷……苟更閱數年，日漸銷鑠，人之云亡，邦國殄瘁，可痛哭者四。九邊歲餉缺至八十餘萬……塞北之患未可知也……一旦有急，可驅使赴敵哉？可痛哭者五。天子高拱深居，所恃以通下情者，祇章疏耳。今一切高閣……言路惟空存議論，世道何如哉？可痛哭者六。榷稅使者滿天下，致小民怨聲徹天下……眾心離判而猶不知變，可痛哭者七。郊廟不親，朝講不禦，青宮輟講，亦已經年，親宦官宮妾而遠正人端士。可痛哭者八。」〔註40〕

〔註37〕夏燮：《明通鑒》第五冊，中華書局2009年版，第2463頁。
〔註38〕夏燮：《明通鑒》第五冊，中華書局2009年版，第2554頁。
〔註39〕談遷：《國榷》第五冊，上海古籍出版社1983年版，第594頁。
〔註40〕夏燮：《明通鑒》第五冊，中華書局2009年版，第2592頁。

（二）萬曆中後期士人之分化

張居正在位年間，企圖以強制性的行政手段統一思想而尚不可為，何況在萬曆中後期紛亂的朝局下，士人的思想，其人生觀，價值觀，生活方式更是趨於多元化，士人集團也迅速朝著不同的方向分化。概而言之，可分為三類。第一類士人可稱之為道義之承擔者。萬曆中後期國將不國之政治危機喚醒了傳統士大夫固有的經世精神，此類士人充當著道義承擔者之角色，他們發揮著知其不可為而為之的精神，站在時代的浪尖，試圖力挽狂瀾。在國將破家將亡之時，把儒家的經世精神演繹得可歌可泣。第二類士人可稱為會通出世入世者，此類士人大多出入釋道、持性無善惡的學術思想，而在人生價值觀方面，他們一方面追求自我之解脫與順適，參禪論道，大講心性之學，而另一方面也難以割捨掉儒家之責任感，因此呈現出一種會通出世入世的形態。第三類士人在學術思想方面與第二類士人相似，然則完全對朝政失望，他們完全視做官為苦差事，一味追求自我之順適。後兩類士人均為王陽明心學在中晚明發展演變所致。

第一類士人以東林黨及其周圍人物為代表，包括顧憲成、顧允成、高攀龍、錢一本、趙南星等人。第二類士人以管志道、周汝登、楊起元、陶望齡等為代表，第三類士人以公安三袁為代表。關於第二類與第三類士人，本文第四章將會有足夠的筆墨詳細論述。下面具體來看第一類士人。顧憲成，字叔時，別號涇陽，無錫人。萬曆八年進士。萬曆十五年，都御史辛自修得罪政府，顧憲成不平，上疏語侵執政，被旨切責，謫官。後擢吏部主事，爭三王並封。二十一年京察，與吏部尚書孫鑨、考功郎趙南星共黜政府私人，後又與執政牴牾，削籍歸。顧允成，字季時，憲成弟，舉萬曆十一年會試，十四年赴殿試，對策中言及鄭貴妃與立儲之事被置末第。因海瑞事被廢，後起為教授，入為國子監博士，遷禮部主事，爭三王並封，又因抗疏論執政被謫，後乞假歸，不復出。錢一本，字國瑞，武進人。萬曆十一年進士，徵授御史，因上論相、建儲二疏被斥為民。趙南星，字夢白，萬曆二年進士，戶部主事，起歷文選員外郎，疏陳天下四大害，以病歸，起考功郎中，又因二十一年京察得罪執政，斥為民。高攀龍，字存之，無錫人。萬曆十七年進士，授行人。因上疏觸帝怒，謫典史，後遭親喪，不復出。以上諸君均以敢於直言去官，其不僅在朝為官時敢於直言，里居亦諷議朝政，裁量人物。史載：「邑故有東林書院，宋楊時講道處也，憲成與弟允成倡修之，常州歐陽東鳳與無錫知縣

林宰為之營構。落成，偕同志高攀龍、錢一本、薛敷教、史夢麟、於孔兼輩講學其中，學者稱涇陽先生。當是時，士大夫抱道忤時者，率退處林野，聞風響附，學舍至不能容。憲成嘗曰：『官輦轂，志不在君父，官封疆，志不在民生，居水邊林下，志不在世道，君子無取焉。』〔註41〕可知其以世道人心為己任的人生價值觀，這不僅表現在其諷議朝政、裁量人物的具體行為，還表現在其尊程朱，反對性無善惡論之學術思想上。因此，必須要提及王學在萬曆中後期的所遇到的挑戰。

萬曆十年之後，不斷有人對王陽明性無善惡說進行質疑，並力圖糾正性無善惡說所帶來的流弊。萬曆十年，呂坤與楊晉庵在京相識。呂坤不喜陽明後學空談之習氣，尤其注重道德修養，提出了「省心」、「治心」等一套具體而切實可行的修養方法。萬曆十四年，呂坤又在北京與鄒元標論學，試圖勸說鄒元標放下心學書籍，專取諸子性理諸篇讀之，而鄒元標則表示難以接受，並認為呂坤所謂「省心」、「治心」的修養方法缺乏主腦，枉費精神。萬曆二十年，許孚遠與周汝登之辯論，萬曆二十四年與二十六年，顧憲成與管志道之辯論則是圍繞著性無善惡說的爭論，這不僅是學術思想的不同，更是人生價值觀的不同。

通過上述對歷史語境的梳理，可以得出如下幾點結論：一、陽明心學在隆慶、萬曆兩朝大肆盛行，並得到了官方的認可。儘管在張居正執政時期曾一度遭到鎮壓，但絲毫沒有影響其在士人群體間的流行，從而成為影響士人群體人生觀、價值觀的重要思想資源。二、萬曆中後期以來紛亂的政體與日益嚴重的政治危機使得士人群體向著不同的方向分化。三、與士人群體之分化相關，陽明心學在晚明政治危機的歷史背景下遭到了來自王學內部與外部的質疑與挑戰。

第二節　從焦竑的交遊情況看其與時代思潮之關聯

本節力圖通過對焦竑交遊狀況的具體考證，還原其與隆慶、萬曆年間不同士人群體交遊狀況之原貌，從而找出其與時代思潮的關聯所在。析言之，與焦竑交遊之群體可分為以下幾類：一、陽明後學學者。二、經世實學學者。三、文人。四、朝廷官員。第三類群體筆者將在第四章論述焦竑與隆、萬年

〔註41〕《明史‧列傳》第一百十九，中華書局 1983 年版，第 6032 頁。

間文壇時有詳細的梳理，而第四類群體則是焦竑在朝為官時出於職務的需求與之發生過某些交遊活動，這類群體對焦竑的人格心態與思想的發展無甚關聯。因此，本節主要著重於焦竑與前兩類群體交遊活動的考察。

一、焦竑與陽明後學諸人之交遊

（一）焦竑與良知現成派之交遊

耿定向

　　明世宗嘉靖十九年焦竑生於南京應天府上元縣旗手衛的一個軍人家庭。焦家祖籍本在山東日照，遠祖焦朔由於軍功被授南京旗手衛世襲千戶，從此世居南京。焦竑一出生便被當作「讀書種子」，賦予了振興家族的殷切期望。其自幼聰慧好學，自髫年便跟隨長兄學習，對學問表現出一種濃厚的興趣，其「於古注疏，有聞必購讀」〔註42〕，還愛好古文寫作，「得《左傳》、《國語》、《戰國策》、《史記》、《莊》、《騷》，讀而好之，模擬為文」〔註43〕。嘉靖三十四年，焦竑應童子試，年僅十六歲的他表現出過人的才識，為督學薛公、方泉趙公、經師王銑所器重，入南京兆學讀書，這時焦竑除科舉程課、經史之學、古文寫作之外，對陽明心學尚無接觸。嘉靖四十一年是焦竑人生中有重要意義的一年。這年耿定向督學南畿，為包括焦竑在內的南京士子打開了一扇通往陽明心學殿堂的大門。耿定向字在倫，號天台，湖北黃安人。此人是焦竑進入陽明心學殿堂的帶路人。儘管焦竑此後的學術旨趣與其有重要差別，但其在焦竑對陽明心學的接受過程中則有引領之功。在任南畿督學之前，他的為學旨趣經歷了一個變化的過程。耿定向年少時便有成聖作賢的渴望，據載其兩歲時便以官級問祖父，祖父為他遞數至公卿，他不滿足地問：「還有比公卿更高的麼？」祖父想了想說：「獨有聖人耳。」耿定向應聲答道：「兒異日當為聖人。」〔註44〕自此耿定向始終將成聖作賢作為人生的追求。要成聖作賢，最重要的途徑便是「盡倫」。

　　　　時公甫讀程朱語有契，先生亦奮自樹，始相與講聖賢學。公甫

〔註42〕焦竑：《刻兩蘇經解序》，《澹園集·續集》，李劍雄點校，中華書局1999年版，第750頁。

〔註43〕陳懿典：《尊師澹園先生集序》，《澹園集·附編二》，李劍雄點校，中華書局1999年版，第1213頁。

〔註44〕焦竑：《資德大夫正治上卿總督倉場戶部尚書贈太子少保諡恭簡天台耿先生行狀》，《澹園集》，李劍雄點校，中華書局1999年版，第525頁。

賓賓，規行矩步，意以主敬為鵠，先生曰：「道在明倫。盡倫，所以
學聖也，惡用此拘拘檢柙為？」〔註45〕

耿定向為學的轉變來源於其弟耿定理的啟發。嘉靖三十六年，耿定向奉命宣詔
於楚，得歸故里，正值耿定理為學有所悟入之時，耿定向與其討論不輟。自此
之後，為學一意於「存虛」〔註46〕。所謂「存虛」，大致可理解為內心體驗一
類的參悟工夫，可見耿定向為學已從外在的「盡倫」轉向內在的體悟。次年春，
耿定向偕耿定理入京，與王學著名學者羅汝芳、胡正甫同遊，對王陽明良知學
說有了更加深刻的體會。嘉靖四十年，耿定向奉命按甘肅，過里門，與耿定理
論學。仲子曰：「孔氏之無聲無臭亦自有形有象，孔氏之有形有象源自無聲無
臭。」先生首肯之，自是於有無內外，精粗顯微無二見矣。〔註47〕

可見，此時耿定向為學風格更加圓融貫通了，而其督學南京也正在這一
時期，這種為學理路無疑給剛接觸心學的焦竑以深刻的影響。關於耿定向給
南京帶來的變化，焦竑以欣喜的筆調記錄道：「先生至，毅然以斯文為任，舉
簡書所云『崇正學，迪正道』者，稟為功令，直契仁體以示人。案吏則先風
化而抑搏擊，校士則獎名檢而黜浮華，桑陰未移，而下自化。自屬吏諸生日
為吸引，隨機立教，不強所未至。」〔註48〕類似的記載，也可以在焦竑後來
所作的《先師天台耿先生祠堂記》等文中看到。歸納起來，耿定向此時在南
京治學的特點以及焦竑從中得益之處主要有三個方面〔註49〕：一是識仁，即
上引文中的「直契仁體以示之」，所謂「仁體」也就是耿定向所理解的王學的
「良知」。耿定向主要揭示了「仁體」的內在性、主動性。耿定向此種為學宗
旨所帶來的效果，焦竑記錄到：「當是時，雨化風行，轉相教詔，士霍然寤仁
之非遠，而矩之不可逾，庶幾道術不為天下裂，厥功大矣。」〔註50〕二是「隨

〔註45〕 焦竑：《資德大夫正治上卿總督倉場戶部尚書贈太子少保謚恭簡天台耿先生行
　　　　 狀》，《澹園集》，李劍雄點校，中華書局1999年版，第525頁。

〔註46〕 焦竑：《資德大夫正治上卿總督倉場戶部尚書贈太子少保謚恭簡天台耿先生行
　　　　 狀》，《澹園集》，李劍雄點校，中華書局1999年版，第525頁。

〔註47〕 焦竑：《資德大夫正治上卿總督倉場戶部尚書贈太子少保謚恭簡天台耿先生行
　　　　 狀》，《澹園集》，李劍雄點校，中華書局1999年版，第526頁。

〔註48〕 焦竑：《資德大夫正治上卿總督倉場戶部尚書贈太子少保謚恭簡天台耿先生行
　　　　 狀》，《澹園集》，李劍雄點校，中華書局1999年版，第527頁。

〔註49〕 可參看劉海濱：《焦竑與晚明會通思潮》，復旦大學歷史學系2005年博士論文，
　　　　 第17～18頁。

〔註50〕 焦竑：《先師天台耿先生祠堂記》，《澹園集》，李劍雄點校，中華書局1999年
　　　　 版，第244頁。

機立教，啟以機鋒」的為學方式。這是一種接近「頓悟」，注重內心體驗的方式。三是「崇正學，迪正道」。這可以說這三個方面亦是焦竑得益於耿定向處。耿定向在南京期間甚為器重焦竑。嘉靖四十五年，耿定向在南京建崇正書院，請焦竑主教，而焦竑也從耿定向那裡找到了為學的方向。

史桂芳

字景實，嘉靖癸丑進士。嘉靖四十一年，耿定向督學南畿，曾勸其正學術正人心。同年，焦竑受到耿定向重視，亦託史桂芳委曲接引。焦竑回憶其從學於史桂芳之經歷云：「憶余弱冠未之所向往，先生不難折節下之，始以程藝相階梯耳。已而意其無忤也，乃徐引之學。」〔註 51〕史惺堂為學尚實，不以解悟相高，並有濃厚的衛道正倫意識，此點與耿定向相似。「先生學以知恥為端，以改過遷善為實，以親師取友為助，若夫抉隱造微，則俟人之自得，不數數然也。抗橫流，衛正學，令人不蹈於空虛，而卓然知行誼之可貴。」〔註 52〕焦竑學術具有篤實、守正之一面或以耿、史二人之影響有關。

王襞

耿定向引領焦竑走上了陽明心學的道路，而泰州學派著名學者王襞加深了其對心性之學的體會。嘉靖四十四年，王襞至金陵主講會，焦竑從襞問學。這次講學的具體內容，史料已無詳細記載，只是在《東崖遺集》中留下了耿定向門人楊道南記錄的其與王襞的一段對話，從中可以看出樂學思想是這次講學的重點所在：

> 東崖子之始至而論學焉，有問學何以乎？曰：「樂。」再問之，則曰：「樂者心之本體也。有不樂焉，非心之初也。吾求以復其初而已矣。」「然則必如何而後樂乎？」曰：「本體未嘗不樂，今日必如何而後能？是欲望有加於本體之外也。」「然則遂無事於學乎？」曰：「何為其然也？莫非學也，而皆所以求此樂也。樂者樂此學，學者學此樂。吾先子蓋言之矣。」「如是則樂亦有辯乎？」曰：「有，有所倚而樂，樂以人者也，一失其所倚則慊然若不足也，無所倚而樂者樂以天者也，舒慘欣戚、榮悴得喪，無適而不可也。」「既無所倚則樂者果何物乎？

〔註 51〕焦竑：《惺堂史先生墓誌銘》，《澹園集》，李劍雄點校，中華書局 1999 年版，第 481 頁。

〔註 52〕焦竑：《惺堂史先生墓誌銘》，《澹園集》，李劍雄點校，中華書局 1999 年版，第 480 頁。

道乎？心乎？」曰：「無物故樂，有物則否矣。且樂即道也，樂即心
也。而曰所樂者道，所樂者心是床上之床也。」……「且樂者心之體
也，憂者心之障也。然則何以曰憂道？何以曰君子有終身之憂乎？」
曰：「所謂憂者非如世之膠膠然、役役然以外物為戚戚者也。所憂者
道也，其憂道者憂其不行乎樂也。舜自耕稼陶漁以至為帝，無往而不
樂，而吾獨否焉。是故君子終身憂之也。是其憂也乃所以為樂其樂也。
則自無庸於憂慮耳。」凡東崖子論學，隨機指示，言人人殊，而其大
都不出於此。以故上智者聞而樂焉，曰：「明珠在懷，吾何索之途也？」
淺機者聞而樂焉，曰：「吾亦有是珠，而獨何為其自昧也？」蓋自東
崖子至，而吾留都諸同志皆如大寐之將醒。其駸駸嚮往之態，若決百
川而赴之海也，謂之載道而南也不其信乎？〔註53〕

從以上所引材料中可知王襞論學之主旨在於以下幾個方面：首先，王襞指出
「樂」是心之主體，是心本然的狀態，這種樂是人人皆有的，它雖然不否定
學的意義，然而學的根本目的就是要恢復心體這種本然狀態。其次，區別了
兩種樂，一種是「有所倚而樂」，這種樂不是真正的樂，被王襞稱為「樂以人
者」。另一種樂是無所倚而樂，這種樂被稱為「樂以天者」，這種類型的樂才
是真樂，達到這種真樂才能「舒慘欣戚、榮悴得喪，無適而不可也」。接著，
由這兩種樂的區別出發，王襞作出了「樂即道也、樂即心也」的結論。最後
還討論了樂與憂的關係問題，王襞認為只有樂才是心之本體，憂是對心之本
體的一種遮蔽，而所謂憂道也無非是憂不得乎樂罷了。〔註54〕

　　這次講學無疑給焦竑留下了深刻的印象，多年之後，在給王襞所撰的墓
誌銘中，焦竑基本上原文轉述了楊道南所記內容並談及此次講學：「至金陵與
多士講習，連榻累句，博問精討，靡不愜其欲以去。」〔註55〕接著，焦竑評
價王襞的「樂學」思想：「先生孔孟之言未嘗一日去於口，其推與世共也，未
嘗一日忘於心，而大意具此矣。」〔註56〕樂學思想是王襞為學的主要傾向也

〔註53〕王襞：《詩引》，《東崖王先生遺集》卷上，四庫叢書存目叢書，集部146冊。
〔註54〕可參看吳震：《泰州學派研究》，中國人民大學出版社2009年版，第207～209
　　　　頁。
〔註55〕焦竑：《王東崖先生墓誌銘》，《澹園集》，李劍雄點校，中華書局1999年版，
　　　　第493頁。
〔註56〕焦竑：《王東崖先生墓誌銘》，《澹園集》，李劍雄點校，中華書局1999年版，
　　　　第493頁。

是焦竑受益於王襞的主要方面。王襞離開金陵時，焦竑作詩贈別，對王襞思想的高妙大加讚賞：「結髮抱奇氣，唾視豪俠儔。風塵日骯髒，稟性寡所謀，君屈起東海，高論戞琳球，陳義狎六籍。浩氣吞九牛，片言一指顧。四座皆回頭，精深魯鄒意。爛漫東南州，木石生羽翮，況乃知者流。快哉千載會，膠漆忽以投。」〔註57〕值得注意的是，「樂」不光是一個理論範疇，還是一種能在日常生活中體驗的境界，這種境界能夠造就出獨特的人格風範來。王襞就是一個典型的例子，他繼承了其父王艮的學術思想，但削弱了心齋報身、安身、愛身、敬身等觀點，也很少像心齋那樣對當朝政事直言不諱，於是在王襞身上多了一種於山野中徜徉自樂的瀟灑。

> 江水浩無極，煙波迴且深。扁舟一朝去，邈然不可親。先生靜者流，縛屋東崖岑。微言自剖析，墜緒恣幽尋。荊棘莽道周，義和瞥空明。那能千載後，獨契黃虞心。〔註58〕

> 孔丘豈驕淫，老氏戒睢盱。世棼自燿熠，至道歸沖虛。所以古人心，澹泊足自娛。如何夸毗子，逐逐窮六區。先生謝塵搕，闇然中林居。天刑忽自解，守雌意晏如。邇來六十載，沈賞鏡玄機。真陽伏兌氣，純白鄰太初。行行千里駕，去與元化俱。〔註59〕

> 凭軒西望黯銷魂，耆舊風流獨爾存。九鼎欲增淮海重，群峰還擁泰山尊。高歌醉裏春風遠，細雨江邊野火繁。何日關門來紫氣？為予強著五千言。〔註60〕

從這些優美的詩句中，我們不難看出，除了對王襞學術思想的欽佩之外，焦竑恐怕還深深陶醉於王襞「樂在其中」的人格魅力吧。

王畿

在所有焦竑存世文獻中，並無與王畿交遊狀況的有關記載。考嘉靖四十四年，王畿應耿定向之邀，曾至金陵講學。焦竑作為耿定向門人，必然參與

〔註57〕焦竑：《贈王東崖先生五首（一）》，《澹園集》，李劍雄點校，中華書局 1999年版，第 587 頁。

〔註58〕焦竑：《贈王東崖先生五首（二）》，《澹園集》，李劍雄點校，中華書局 1999年版，第 587 頁。

〔註59〕焦竑：《贈王東崖先生五首（五）》，《澹園集》，李劍雄點校，中華書局 1999年版，第 588 頁。

〔註60〕焦竑：《奉懷王東崖先生卻寄》，《澹園集》，李劍雄點校，中華書局1999年版，第 642 頁。

了此次活動。再從焦竑的學術思想上看，其出入釋道，無分別，無執著，圓而通之的學術特點，不能不說受到王畿的影響。

羅汝芳

關於焦竑與羅汝芳之間的關係問題，歷來有兩種說法。一種說法以為焦竑師從於羅汝芳。《明史》本傳載其「從督學御史耿定向學，復質於羅汝芳。」〔註61〕又說其「以耿定向、羅汝芳兩先生為師。」後世多有承襲此說者。今人李劍雄著《焦竑評傳》完全認同了此種說法。另一種觀點以容肇祖、吳震為代表，兩位先生認為焦竑只是問學於羅汝芳，並無確切材料證明其曾師從於羅汝芳。筆者認同後一種觀點。焦竑與羅汝芳的交往見於記錄的共有以下幾次：嘉靖四十三年，羅汝芳進京途徑南京，耿定向邀請他為眾弟子講學，焦竑參與了這次講會。〔註62〕第二次在隆慶二年，羅汝芳往南京解救被捕入獄的顏鈞，為顏鈞籌贖金，焦竑也捐銀二兩。〔註63〕第三次在萬曆元年，羅於赴京途中一路會講，至南京，焦竑、李贄等與之聚會講學。〔註64〕第四次在萬曆十四年，從江西至浙江再到南京一路訪友講學，羅、周與焦竑、朱廷益、李登、陳履祥、湯顯祖等談學永慶寺。〔註65〕但在這幾次交往的記錄中並無任何跡象表明焦竑師從羅汝芳，從焦竑本人的敘述中來看，他也只是「詣之問學」而已。〔註66〕

作為泰州後學，羅汝芳為學承襲了「百姓日用即道」的根本宗旨，這一根本宗旨體現於羅汝芳身上則是一種直指本心的為學方式。焦竑問學羅汝芳，得益之處也在於此。在《羅楊二先生祠堂記》焦竑對羅汝芳這種為學方式大加讚賞說：「國朝之學，至陽明先生深切著明，為一時之盛。是時法席大行，海內莫踰於心齋先生。傳心齋之學者，幾與其師中分魯國。而維德羅先生衍其餘緒，則可謂橫發直指，無復餘蘊矣。先生曾屢至留都，最後嶺南楊貞復從稟學焉。兩先生珠聯璧合，相講於一堂，以為金陵倡。蓋當支離困敝之餘，

〔註61〕《明史·列傳》第一百七十六，中華書局1974年版，第7392頁。

〔註62〕羅汝芳：《盱壇直詮》卷下，中國子學名著集成第四十四冊。

〔註63〕羅汝芳：《揭詞》，載《顏鈞集》又，顏繫南京獄中三年，羅汝芳往來照料營救，與焦竑可能還有過接觸，這裡通算作一次會晤。可參看《焦竑與晚明會通思潮》第二章第一節。

〔註64〕羅汝芳：《盱壇直詮》卷下，中國子學名著集成第四十四冊。

〔註65〕楊起元：《羅近溪先生墓誌銘》，《近溪羅子全集·近溪子集》附集卷二，四庫全書存目叢書，集部130冊。

〔註66〕此問題筆者汲取了劉海濱：《焦竑與晚明會通思潮》復旦大學歷史學系2005年博士論文，第25頁有關結論。

直指本心以示之，學者霍然如梏得脫，客得歸，始信聖人之必可為，而陽明非欺我也。」〔註67〕

　　儘管以上諸人之學術思想各有特點，主張良知的當下現成則是其共同之處。焦竑在諸人之影響下，亦持有良知當下現成說。焦竑曾屢次強調其良知當下現成的觀點。首先，良知現成說與孟子內聖之學的理路相一致：「孟子言乍見孺子時，未暇有內交要譽等心。正見人人具足，築著便動，磕著便轉，今人卻轉看難了。……此心具足，最苦人不自知。果能自知，則見孺子此心。呼爾不受，蹴而不受，亦此心；無受爾汝，亦此心；以至穿衣喫飯，舉手動足，無非此心。」〔註68〕其次，如若不瞭解良知的當下現成，則會造成學術方法的錯誤：「此心自在，求即是迷。如人忘己之頭，奔走呼號，別求首領。旁人告以「汝頭自在」，卻反拒而不信，豈不可憫？」〔註69〕「吾人終日無不是行，所欠者知耳。……惟其不知，將自己一副家珍，置之不理，卻依依然傍人口吻，隨人跟腳。孟子所謂人役也，豈丈夫所為？倘能回光反照，瞥地一下，乃知舉足下足，無非道場，更向何處尋覓？」〔註70〕

（二）焦竑與提倡三教會通者之交遊

　　筆者在論及萬曆中後期以來士人群體之分化時，曾將此時士人分為三類，一為堅守道義者，二為融會三教，會通出世入世者，三對朝政失望而一味追求自適者。其中會通三教者以管志道、李登、李漸、楊起元等為代表，焦竑與此類士人多有交往。據筆者所考，與焦竑有過交遊活動者如下：管志道，字登之，號東溟，太倉人，萬曆五年進士。與焦竑同遊耿定向之門，交往頗多。焦竑評其學云：「其學囊括三教　鎔鑄九流，以自成一家之言。平生之學，翼以西來之意密證六經，東魯之矩收攝二氏。」〔註71〕李登，字士龍，上元人。隆慶初以選貢充太學生，授新野令。亦為耿定向弟子。焦竑《焦氏筆乘》等著作即李登整理出版。李登為學「早歲冥契內典，比謝仕，閱藏東山……

〔註67〕焦竑：《羅楊二先生祠堂記》，《澹園集》，李劍雄點校，中華書局1999年版，第245頁。

〔註68〕焦竑：《崇正堂問答》，《澹園集》，李劍雄點校，中華書局1999年版，第717頁。

〔註69〕焦竑：《古城問答》，《澹園集》，李劍雄點校，中華書局1999年版，第731頁。

〔註70〕焦竑：《古城問答》，《澹園集》，李劍雄點校，中華書局1999年版，第732頁。

〔註71〕焦竑：《東溪管公墓誌銘》，《澹園集》，李劍雄點校，中華書局1999年版，第1045頁。

生平究心性命，外百家群書。」〔註72〕祝世祿，字延之，號無功，鄱陽人。亦為耿定向弟子。焦竑曾為其《環碧齋稿》、《留垣疏草》、《祝子小言》等作序。其人為學以耿定向「不容已」為宗，出入佛學。鄒元標字而瞻，號南皋，吉水人，萬曆五年進士。少從胡直遊，即有志於學。後與馮從吾等建首善書院，集同志講學。鄒元標為學既有實的一面，又有虛的一面。所謂「大中至正，不偏持一說，而主於自得，歸之實詣。」〔註73〕所謂虛的一面，即其為學主悟，反對支離之弊端，不諱言佛氏。所謂實的一面，即其亦能注意到陽明後學之弊端，行恕於人倫事物之間。萬曆五年鄒元標因張居正奪情事被貶，焦竑曾賦詩以贈。萬曆二十一年，二人曾會於南京，本年夏焦竑返北京，鄒元標作序送行，對焦竑之博學大加讚賞，焦竑亦為鄒《宗儒語略》作序。楊起元，字貞復，號復所，歸善人，萬曆五年進士。師從羅汝芳，為學亦遵師說。以明德親民止至善為宗，而要歸於孝悌慈。萬曆二十六年，焦竑與李贄、楊起元論學於南京。並於該年輯《楊復所先生語錄》，並作序。

　　除與提倡會通三教者有交遊外，焦竑還與佛、道二教諸人有所交往。可考者如下：憨山德清，明代四大高僧之一，俗姓蔡，字澄印，號憨山，全椒（今屬安徽省）人。宣講三教一理，主張禪淨雙修。憨山德清早年出家於南京報恩寺，焦竑亦在此讀書，兩人相識或在此時。顧源，號寶幢居士，焦竑讀書報恩、天界兩寺時或與其有過交往，後為其《玉露堂稿》作序，對其佛學修養與由此而形成的超然人格均有所肯定。瞿汝夔，字元立，號那羅窟學人、幻寄道人、槃談等，南直隸蘇州府常熟（今屬江蘇）人，瞿景淳之子。以父蔭受職，三遷至刑部主事，出知辰州府，任職長蘆鹽運使，累官至太僕少卿。幼秉奇慧，博覽強記，宿通內外典。歷從紫柏、密藏、散木等諸公遊，又聞禪法於竹堂寺之管東溟。其後紫柏真可禪師於徑山刻大藏，汝稷乃為文導諸善信，共襄斯舉。又於佛前發誓，願荷法藏。萬曆三十年撮匯歷代禪宿法語為《指月錄》三十卷，盛行於世。焦竑參與了其刻經活動。鎮澄字空印，俗姓李。萬曆年間名僧，焦竑題其《般若照真論》，云：「世法可名，般若不可名。非有般若不可名，不可名即般若耳。」〔註74〕表達了般若空論的思

〔註72〕《明分省人物考》，《明代傳記叢刊》本，第232頁。

〔註73〕《啟禎兩朝遺詩小傳》，《明代傳記叢刊》本，第133頁。

〔註74〕焦竑：《題般若照真論》，《澹園集》，李劍雄點校，中華書局1999年版，第271頁。

想。可見，其與焦竑在佛學思想上是有所交流的。張希陽子　此人生平不可詳考。焦竑為其所刊刻的道教典籍《盤山語錄》作序，可知此人應為道教中人。

　　出入佛道，會通出世入世，可以說是隆慶、萬曆以來時代思潮發展之趨向。此時提倡三教會通之士人，在學術思想、人生價值觀方面均有一致之處。首先，此類士人均持性無善無惡說。此類士人對性無善惡說的堅守，最可見於周汝登與許孚遠的相關辯論中。周汝登，字繼元，號海門，浙江人，萬曆五年進士。周汝登之學得之於王畿與羅汝芳，以無善無惡為宗。萬曆二十年南都講會，周汝登拈出王陽明《天泉正道》一篇相發明，許孚遠則作《九諦》以難之，周汝登作《九解》以答之。許孚遠認為《易》言元者，善之長也。其後又言繼之者善，成之者性。《大學》首句則云「止於至善」，《孟子》七篇大旨也在闡釋性善之旨，因此性無善惡說是不符合儒家經典之宗旨的。周汝登答云：「維世範俗，以為善去惡為隄防，而盡性知天，必無善無惡為究竟。無善無惡，即為善去惡而無跡，而為善去惡，悟無善無惡為始真。教本相通不相悖，語可相濟難相非。此天泉證道之大較也。」〔註75〕並進一步認為善既無，惡亦無所說起，同理惡無善亦無，所謂無病何須疑病，頭上難以安頭。儒家經典中言善處均是以善惡對待而說，若論及心性處則善不與惡相對言，而是一至字。無善無惡之至善即是孔子所言「一貫」之旨。至善是絕名言，無對待之本體。許孚遠又認為「人心如太虛，元無一物可著。而實有可以為天下之大本者在。」〔註76〕性善之旨則正是其所謂天下之大本者。對於許孚遠此種觀點，周汝登則認為心如太虛，不雜知見，不落氣質，已然點出心體與性體之本然，如若再加一個善字，便是多一重障礙而不見本體了。而面對許孚遠聖人之教乃是要教人返回一種性善之本來狀態的觀點，周汝登則認為人心之本初即是無善無惡的。縱觀許孚遠與周汝登之辯論，可知周汝登主張性無善無惡說乃是要達到一種超越善惡對待之虛靈狀態。為學並非無需為善去惡之修為工夫，然而只有修為無跡才是真修為。如若固執於善，則是「有意為善，雖善亦私」。此類觀點亦可見於其他諸人。楊起元，字貞復，號復所，與周汝登同為萬曆五年進士。此人亦師事羅汝芳。其持論以「明德親民止至善為宗，要歸於孝悌慈」，其學可謂本之羅汝芳而推衍之。楊起元為學亦尚「無」，

〔註75〕黃宗羲：《明儒學案》，中華書局1985年版，第861頁。
〔註76〕黃宗羲：《明儒學案》，中華書局1985年版，第862頁。

其云「有則滯，滯則不通，無則虛，虛則通」。〔註77〕陶望齡，字周望，號石簣，萬曆十七年進士。此人為周汝登弟子，其論心性亦以無善無惡為宗。認為無善乃進善之捷徑，並有「觀萬法之自無為解脫」〔註78〕之觀點，此點毋庸贅述。

此類士人對性無善無惡說的提倡，與其會通儒釋道三教的學術特點有著密切的關聯。上述諸人更是明確提出出入釋道，融會三教之主張，並付諸學術實踐。管志道，字東溟，與焦竑同為耿門弟子，此人隆慶五年便中進士，比楊周陶黃諸人早幾年登上京師文壇，其學便是「大歸冀以西來之意密證六經，東魯之矩收攝二氏」〔註79〕為主要特點。萬曆中後期，士大夫談禪更是成了一種十分普遍的現象。陶望齡之學「泛濫於方外，以為明道、陽明之於佛氏陽抑而陰扶。蓋得其彌近理者，而不究夫毫釐之辨也。」〔註80〕陶望齡可謂傾心於佛教，在其與焦竑的多封書信中多表露其學道念佛之強烈願望，如其云：「常欲求一極便宜、極省力者學之。而便宜者莫如學道，省力者莫如念佛，雖行業又純，知解未徹，而此志則堅若石，大若天，萬劫不可磨，百物不可換矣！」〔註81〕其認為佛學與良知之學乃名異而實同，「今之學佛者皆因良知二字誘之」。〔註82〕不僅是陶望齡，與其同年之黃輝，董其昌等亦侵染於佛學。黃輝字平倩，號慎軒，萬曆十七年進士，其人雅好禪學，多方外交。董其昌，字玄宰，亦為萬曆十七年進士。史載其「殫心理學，既而讀曹洞語錄有省，遂證了義」。〔註83〕此時士人之出入釋道之情狀，亦可從此時士人之結社活動中見出。可考者有萬曆十六年董其昌與唐文獻、袁宗道、吳用先等舉禪會於京師龍華寺。又於萬曆二十年復舉禪社於京師。〔註84〕又萬曆五年，楊起元以禪說入制義，科舉文風大變，亦見出佛學在士人間之盛行之狀。

此時士人之出入釋道，融會三教乃是因其有著追求自我解脫之人生追求。

〔註77〕黃宗羲：《明儒學案》，中華書局 1985 年版，第 806 頁。
〔註78〕黃宗羲：《明儒學案》，中華書局 1985 年版，第 868 頁。
〔註79〕焦竑：《管公墓誌銘》，《澹園集》，李劍雄點校，中華書局 1999 年版，第 1045 頁。
〔註80〕黃宗羲：《明儒學案》，中華書局 1985 年版，第 869 頁。
〔註81〕陶望齡：《歇庵集》卷十五，《明代論著叢刊》本，第 2183 頁。
〔註82〕陶望齡：《歇庵集》卷十六，《明代論著叢刊》本，第 2361 頁。
〔註83〕鄒漪：《啟禎野乘》，《明代傳記叢刊》本，第 260 頁。
〔註84〕董其昌：《容臺別集》，《明代論著叢刊》本，第 653 頁。

尤其是對生死問題的關注更成為其人生中的頭等大事，並且十分嚮往超脫於形骸禮數之外的灑脫。陶望齡在與其弟之書信中云：「吾近與袁伯修先輩及同好三四人遊從甚密，雖未能了當大事而受益不淺，且消釋拘累共逃於形骸禮數之外，可謂極樂。」〔註85〕此處所說之了當大事即生死之大事。然而如要說此類士人之尋求自我之解脫乃是其人生之全部追求則並不妥當，此類士人雖融會三教，出入釋道卻並未放棄儒家之責任。張居正執政之時，管志道便敢於冒犯權相，上疏勸萬曆皇帝躬覽大政無使旁落。而在萬曆年間立儲事件中，黃輝身為皇長子講官，亦難忘肩上之責任。其曾謂同里給事中王德完曰：「此國家大事，且夕不測，書之史冊，謂朝廷無人，吾輩為萬世謬矣。」〔註86〕並於王德完上疏得罪下獄之後不避險阻周旋期間。之後的妖書案中，陶望齡則親至沈一貫之宅，責以大義，聲色俱厲。黃宗羲亦評陶望齡云：「先生於妖書之事，犯手持正，全不似佛氏舉動，可知禪學亦是清談，無關邪正。固視其為學始基，原從儒術，後來雖談玄說妙，及其行事，仍舊用著本等心思。」〔註87〕因此，此類士人既有追求自我解脫之一面，亦有關懷天下之情懷，可謂是融會三教，會通出世入世者。

以上材料說明，焦竑不僅僅是在思想上對佛道二家之學有所汲取，與提倡會通三教之士人有所交往，並且在實際生活中亦曾參與佛道二教之活動。而出入釋道恰恰是中晚明士人最顯著的特點的之一，融會三教亦是中晚明思想發展的一個趨勢。

（三）焦竑與反對良知虛無者之交遊

在本章第一節中，筆者曾指出，萬曆中後期以來，在晚明政治危機的刺激下，陽明心學受到了來自內部與外部的各種質疑。這些質疑主要集中在陽明心學所造成的空疏學風與良知虛無論對倫理之善的弱化兩方面。焦竑雖提倡性無善惡論，然其對陽明後學的空疏之弊亦有所警惕，並且其與反對良知虛無者亦有所交往，主要有許孚遠與馮從吾二人。

許孚遠字孟沖，德清人，嘉靖四十一年年進士。著有《論語述》、《敬和堂集》八卷、《大學述》、《中庸述》等。其人為學篤信良知，而惡乎援良知入佛者。與當時名儒馮從吾、劉宗周、丁元薦友善。少從唐一菴遊，學以克己為功，

〔註85〕陶望齡：《歇庵集》卷十六，《明代論著叢刊》本，第 2350 頁。
〔註86〕《明史》，中華書局 1974 年版，第 7394 頁。
〔註87〕黃宗羲：《明儒學案》，中華書局 1985 年版，第 868 頁。

反對性無善無惡說，評何心隱以學為市，絕不再通。初慕陽明，晚乃專契程朱。萬曆二十年前後，與楊起元、周汝登等在南京主講席。楊起元、周汝登並主性無善惡說，許孚遠曾作《九諦》以難之。考其實焦竑亦在南京，或參與其講學活動。焦竑集中有與許孚遠來往書信，其中有與許孚遠辯論諸語，表達了焦竑對性無善惡論的堅持：「頃拜書尺並《大學述》一編，發函展讀，如聞謦欬，感慰可知。格物之說，棼棼久矣。性本無物，惟澄然廓清，而不以忿惵，好樂，憂患、敖惰溷之，則德明而至善可止，修齊治平一齊可了。」〔註88〕馮從吾馮從吾，字仲好，號少墟，西安人，萬曆十七年進士。師從許孚遠，其學術思想與許孚遠一脈相承，其學重工夫。黃宗羲評其學云：「其為學，全要在本原處透徹，未發處得力，而於日用常行，卻要事事點檢，以求合其本體。此與靜而存養，動而省察之說，無有二也。」〔註89〕馮從吾與焦竑同為萬曆十七年進士，焦竑曾云：「余舉進士，同從吾同年，又讀書中秘，把臂論文。」〔註90〕可見二人關係密切。然焦竑為學主三教合一之旨，馮從吾則嚴於儒釋之辨，其認為佛氏所見之性在知覺運動之靈明處，是氣質之性。吾儒所見之性，在知覺運動靈明之恰好處，是義理之性。由此可見二人在思想上的分歧，要之焦竑為學主悟，馮從吾則主實。焦竑集中有《答馮少墟侍御》一書，表達了二人之分歧所在：「竊觀孔門獨稱顏子為好學，自顏子而下，曾子以力行入，子貢以多聞入，皆得「一貫」之宗。然其始也，聞仰、鑽、瞻、忽之語，未嘗不以為類於虛無而疑之。久而有契，乃知「仰、鑽、瞻、忽」即在力行與多聞之間，只分悟與不悟而已。丈業用曾子、子貢工夫，但未知於顏子何如？願百尺竿頭，更進一步，切無謂其近於異端而疑之。」〔註91〕

除以上諸人外，與焦竑有過往來與交流的陽明後學諸人還有萬純初、俞定所、高朗諸人，然而由於其生平難以詳考，故略。從以上對焦竑與陽明後學交遊狀況的考證與梳理，可以得到以下幾點結論：一、與焦竑往來的陽明後學諸人以泰州與龍溪門人居多，此類陽明後學在陽明心學理論方面有以共同點，即均持良知現成論與性無善無惡理論。焦竑在此點上與其一致。二、與焦竑交遊的陽明後學諸人多出入釋道二家，其思想多有融會三教的傾向。

〔註88〕焦竑：《答許中丞》，《澹園集》李劍雄點校，中華書局1999年版，第113頁。
〔註89〕黃宗羲：《明儒學案》，中華書局1985年版，第981～982頁。
〔註90〕焦竑：《馮大夫傳》，《澹園集》，李劍雄點校，中華書局1999年版，第326頁。
〔註91〕焦竑：《答馮少墟侍御》，《澹園集》，李劍雄點校，中華書局1999年版，第868頁。

三、在以上兩點的綜合作用下，與焦竑往來的陽明後學諸人多有求樂自適的人生傾向。以上三點亦是焦竑與泰州與龍溪後學一致之處。另外值得注意的是，除泰州與龍溪門人之外，焦竑還與對陽明後學之弊端具有反思精神的陽明學學者有過交往，以上列許孚遠與馮從吾為代表。關於此二人，在本章第一節中亦提及，其屬於堅守道義，對泰州龍溪後學性無善惡論提出批評的第一類士人。如上文所考，焦竑與許、馮二人都曾在性無善惡說，為學方式與三教分別等問題上有所爭論，然而焦竑在對陽明後學弊端的反思方面與許、馮二人可謂是一脈相承的。焦竑對陽明後學之弊端夙來有所警醒，其云：「學者誠知性矣，不患無行誼；而知之未徹，或至為無忌憚之中庸，此又司世教者之慮也。」〔註 92〕「近日學者敢為高論，而或疏於彝倫，喜為空談，而不求諸實踐。」〔註 93〕可見焦竑對陽明後學存在的喜為空談，不重修行的弊端是有所警醒的。

二、焦竑與經世實學學者之交遊

（一）隆萬年間經世實學的興起

宋明理學自朱、陸以來便在尊德性與道問學兩端之間產生了分歧。大要言之，朱學尊德性與道問學並重，強調格物致知，因此尚可包含對外部經驗世界諸種知識的講求。然而兩者在強調人心道德，即心性的決定地位則是一致的。這種對內在心性之強調於王陽明「良知生天生地」的表述中可見一二。儘管在儒學中，具體於明代而言，在理學與心學中都不缺乏經世精神，《大學》所言修齊治平，成己成物即是經世精神，然而與心性之講求比較而言，這種經世精神僅僅作為一種抽象的主觀表達而存在，並未形成一套完整的獨立的思想體系。隨著中晚明政治危機的加深，作為與性理之學相對的經世之學則逐漸受到重視。經世之學以對技術型專門治國人才的強調，以及將歷史經驗與典章制度作為研究之內容。性理之學與經世之學的分野，源於有明一代學風的空疏。有明一代以八股取士，其弊端即造成士大夫非四書五經不觀，而陽明心學對本心的強調或多或少則帶來對外部經驗世界的忽視。清初梅鼎祚

〔註 92〕焦竑：《國朝從祀四先生要語序》，《澹園集》，李劍雄點校，中華書局 1999 年版，第 131 頁。

〔註 93〕焦竑：《神交館集序》，《澹園集》，李劍雄點校，中華書局 1999 年版，第 790 頁。

評明學風之空疏云：「於當世之故，生民之休戚，漠然無所關其慮。以致綱常名教之大，古今政治興替，典章文物之因革源流，茫乎無所窺見。」〔註94〕有明一代，特別是心學興盛以後，性理之學與經世之學的對立則愈加嚴重。經世之學興起的根本原因即是對以上兩個弊端的反駁。經世之學的興起從精神內蘊的層面講是在中晚明學風空疏與士大夫過分追求自適的歷史環境下對傳統儒學經世精神的重現強調。

經世之學盛行於明清之際，以方以智、顧炎武、王夫之等人為代表，而它的興起則可以追朔到隆萬年間，甚至嘉靖時期。該時期經世實學的興起主要在於應對此時日益嚴重的政治危機。這些政治危機中尤以倭患為甚，唐順之晚年出山抗倭。唐順之本人即「於學無所不窺。自天文、樂律、地理、兵法、弧矢、勾股、壬奇、禽乙，莫不究極原委。」〔註95〕嘉靖年間愈演愈烈之倭患點燃了士大夫關注實際政務之熱情。除倭患之外，嘉、隆、萬年間財用不足的問題，黃河屢屢泛濫的問題，無不加深了士大夫的危機感。觀隆慶之政，已有重實之風氣，隆慶首輔高拱執政時期便著意施行實政，據《明史》載：「拱練習政體，負經濟才，所建白皆可行。」〔註96〕張居正所施行的改革也正是以重視實效，提高官員的行政效率為旨歸的。

（二）焦竑與經世學者諸人交遊狀況

焦竑雖為陽明心學後學，其為學固然有虛的一面，而同時其亦以博學淵雅著稱，萬曆八年，焦竑準備進行《焦氏類林》與《焦氏筆乘》的寫作，標誌著其治學範圍已擴大到博物考據之學等經世實學領域。在焦竑周圍亦有一批治經世實學者。可考者如下：

鄧伯羔　字孺孝，常州人，生卒年不詳，生平因諸史罕載。唯《金壇縣志》，《人物志》隱逸類載其生平：少即謝去諸生，隱天花蕩之銅馬泉。博學洽聞，撰述甚富。郡守王應麟聘修《府志》，以行修學博聞有朝，不赴。日徜徉釣雪亭，或乘興往來兩浙，與諸名流唱和，上下古今，綜述文史，筆無停涉。《古易詮》、《今易詮》、《藝彀》等著作存世。可知，此人以博學著稱，尤其留意於經史之學。焦竑有與其往來書信云：「承示《易詮》，知足下之留意

〔註94〕梅鼎祚：《續學堂文鈔》卷五，續修四庫全書本。
〔註95〕《明史·列傳》第九十三，中華書局1974年版，第5424頁。
〔註96〕《明史·列傳》第一百一，中華書局1974年版，第5640頁。

此道，何其至也。」〔註97〕可知焦竑曾與其討論易學，並為其提供文獻支持：「唯石澗《易說》二冊附往。近以史事得盡窺石渠之藏，知宋人經解甚多，恨無力傳寫為足下助也。」〔註98〕

陳耀文　字晦伯，號筆山，明代確山縣人。嘉靖庚戌進士，授中書舍人。歷任工部給事中，魏縣丞，淮安推官，寧波、蘇州同知，後遷南京戶部郎中、淮安兵備副使，又升陝西太僕寺卿，未到任，請告歸。在家閉門謝客，日以著述為事，年 82 歲卒。陳耀文一生著述較多。至今傳之於世的有《天中記》六十卷、《正楊》四卷、《經典稽疑》二卷、《花草粹編》十二卷、《學圃萱蘇》六卷、《學林就正》一卷。陳耀文是明代嘉隆年間博學多聞、論述精洽的學者。史載「官有餘閒，得博及群書。自經史外，若《索丘》、《竹書》、《山海經》、《元命苞》、《穆天子傳》等類，以及星曆、數術、稗官無不該覽，時有撰述。」〔註 99〕焦竑與陳耀文有書信往來，焦於信中稱讚陳之博學好古，表達了願與其結交的願望，並諮以修史之事。〔註100〕

王樵　字明逸，號方麓，南直金壇人。嘉靖丁未進士，官至南京右都御使。其人向來頗重實際政務，史載其「讀律勿輟，嘗歎曰士大夫專以留心案牘為俗吏，文墨詩酒為風雅。夫飽食官祿，受成吏胥謂之風雅，可乎？」〔註101〕其論學云：「明道先生所謂正學者，以為其道必本乎人倫明乎物理。其教自小學灑掃應對以往，修其孝悌忠信，周旋禮樂，其要在誠乎身而周於世用……如其不讓，而卑者溺於章句，高者騖於玄虛。」〔註102〕簡言之，王樵治學以經學為務，本乎人倫物理，切於世用。其所著作有《周易私錄》、《尚書日記》、《春秋輯傳》、《四書紹聞》等經學著作。焦竑與王樵有書信來往，對王樵篤實之學風頗為讚賞，並指出：「近日士習，務華鮮實，高者剽掠詞人涕唾，以相矜嚴，不復知有經學矣。」〔註103〕並希望王能以所藏元人經學著作見示，並為其作墓誌銘。

〔註97〕焦竑：《答鄧孺孝》，《澹園集》，李劍雄點校，中華書局1999年版，第108頁。
〔註98〕焦竑：《答鄧孺孝》，《澹園集》，李劍雄點校，中華書局1999年版，第108頁。
〔註99〕《明分省人物考》，《明代傳記叢刊》本，第390頁。
〔註100〕焦竑：《與陳晦伯》，《澹園集》，李劍雄點校，中華書局 1999 年版，第 109 頁。
〔註101〕《明儒言行錄》，《明代傳記叢刊》本，第 749 頁。
〔註102〕《明儒言行錄》，《明代傳記叢刊》本，第 749 頁。
〔註103〕焦竑：《與王方翁》，《澹園集》，李劍雄點校，中華書局 1999 年版，第 115 頁。

馮復京 字嗣宗，常熟人。其人強學廣記，不屑為章句小儒。業詩，勾貫疏箋，嗤宋人為固陋，有魏晉風度。〔註104〕治《詩經》，有《詩名物疏》六十卷，焦竑曾為其作序。馮復京治學以經史為主要內容，除《詩名物疏》外，另有《遵制家禮》、《常熟先賢事略》。作《明右史略》，未就而卒。〔註105〕

陳于陛 字元忠，南充人，隆慶十二年進士。萬曆二十一年，陳于陛上疏欲修國史，陳于陛十分看重焦竑的史學才能，意以焦竑領其事，然焦竑遜謝。陳于陛為陳以勤之子，少即從父習國家故實，為史官，益究經世之學。史載其「所注心者尤在經世之學，考究往代典制，朝家令甲與夫名臣碩輔所規條措注者。」〔註106〕

陳第 字季立，號一齋，連江人。此人頗知兵法，曾得到譚倫，俞大猷，戚繼光之賞識，後俞死戚敗，歸里著書，從焦竑問學。其學通五經，尤長於詩、易。作《毛詩古音考》，焦竑為其作序。

徐光啟 字子先，萬曆三十二年進士。焦竑為其座主。利瑪竇來華，徐光啟從之遊，是把西學引入中國之第一人，精於天文、曆算、火器諸法，遍習兵機、屯田、水利諸書，旁及工藝數學，務可施用於世。

通過以上對焦竑交遊網絡的梳理，可以得出焦竑對明代隆慶、萬曆年間時代思潮的參與與推動表現在以下幾點：一，承襲了陽明後學，特別是泰州與龍溪二派的學術特點，同時又對陽明後學之空疏之弊有所警醒。二，與佛、道二教的交流為中晚明以來儒釋道三家的融通提供了切實的條件。三，參與並推動了經世實學的興起。焦竑與時代思潮之關聯亦由此突顯。以上三點不僅是焦竑與時代思潮的扭結點，亦反映出了焦竑人格心態與學術思想發展的多個側面。這便是下文所要解決的問題。

〔註104〕《二學集碑傳》，《明代傳記叢刊》本，第607頁。
〔註105〕《二學集碑傳》，《明代傳記叢刊》本，第607頁。
〔註106〕《明分省人物考》，《明代傳記叢刊》本，第46頁。

第二章 學為通儒：焦竑的人格心態與學術思想

焦竑門生陳懿典在為《澹園集》作序時云：「通天地人曰儒。世乃析言之，曰：有道德之儒，有功業之儒，有文學之儒。夫通則合三才，寧有偏致之用，獨勝之場哉？」〔註 1〕陳懿典將儒者分為道德、功業、文學三個類型，認為焦竑是能合三者而為一的通儒。筆者認為，「學為通儒」準確的概括了焦竑的人格特徵。首先，焦竑對於道德性命之學頗有研究與建樹。其次，其亦有經世治國之志向與建樹。在學風日趨空疏，士人日益追求自我解脫的中晚明，焦竑學為通儒的人格心態與學術思想，具有十分重要的意義。

第一節 學為通儒：焦竑學術思想之總體特徵

焦竑學為通儒的學術思想主要體現在兩個方面。首先，是尊德性與道問學並存的學術形態。其次是三教會通的學術觀念。尊德性與道問學並存是焦竑學術思想的重要特徵，此點已然成為了學界的共識。然而在如何看待這兩方面的關係問題上則存有爭論。一種觀點認為焦竑學術的這兩個方面存在著內在矛盾，焦竑是心學的結束者與實學之興起者。另一種觀點則認為這兩方面並無內在矛盾。筆者持後一種觀點，認為焦竑尊德性與道問學並存的學術特點是向儒學一以貫之的內聖與外王並存之精神的回歸與重申。尊德性指的是其對道德性命之學的研討，而道問學指的是其對經世實學的提倡。提倡三

〔註 1〕焦竑：《尊師澹園先生集序》，《澹園集》，李劍雄點校，中華書局 1999 年版，第 1213 頁。

教會通是焦竑學為通儒的學術思想的另一個重要方面。焦竑三教會通的學術思想是建立在心性層面的，其基本特點是通釋道之「無」以用儒家之「有」。焦竑三教會通的學術思想是促成其會通出世入世的人生價值觀的重要原因。

一、尊德性與道問學並存

焦竑之學術思想從內容上可以分為以下幾個方面。一、心性之學，《老子翼》、《莊子翼》、《陰符經》、《楞伽阿跋多羅寶法經精解評林》、《楞嚴經精解評林》、《大乘妙法蓮華經精解評林》、《圓覺經精解評林》，以及《澹園集》、《焦氏筆乘》中的部分內容均為探討心性之作。二、經史之學，焦竑所撰《易荃》以及其所編輯的《國朝獻徵錄》、《國史經籍志》、《皇明人物考》、《熙朝名臣實錄》均是其經史之學的體現。《玉堂叢語》與《焦氏類林》雖可歸為小說家，但皆有史料價值。三、音韻、訓詁、博物考據之學，《俗書刊誤》以及《焦氏筆乘》中大量條目皆為此類。四、文章之學。對焦竑學術之特徵，學者們屢有論及，陳懿典在給焦竑《澹園集》作序時便指出「先生之學，以知性為要領而不廢博綜」〔註 2〕，四庫館臣在評價焦竑時也指出其三教合一與博學淹雅共存之學術特徵。當代研究者也無不注意到焦竑學術中心性與實用並存的特點，儘管其各自採取的表述方式有所不同，有「博學與反約」、「主體意識與實用精神」、「心學與實學」、「尊德性與道問學」等說法。與這些說法不同，本文將焦竑學術特徵概括為心性之學、經世之學與文章之學等方面。心性之學與文章之學自不待言，焦竑的經世之學涵蓋了上述經史之學、音韻、訓詁、博物考據之學等內容，之所以採用「經世」一名，一是因為學為世用是焦竑為學的重要目的之一，二是因為經史之學、音韻、訓詁、博物考據之學等因為正是明末掀起的經世思潮的重要內容，用經世一詞，更能突出焦竑與中晚明思想發展的關聯，符合本文擬將其置於時代思潮發展之中的初衷。對於焦竑學術心性與經世並存之特點，可為學界共識。而對如何理解兩者關係則有不同意見，部分論者認為焦竑學術存在內在矛盾，其是心學的結束者，實學之開啟者，其學術存在著從尊德性向道問學之轉向。部分學者則認為兩者並無矛盾。

本文亦持後一種觀點，認為焦竑心性之學與經世之學兩者之間並無矛盾。

〔註 2〕陳懿典：《尊師澹園先生集序》，《澹園集》，李劍雄點校，中華書局 1999 年版，第 1214 頁。

原因有二，首先，內聖與外王是儒學一以貫之的精神，儘管從原始儒家以至宋明新儒家，其學術方法有所不同，但這兩端卻並無改變。其次，在理學與心學兩種學術形態中，均包括了尊德性與道問學兩端，兩者在根本目的上並無分歧，只是學術方法之側重有所不同。程朱主張由道問學之途徑而達到尊德性之目的，而陸王則主張「立其大」，程朱並不反對尊德性，陸王亦未放棄道問學。〔註 3〕焦竑之心性之學與經世之學並存亦是儒學此種一以貫之的精神的重申。

> 「君子尊德性而道問學。」道，由也，言君子尊德性而由問學，問學所以尊德性也，非問學之外別有尊德性之功。致盡極道、溫知敦崇者，問學之目也……近王伯安曰：「聖人無二教，學者無二學。博文以約禮，明善以誠身，一也。」可謂獨得其旨矣。苟博文而不以約禮，問學而不以尊德性，則亦何用乎博文問學哉？朱子嘗譏俗儒記誦詞章之學矣，若博文不以約禮，問學不以尊德性，則與彼之俗學何異？〔註 4〕

> 昧道者務多，知道者棄多，忘道者不厭多。何者？知多之為礙也。然此非太宰所及也。彼以夫子多能，輒疑其非聖，亦知用心於約矣，故曰「太宰知我乎！」知多能以少賤之故，則以多求道，非其路也。其統之有宗，其會之有元，何多之有？乃達巷黨人曰：「大哉孔子，博學而無所成名。」則異於此矣。故充太宰之見，則一塵可以蔽天，一芥可以覆地也，況於多乎？充黨人之見，則游之乎群數之塗，而非數也；投之乎百為之會，而非為也。無成名者，乃其所以大成也歟？夫太宰得於一，而以疑夫子之多，而不以妨夫子之一。合二說，而聖人之道愈以發明於天下，則二子者，皆非凡流也已。〔註 5〕

可見焦竑認為為學既需尊德性亦需道問學，尊德性是目的，道問學是方式，對德性的認知實則離不開對知識、學問的講求，這即是「博文以約禮」。焦竑從未反對博學，認為「一物不知，儒者之恥」〔註 6〕，一次講學中，一生問後

〔註 3〕黃熹：《試論晚明儒學轉向說的理論缺陷》，《孔子研究》2011 年第 2 期。
〔註 4〕焦竑：《尊德性與道問學》，《焦氏筆乘》，李劍雄點校，中華書局 2008 年版，第 188 頁。
〔註 5〕焦竑：《讀論語》，《焦氏筆乘》，李劍雄點校，中華書局 2008 年版，第 268 頁。
〔註 6〕焦竑：《焦氏筆乘》，李劍雄點校，中華書局 2008 年版，第 258 頁。

世所傳子貢多聞多見一派學問，是否是聖學。焦竑云：「『多聞則其善者而從之，多見而識之』是孔子所自言，豈非聖學？」〔註 7〕孔子博學於文，正以約禮之為目的。焦竑真正反對的是後學泛濫支離，溺於博學而對自我之本心一無干涉，毫不體認。關於此點其多有強調，其云：「多學之為病者，繇不知一也。苟知其一，則仁義不相反，忠孝不相違，剛柔不相悖，曲直不相害，動靜不相亂，語默不相反。如是，則多即一也，一即是多也。」〔註 8〕，又云：「禮者，心之體，本至約也。約不可驟得，故博文以求之。學而有會於文，則博不為多，一不為少……人之會道，常於至約，而非博學不能成約。」〔註 9〕因此在焦竑學術中，可以說捨博文與約禮便無學問，尊德性與道問學並存，並無內在矛盾，這兩端便體現在心性之學與經世之學兩種學術形態中。

二、會通出世入世：三教聖人

（一）耿、焦之辯

焦竑融會儒釋道三教的思想特點早為學者們所注意，《四庫全書總目提要》雖然稱讚焦竑博洽，但對焦竑學雜釋、道極為不滿，認為「竑友李贄，於贄之習氣沾染尤深。二人相率而為狂禪，贄至於詆孔子，而竑亦至崇楊、墨，與孟子為難，雖天地之大，無所不有，然不應妄誕至此也。」〔註 10〕黃宗羲曾評焦竑：「先生師事耿天台、羅近溪、而又篤信李卓吾之學，以為未必是聖人，可肩一狂字，坐聖門第二席，故以佛學即為聖學，而明道闢佛之語，皆一一紲之。」〔註 11〕

焦竑會通三教之思想特點可以其與耿定向的一段爭論說起。耿定向為學，以盡倫、崇正學、迪正道為宗。黃宗羲曾評其學云：「先生之學，不尚玄遠，謂道之不可與愚夫愚婦知能，不可以對造化、通民物者，不可以為道，故費之即隱也，常之即妙也，粗淺之即精微也。其說未嘗不是，而不見本體，不免打入世情隊中。」〔註 12〕耿定向此種為學不尚玄遠的特點，最可見於其隆慶元年所上《明學術正人心》一疏中，其云：「所謂學術者，非淺漫而無要也，

〔註 7〕焦竑：《古城問答》，《澹園集》，李劍雄點校，中華書局 1999 年版，第 733 頁。
〔註 8〕焦竑：《焦氏筆乘》，李劍雄點校，中華書局 2008 年版，第頁 252。
〔註 9〕焦竑：《焦氏筆乘》，李劍雄點校，中華書局 2008 年版，第頁 259。
〔註 10〕永瑢：《四庫全書總目》卷一百二十五子部三十，清乾隆武英殿刻本。
〔註 11〕黃宗羲：《明儒學案》，中華書局 1985 年版，第 829 頁。
〔註 12〕黃宗羲：《明儒學案》，中華書局 1985 年版，第 814 頁。

亦非玄虛而無實也。根本於一心而平情於應感，消融其意必固我而切志於天下國家，如是而已。」〔註 13〕從中可知，耿定向所強調的是為學之實，而為學的根本目的乃是「切志於天下國家」，可以說這是非常典型的儒家之人生價值觀。萬曆十七年春，焦竑在知天命之年會試高中，病中的耿定向聞報大喜。欣喜之餘，他又有幾分擔憂，因為在他看來，焦竑似乎有些「超脫」之嫌。這時又正值耿定向與李贄爭論時期，焦竑在這場爭論中始終保持沉默。然而萬曆十六年焦竑卻為李贄《焚書》寫序，序中對李贄為人為文大加讚賞，這無疑加重了耿定向的擔憂。於是在祝賀焦竑高中的信中，他勸誡焦竑道：「一念一語，便係斯道明晦，便係天下國是從違；賢能不亦自癯癯以凡眾尋常自處耶？」此意在提醒焦竑，在朝為官不可與不為官時同日而語。既然在朝為官，則需謹記肩負的責任。隨後以二語相贈：「子曰：『多聞闕疑，慎言其餘；多見闕殆，慎行其餘』」〔註 14〕。隨後他又修書與焦竑，指明了前書的真實用意在於排異端，耿定向對當時學風矛亂，異端橫行十分擔憂，並指出此種現象之原因所在：「此種議論，起於矜異炫博，自侈為新奇高奇，能出流俗之見，而不知其拂經亂道，實邪慧之報也。賢聞此毋亦狃余寡聞固陋，溺於迂腐之常談云而耶？」〔註 15〕信中他勸勉焦竑：「念賢茲在石渠天祿中，上下千古，楊挖百氏，稱譏贊毀，須一稟於道，通之天下萬世，足為立心立命始得」〔註 16〕，以維護世教為己任的耿定向對異端尤為擔憂，「此實關世教不小，總之是學術不明，彼未始一自揆之本心，殆不殆，疑不疑也。余茲冀賢諸凡言論，必通於天下萬世者，豈故騖為是闊遠高談哉！」〔註 17〕

對於耿定向所謂的異端，焦竑的看法與之不盡相同，耿定向以排斥異端為己任，焦竑則認為異端不必排，學者的當務之急在於「盡性至命」。

　　　　承諭「學術至今貿亂已極」，以某觀之，非學術之貿亂也，大
　　抵志不真、識不高也。蓋其合下講學時，原非必為聖人之心，非真

〔註 13〕耿定向：《耿天台文集》，卷三，四庫全書存目叢書本。

〔註 14〕耿定向：《與焦弱侯十首（一）》，《澹園集·附編三》，李劍雄點校，中華書局1999 年版，第 1251 頁。

〔註 15〕耿定向：《與焦弱侯十首（二）》，《澹園集·附編三》，李劍雄點校，中華書局1999 年版，第 1252 頁。

〔註 16〕耿定向：《與焦弱侯十首（二）》，《澹園集·附編三》，李劍雄點校，中華書局1999 年版，第 1252 頁。

〔註 17〕耿定向：《與焦弱侯十首（二）》，《澹園集·附編三》，李劍雄點校，中華書局1999 年版，第 1252 頁。

求盡性至命之心，祇斳一知半解，苟以得意苟以得意於榮利之途，

稱雄於愚不肖之林已耳。〔註18〕

在焦竑看來，學者只要真能盡性至命，真能為自己的身心性命找到安頓之處，真能了悟到人生的價值與意義所在，那麼，必然不會被異端所惑。簡言之，焦竑意在認清為學的終極追求，即他所說的「盡性至命」、「學為復性」或者說「心徹性命之源」。結合上一節對焦竑心學思想的分析可知，這裡所說的「盡性至命」也就是「致良知」。那種以排斥異端為務，以紛紛議論為短長，乘人而鬥其捷的做法，都是沒有抓住問題的核心。他進一步指出，在學為復性，盡性至命這一點上，儒釋道三教是相通的。如此一來，儒釋道三家之間的藩籬可謂徹底被打破，六經、語、孟無非禪，堯舜周孔即為佛。而耿定向卻不以為然，其認為若二氏之道果真與儒相同則不必更推崇之，只要講儒道即可，再者認佛道二氏溺於清虛之見，離倫厭事，蔑棄禮教方面與儒學有著不可忽視的巨大差別。

相形之下，我們可以明顯地看出耿焦二人的不同。簡言之，就是內與外的區別，焦竑認為三教相通，乃是立足於自我心性之修養，而耿定向關注的則是世教人倫，其認為三教相異則是立足於三教之人生價值取向的差異。應該說，二者的觀點均有可取之處，只是討論的不是一個層面的問題而已。耿定向認為儒與佛在為學宗旨和根本目的方面有著根本分歧，這種分歧不得不辨。佛以「空寂之心」為宗，儒以「不容已之仁」為宗，佛家鄙棄人倫，而儒家的根本目的在於「開物成務、經世宰物」〔註19〕。焦竑則一再強調儒與佛在安身立命處並沒有什麼不相同。

孔孟之學，盡性至命之學也。獨其言約旨微，未盡闡晰，世之學者又束縛於注疏，玩狎於口耳，不能驟通其意。釋氏諸經所發明，皆其理也。苟能發明此理，為吾性命之指南，則釋氏諸經，即孔孟之義疏也，而又何病焉！〔註20〕

究其實質，耿定向與焦竑並不是站在同一層面上討論該問題，耿定向立足於儒佛在根本宗旨上的差異，焦竑則立足於儒佛在心性論的相通，故二者之間的分歧也就可想而知了。

〔註18〕焦竑：《答耿師》，《澹園集》，李劍雄點校，中華書局 1999 年版，第 80 頁。

〔註19〕耿定向：《與焦弱侯十首（一）》，《澹園集·附編三》，李劍雄點校，中華書局 1999 年版，第 1251 頁。

〔註20〕焦竑：《答耿師》，《澹園集》，李劍雄點校，中華書局 1999 年版，第 82 頁。

（二）通無用有：焦竑三教會通的理論內涵

從以上對耿、焦之辯的分析可知，焦竑三教會通是在心性的層面上進行的，從心性的角度串通三家學說是其三教會通的基本理論路徑。弄清此點，則能對焦竑三教合一的具體內涵進行闡釋。關於儒釋道心靈境界的異同，蒙培元曾有一個精準的概括，茲將其大意引述於下，作為討論焦竑三教會通思想的理論準備。儒釋道三家的區別首先表現在對於心的內容有著不同的解釋，儒家強調的是仁、義、禮、智的道德心，而佛道對道德之心卻持一種否定的態度，道家講究與道合一，因此，道家之心是與道合一的自然心。自然心以虛靜為其主要特徵。佛家之心比道家更為超越，佛家之心是超臨一切情感與現象的空寂心，其以一切情感與現象為幻，而以空寂心為其真。在所倡導的心靈境界方面，儒釋道三家也存在著不同。佛家之境界是息滅生死煩惱而獲得徹底的心靈解脫，以實現無限與永恆，佛家稱之為「虛空」或「涅槃」。道家之境界是與道合一之境，也就是「無」的境界，「道」或「無」是一種無待的自由之境，實現了「無」才能逍遙於無向有之鄉、廣漠之際。佛家的涅槃是「空」，「空」比「無」更加超脫，更加徹底。但在獲得心靈自由這一點上，兩家是很接近的。然而佛與道也有一個很重要的區別，那就是在對現實人生的關懷方面，道家儘管嚮往自由與精神解脫，但對現實人生也不乏關懷，特別是老子尤其如此，所以道家雖有出世的一方面，卻不是徹底的宗教境界。相形之下，佛家所倡導的是徹底的超脫，它的精神實質是追求出世的永恆，成佛也就是徹底擺脫一切生死變化與世間事務，從而實現心靈的絕對超越，相對於佛、道兩家來說，儒家之境界雖然亦具備超越性，如它要超越「小我」、「私我」而成就一個「大我」，然而與佛道的玄無相比，儒家之境呈現出實有的色彩。〔註 21〕簡言之，儒釋道三家之異的根本在於對心性之性質判斷的差別，由此而導致三者在人生價值取向與人生境界上的區別。因此要會通三教，對心性之性質該做如何判斷是問題的關鍵所在。

在中國思想史上，從唐朝李翱開始儒釋道三家就開始逐漸融合，宋代以二程與朱熹為代表的理學家一方面極力於三家之辯，另一方面也吸取了佛道學說來充實與完善儒學。王陽明良知學說所要達到的內在超越境界即受益於佛道二教，但對儒佛之別也做了清晰的闡述。王陽明晚年提出「無善無惡心之體，有善有惡意之動，知善知惡是良知，為善去惡是格物」，成為陽明後

〔註21〕蒙培元：《心靈超越與境界》，人民出版社 1998 年版，第 85～98 頁。

學分化的理論基礎。王陽明弟子在性有無善惡問題上爭論不休。王陽明弟子王畿即持性無善無惡論，並在此基礎上進一步融會了佛道二家的學說。焦竑三教會通的理論根本上亦是立足於其對心性之空無的判斷。北京圖書館藏有焦竑所編纂《楞嚴經精解評林》，該書卷首收入王畿《釋教總論》一文，該文發揮無思無為之大旨，心性空無之理論，其云：「以其無思無為故謂之寂，以其不可睹聞故謂之微，以其無物故謂之虛，以其無欲故謂之靜，以其智周萬物故謂之覺。而其歸不出於無之一言。」〔註22〕該文指出佛氏正是鑒於漢儒溺於章句訓詁等形器之末的弊端，而發揮吾儒心性空無之說的。焦竑將此文收入卷首，表明其對王畿的觀點是認可的，這亦是焦竑會通三教之理論基礎。

　　焦竑認為性是無善無惡、無思無為的，這在一定程度上減弱了其倫理性而突出了其情感性與超越性。性的「無善無惡、無思無為」接近一種心境空明的心靈狀態，只要能保持住心中空空的境界，就能胸懷坦蕩無礙。這種狀態與佛家對於心性的理解是十分相似的。焦竑認為儒與佛都是以「空無」來理解心性，只是兩家採用了不同的命名方式。儒家稱之為「未發之中」，而佛家稱之為「本來無物」。

　　　　所言「本來無物」者，即中庸「未發之中」之意也。是「無我無作無受」也，是「不動之第一義」也，乃孔門「空空」之宗也，乃子庸「未發之中無聲無臭之無載」也。〔註23〕

　　　　佛雖晚出，其旨與堯、舜、周、孔無以異者，其大都儒書具之矣。所言「本來無物」者，即中庸「未發之中」之意也。「未發」云者，非撥去喜怒哀樂而後為未發也，當喜怒無喜怒當哀樂無哀樂之謂也。〔註24〕

　　　　不捐事以為空，事即空，不滅情以求性，情即性。此梵學之妙，孔學之妙也。總之，非梵學之妙、孔學之妙，而吾心性之妙也。〔註25〕

焦竑認為佛家所說的「本來無物」與儒家所說的「未發之中」指的皆是空無

〔註22〕《楞嚴經精解評林》卷首，北京圖書館藏大日本續藏經本。
〔註23〕焦竑：《答耿師》，《澹園集》，李劍雄點校，中華書局1999年版，第81頁。
〔註24〕焦竑：《又答耿師》，《澹園集》，李劍雄點校，中華書局1999年版，第81頁。
〔註25〕焦竑：《答耿師》，《澹園集》，李劍雄點校，中華書局1999年版，第82頁。

之心性，是在具體的事物上識取空無的本體，即所謂「當喜怒無喜怒當哀樂無哀樂」、「不捐事以為空，事即空」之意。然而此並非儒家所言「未發之中」的本意。「未發之中」這個概念來自於《中庸》，所謂「未發之中」是指喜怒哀樂未發之前的狀態，它是寂然不動的，在這一方面它和佛家所述的空寂的確有相似之處，而另一方面，「未發之中」是與至善之天理聯繫在一起的。《中庸》裏說：

> 喜怒哀樂之未發，謂之中；發而皆中節謂之和。中也者，天下之大本也；和也者，天下之達道也。喜怒哀樂，情也；其未發，則性也。無所偏倚，故謂之中。發皆中節，情之正也。無所乖戾，故謂之和，大本者，天命之性，天下之理皆由此出，道之體也。達道者，循性之謂，天下古今之所共由，道之用也。〔註26〕

對比兩者對「未發之中」的理解，可以看出焦竑所強調的是「當喜怒而無喜怒」的空無的狀態，這其實是拿佛家的空寂之心來闡釋儒家的倫理道德之心。儒家十分重視心性之善，這一點焦竑並非沒有體認，也沒有加以忽視，但他認為要言善，首先要超越善惡，在此前提下的「善」才是真善，是無善之善。

> 《內典》云：無我無作無受者，善惡之業亦不亡。「無作無受」者，言於有為之中，識無為之本體云爾……又云：「善能分別諸法相，於第一義而不動。」言分列之中本無動搖云爾……是「無我無作無受」也，是「不動」之「第一義」也，乃孔門「空空」之宗也，刀子思「未發之中」，「無聲無息」之「天載」也。〔註27〕

學者為學的根本目的是知性，即是識取空無之心性，至於是通過對儒家學說的學習達到此目的，還是通過對佛家理論的體悟達到此點則並不重要，只是所採取的途徑不同而已，其云：「聖人之教不同也，至於修道以復性，則一而已。」〔註28〕兩者在心性學說方面可以互相發明，其在為《華嚴經》所作之序中便指出其讀《華嚴》而知六經與語孟的切身體會。又云：「性命之理，孔子罕言之，老子累言之，釋氏則極言之。孔子罕言，待其人也……然其微言不為少矣，第學者童習白紛，翻成玩狎；唐疏宋注，錮我聰明，以故鮮通其說者。內典之多，至於充棟，大抵皆了義之談也……故釋氏之典一通，孔子

〔註26〕朱熹：《四書章句集注·中庸章句集注》，中華書局1983年版，第18頁。
〔註27〕焦竑：《答耿師》，《澹園集》，李劍雄點校，中華書局1999年版，第80頁。
〔註28〕焦竑：《刻大方廣佛華嚴經序》，《澹園集》，李劍雄點校，中華書局1999年版，第183頁。

之言立悟。」〔註29〕佛氏正是鑒於漢儒溺於章句訓詁等形器之末的弊端而發揮吾儒心性空無之說的。

儒佛相通除了在心性的層次上可以成立外，還在於佛家即心即佛的思維方式與陽明心學良知內在的學術理路異曲同工。「陽明先生始倡『良知』二字，示學者反求諸身，可謂大有功矣。夫良知即前之所謂覺與仁也，今人乍見孺子入井，皆有怵惕惻隱之心，是人人有此良知也；呼而與之不受，是行道有此良知也；蹴而與之不屑，是乞人亦有此良知也。此豈待於外索載？故曰『人皆可以為堯舜。』夫人皆可以為堯舜在孝悌，而孝悌在徐行後長。天下有不能徐行後長乎？則無不能為堯舜可知已。即孝悌，即堯舜，與即心即佛，本非二說。」〔註30〕並且此兩者學術理路皆無程朱之支離之弊。佛家認為眾生皆有佛性與王陽明「吾心即是天理」，提倡識取自我良知的觀點在學術路徑上確實如出一轍，即心即佛是「人者仁也」的另一種表述。以上便是焦竑儒佛之同理論的內含所在。其實從根本上說，焦竑所真正關注的並非儒佛之異同，他更關注的是自我心性的修養，能達到目的，任何有益的思想資源都可以為我所用，可以儒也可以佛，最終，當自我心性涵養到了一定的境地，便可以無佛無儒了。

在儒道問題上，焦竑的根本觀點是儒道可以互補。道家是「無」，儒家是「有」，可以用道家之「無」補充儒家之「有」，儒家並不是不說「無」，而是將「無」寄於「有」之中，希望學者能通過「有」之修煉而達到「無」的境界，這叫做「下學而上達」。道家採取了與此相反的方式：

> 孔孟非不言無也，無即寓於有。而孔孟也者，姑因世之所明者引之，所謂『下學而上達』也。彼老莊者生其時，見夫為孔孟之學者局於有，而達焉者之寡也，以為必通於無而後可以用孔孟之有。於焉取其略者而詳之，以庶幾乎助孔孟之所不及。〔註31〕

在焦竑看來，儒與道一樣都是為了達到對「無」的把握與體認，都是合「有無」為一體的，只是兩者的側重點不同而已。

三、三教會通與焦竑會通出世入世之人生價值觀的形成

三教會通不僅僅是焦竑的一種學術主張，更深刻的影響了其人生態度。首

〔註29〕焦竑：《支談》上，《焦氏筆乘》，李劍雄點校，中華書局 2008 年版，第 283～284 頁。

〔註30〕焦竑：《答友人問》，《澹園集》，李劍雄點校，中華書局 1999 年版，第 87 頁。

〔註31〕焦竑：《莊子翼序》，《莊子翼》，文淵閣四庫全書本。

先，會通三教使得焦竑具備了一種追求自我解脫的人格特徵。關於此種追求，在其與友人的多封書信中均有表達。如在其與顧養謙結交的書信中說：「乃若研究真乘，直了大件，於明公必有獨詣焉，其何以津梁末學，令不長迷也哉？」〔註32〕便是向對方討教關於性命解脫之學。在給鄒元標的書信中亦云：「弟學道數十年，未出見解窠臼，憤然思一切抹殺，以冀所謂歸根覆命者。」〔註33〕這樣的表述在焦竑晚年退居林下時期更是屢見不鮮。「僕闇陋，非適用材。頃日講求竺乾之旨，為此生歸著。」〔註34〕「枯槁寂寞之人，只如空山老衲，擔柴運水，自煮自吃，為自了漢而已。」〔註35〕「讀《圓覺》一編，論我人眾生壽者，纖微未淨，猶為命根不斷，可為悚然。吾兄於此，自信如何？幸教之。」〔註36〕從中可以看出焦竑追求自我性命之解脫的願望是十分強烈的。析言之，焦竑追求自我性命之解脫的人生價值取向表現在兩個方面，一是對佛老空無之境的追求，並且以此改造儒家道德之境的人生境界論。一是對生死問題的探討。

在儒釋道三家學說中，心靈與境界的學說佔據了一個很重要的部分。人生境界的相似相通是焦竑三教合一思想中一個很有意義的部分，三家的人生境界雖然很不相同，但對內在超越性的強調是其一致之處。然而儒家的超越卻帶有濃厚的道德倫理色彩。因此在人生境界論上，焦竑則試圖以佛道之空無之境來改造儒家的道德之境。此點，在焦竑對「孔顏樂處」與「曾點氣象」的解釋上最能見出。

儒家之人生境界以「樂」為其主要特徵，從孔孟到程朱都對其有充分的強調，「孔顏樂處」與「曾點氣象」是宋明理學中的重要問題。所謂「孔顏樂處」，《論語》中記載道：

> 飯蔬食飲水，曲肱而枕之，樂亦在其中矣。不義而富且貴，於我如浮雲。〔註37〕

> 其為人也，發憤忘食，樂以忘憂，不知老之將至云爾。〔註38〕

〔註32〕焦竑：《答顧中丞》，《澹園集》，李劍雄點校，中華書局1999年版，第99頁。
〔註33〕焦竑：《答鄒而瞻》，《澹園集》，李劍雄點校，中華書局1999年版，第122頁。
〔註34〕焦竑：《答顧中丞》，《澹園集》，李劍雄點校，中華書局1999年版，第849頁。
〔註35〕焦竑：《答王兵部仔肩》，《澹園集》，李劍雄點校，中華書局1999年版，第863頁。
〔註36〕焦竑：《答俞定所》，《澹園集》，李劍雄點校，中華書局1999年版，第861頁。
〔註37〕《論語‧述而》，《論語注疏》卷七，十三經注疏，中華書局1998年影印本。
〔註38〕《論語‧述而》，《論語注疏》卷七，十三經注疏，中華書局1998年影印本。

一簞食，一瓢飲，在陋巷，人不堪其憂，回也不改其樂。〔註39〕

從以上材料可以體會出「孔顏樂處」可以分為兩種：一種是士志於道的積極進取，另一種是安貧樂道、順天應命的從容淡定。「孔顏樂處」所樂的內容就是「道」，結合孔子的思想來看，這裡的「道」其實可以替換為「仁」，首先要在內心體會到「仁」，所謂「我欲仁，斯仁至矣」、「其心三月不違仁」；其次在外在行為上符合「仁」的規範，做到克己復禮就可以體會到「樂」。因此，在孔子思想中「樂」既具有情感體驗性又具有道德倫理性。

在宋代理學家那裡，探討「孔顏樂處」成為了一個重要話題，並且在宋代理學那裡加強了「樂」的內在體驗性。《論語集注》中朱熹記載了程子對這個問題的看法，「程子曰：『顏子之樂，非樂簞瓢陋巷也。不以貧窶累其心而改其所樂也，故夫子稱其賢。』又曰：『簞瓢陋巷非可樂，蓋自有其樂爾』」〔註40〕我認為，在宋代理學中，「孔顏樂處」要聯繫「心」、「性」、「天理」這三個在理學中重要的並且具有連貫性的範疇加以理解。通過這三個範疇，宋明理學將天理與人心緊密結合起來，認為可以通過自我心性的修養達到與天理合一的至高境界，「孔顏樂處」也正是這一境界。下面來看焦竑對「孔顏樂處」的體認：

> 疏水曲肱，簞瓢陋巷，孔顏之阨窮抑已甚矣。一則曰「樂在其中」，一則曰「不改其樂」，此豈勉強以蘄勝之哉？勉強不可以言樂，勉強不可以持久，則孔顏之為樂，必有以也。周茂叔嘗令二程尋孔顏樂處，非求之孔顏，求諸己而已矣。或曰「吾方憂之重重也，何樂之可尋？」曰「但諦觀憂來何方，作何形相？所依既不立，能依何得生？當體全空，豁然無礙，則轉憂為樂，在瞬息間爾」〔註41〕

從中可以看出，焦竑認為要領悟孔顏樂處，首先要從自我身心上求，而不是從外在的「孔顏」處求，從外在去求即使體會到了「樂」也只能算是勉強的「樂」，勉強的「樂」自然不能持久，也自然不能是真正的「樂」。更為重要的是，焦竑所謂的「孔顏之樂」，不是以仁或者天理為內容，他所謂的「樂」是無憂無樂的至樂，不以任何理論範疇為內容，可以說這是一種「無樂之至樂」。《崇正堂答問》中一則記錄可與此相互發明。有一生詢問顏子所樂何事，焦竑答曰：「心中一毫不可留，若有心樂道，則有所倚著。世味固無足樂，道

〔註39〕《論語‧雍也》，《論語注疏》卷六，十三經注疏，中華書局 1998 年影印本。
〔註40〕朱熹：《四書章句集注‧論語章句集注》卷六，中華書局 1983 年版，第 87 頁。
〔註41〕焦竑：《讀論語》，《焦氏筆乘‧續集》，李劍雄點校，中華書局 2008 年版，第 271 頁。

德亦無可樂。莊子所謂至樂無樂也……文子有云：『能至於無樂則無不樂，無不樂則至樂極矣。』〔註42〕焦竑認為如果所樂之事依然有具體的內容，那麼說明心靈依然是有所執著而無法達到自由之境。儘管以倫理道德為樂已然是一種很高尚的人生境界，然而在焦竑看來只有體認到空無之心體，才能達此至樂之境，當然，這種境界中的灑脫、自由、從容與孔子、二程所言之樂是一脈相承的，但是以「空」為樂的思想顯然融合了佛道，尤其是佛的境界。佛家以「空」看世界、看人生，「空」是佛學最根本的範疇，人生之所以有痛苦與憂愁，是因為沒有體會到「一切皆空」。在佛家看來，看破了生死，堪破了世間一切皆空，才能達到彼岸之極樂世界。儒家的孔顏之樂雖也具有超越性，但以道德修持為根本，佛家之極樂源於對人生苦難的深刻體驗與關懷，所謂大慈與一切眾生樂，大悲撥一切眾生苦。因此在對「孔顏樂處」的理解上，焦竑顯然是以佛道之空無超脫之境取代了儒家的道德之境。即使是頗具道德倫理意味的儒家修養工夫「擇善」與「固執」在焦竑的理解中也頗具自我超脫的佛道色彩：「善本無執，執而無執，便是固執。」〔註43〕

與此相關的是「曾點氣象」。以朱熹為代表的理學家認為曾點氣象的實質是指「人慾盡處，天理流行」，是一種與天理為一的境界。

> 曾點之學，蓋有以見乎人慾盡處，天理流行，隨處充滿，無少欠缺，故其動靜之際，從容如此。而其言志，則又不過即其所居之位，樂其日用之常，初無舍己為人之意，而其胸次悠然，直與天地萬物上下同流，各得其所之妙，隱然自見於言外。〔註44〕

焦竑卻認為「曾點氣象」所代表的乃是《莊子》中無待的逍遙之境：

> 曾皙之志似虛而實，三子之志似實而虛。有勇、知方、民足、小相，皆實用也，而不能無待。待之未至，而我之目前皆成空闕也。曾皙者，莫春即可樂，不擇時也；童冠即可與，不擇人也；浴沂舞雩即可為，不擇地也。彼其有所待哉？〔註45〕

〔註42〕焦竑：《崇正堂問答》，《澹園集》，李劍雄點校，中華書局 1999 年版，第 725 頁。

〔註43〕焦竑：《明德堂問答》，《澹園集》李劍雄點校，中華書局 1999 年版，第 742 頁。

〔註44〕朱熹：《四書章句集注・論語章句集注》卷六，中華書局 1983 年版，第 130 頁。

〔註45〕焦竑：《讀論語》，《焦氏筆乘・續集》，李劍雄點校，中華書局 2008 年版，第 249 頁。

焦竑對空無之境的追求，使得其筆下的儒家或多或少帶有一種超脫的品格，《焦氏筆乘》中有《讀論語》一篇，記錄了焦竑對《論語》一書的體會，其中的孔子形象與原始儒家相比多了些許超然自適的情懷。

> 聖人無先後，無本末，無始終，如環之中，以游於無窮。〔註46〕
>
> 夫子言：「飽食終日，無所用心，難矣哉。」又言：「群居終日，言不及義，好行小慧，難矣哉。」一置心於無用，一用心於不善，同歸於難而已。〔註47〕

「環中」一詞來源於《莊子》，指的是一種超越對待的絕對自由，而「置心於無用」則是一種心無掛礙的悠然自得。儒家與佛道皆是要達到一種無所執著的超然境界。要說佛道追求的是一種無所執著的超然境界尚可，儒家是否亦如此，則是焦竑對儒家境界論的改造了。

焦竑對佛道空無之境的追求，使得其具備了一種以「順適「為主要特徵的人生態度。順適來源於焦竑對《老子》所言「自然」的理解，其所理解的自然為：「自然本無可得，亦復何失？無得無失，而隨世之得失，故為德為失，皆信其所至，而無容心焉，無不同矣。無不同，亦無不樂，乃其理也。」〔註48〕又云：「夫所惡夫自然者，有所自而自，有所然而然，則是自然也……知無名，則其自也無自。其自也無自，則其然也無然。其自無自，其然無然，而因若緣，曷能囿之？故曰精覺妙明，非因非緣，非自然非不自然，離一切相，即一切法，蓋所謂不可道之常道如此。」〔註49〕可知焦竑所說的自然，指的是順應萬物而無心，而同時又融合了佛家雙遣的理論特徵。基於此，焦竑對《老子》一書的主旨作出了如下概括：「五千言所言，皆不積之道耳。不積者，心無所住之謂也。」〔註50〕焦竑此種以「順適」為特徵的人生態度集中體現其對《莊子》的注解中，焦竑在對《莊子·齊物論》的注解中指出「因之一字，老莊之要旨。」〔註51〕所謂「因」其在《陰符經解》中解釋道：「自然之

〔註46〕 焦竑：《讀論語》，《焦氏筆乘·續集》，李劍雄點校，中華書局2008年版，第249頁。

〔註47〕 焦竑：《讀論語》，《焦氏筆乘·續集》，李劍雄點校，中華書局2008年版，第261頁。

〔註48〕 焦竑：《老子翼》，卷一，文淵閣四庫全書本。

〔註49〕 焦竑：《老子翼》，卷一，文淵閣四庫全書本。

〔註50〕 焦竑：《老子翼》卷二，文淵閣四庫全書本。

〔註51〕 焦竑：《莊子翼》卷一，文淵閣四庫全書本。

道不可違，因而制之。」〔註52〕即是一種「順適」的人生態度。「人所可，因而可之；人所不可，因而不可之；道可行，因而成之；物有謂，因而然之。」〔註53〕，即是一種忘懷自我而與萬物偕往的人生態度。這便是其在闡釋《莊子‧山木》中所言：「饑渴寒暑，窮困不通，皆天地之氣之流行，所以運動萬物，發洩而不可遏者，人惡能逃之？但當與之偕往可也。」〔註54〕可知焦竑此種順適的人生態度是一種無我無心的從容自得。

焦竑追求自我解脫的人生追求還可表現在其對生死問題的探討上。特別是在佛家的思想中，堪破生死是求得自我解脫的必由之途。可以說，焦竑對此問題是十分重視的，在給萬純初的信中，他說：「學不能破死生，縱極玄奧，皆分外事也。」〔註55〕並表達了以此自勉的決心。焦竑認為生死問題是儒釋道三家所共同探討的問題，而並非釋道二家的專利。其云：「『朝聞道，夕死可矣』，『未知生，焉知死』，『原始反終』，故知死生之說先師未嘗不言，學者不自察耳。」〔註56〕而焦竑說的堪破生死並非道教的長生之術，亦或佛家所言擺脫生死輪迴，而是達到無死無生的境界。在焦竑看來，道家之長生與佛家之脫離輪迴皆是為了使人真正達到無死無生之境界所設的方便法門而已。焦竑解釋《老子》所云「善攝生者，陸行不避兕虎，入軍不避甲兵，兕無所投其角，虎無所措其瓜，兵無所容其刃。夫何故，以其無死地？」一句時指出：「人有生必有死，是生固死之地矣……善攝生，則無生矣……然聖人之無生，非故薄之也，本無生也。」〔註57〕只要悟得無死無生之理就不會有死生之念存於心中，而使得心體達到自由超脫的境界，即其所云：「曾子一唯之後，生死了然矣，故啟手啟足，暇豫從容，無異平日……無佈心者，無生死也。」〔註58〕

儘管追求自我性命之解脫是焦竑人生價值觀中很重要的一個方面，但不可否認焦竑仍然是一個儒者。他既有成聖之志向，亦有與天地萬物為一體的儒者情懷。焦竑晚年，在一次講學活動中，一生問其為學工夫，焦竑云：「立

〔註52〕焦竑：《陰符經解》，四庫全書存目從書本。
〔註53〕焦竑：《莊子翼》卷一，文淵閣四庫全書本。
〔註54〕焦竑：《莊子翼》卷五，文淵閣四庫全書本。
〔註55〕焦竑：《答萬純初》，《澹園集》，李劍雄點校，中華書局1999年版，第124頁。
〔註56〕焦竑：《古城問答》，《澹園集》，李劍雄點校，中華書局1999年版，第731頁。
〔註57〕焦竑：《老子翼》卷二，文淵閣四庫全書本。
〔註58〕焦竑：《讀論語》，《焦氏筆乘》，李劍雄點校，中華書局2008年版，第249頁。

必為聖人之志。聖人欲明明德於天下，吾亦欲明明德於天下。」〔註59〕可見即使是在辭官歸隱的晚年，此種志向亦無改變。應該說，焦竑對儒者開物成務的責任始終都是有明確的認知的。他認為儒家之學乃是萬物一體之學，楊朱之學與儒學最大的差別在於是否有對他人，對天下的關懷：「知有己而不知有他也；知天下未始有一物，而不知天下未始無萬物也，知靜而不知動也，則小人而已矣。」〔註60〕焦竑在心性的層面上認為三教相通，過去的研究者亦多重視此點。然而不可忽視的是，焦竑對儒釋之異亦有著清醒的認識，焦竑認為儒佛最大的區別在於儒家可以用來治世，佛學則不可。

> 吾儒以萬物各得其所為盡性，佛氏欲使萬物同歸於寂滅，不可以治天下。〔註61〕

> 內典所言心性之理，孔孟豈復有加？然其教自是異方之俗，決不可施於中國。蘇子由言：「天下固無二道，而所以治人則異，君臣父子之間，不可無一日無禮法，知禮法而不知道，世之俗儒，不足貴也。居山林，木食澗飲，而心存至道，雖為人天師可也，而以之治世則亂。儒者但當以《皇極經世》超數越形，而反一無跡，何至甘為無用之學哉！〔註62〕

因此，焦竑的三教會通一方面是在心性的層面上貫通三家，另一方面則是以儒家的人生價值取向範圍佛道二家。一般來說，儒家可以被稱為入世之學，佛道可以被稱為出世之學，但焦竑看來，並不能做這樣截然的劃分，他給佛與道下了個這樣的轉語：

> 《華嚴》圓教，性無自性，無性而非法；法無異法，無法而非性。非吐棄世故，棲心無寄之謂也。故於有為界，見示無為；示無為法，不壞有為。此與夫洗心藏密而與民同患者，豈有異乎哉！〔註63〕

對於道家，焦竑也採取了這樣的方式，尤其表現在他對《莊子》一書主旨的闡發上：

〔註59〕 焦竑：《明德堂問答》，《澹園集》，李劍雄點校，中華書局 1999 年版，第 742 頁。

〔註60〕 焦竑：《讀論語》，《焦氏筆乘》，李劍雄點校，中華書局 2008 年版，第 265 頁。

〔註61〕 《楞嚴經精解評林》卷首，上海涵芬樓影印大日本續藏經本。

〔註62〕 《古城問答》，《澹園集》，李劍雄點校，中華書局 1999 年版，第 738 頁。

〔註63〕 焦竑：《刻大方廣佛華嚴經序》，《澹園集》，李劍雄點校，中華書局 1999 年版，182 頁。

　　　《莊子》一書，以明道也。儒之語道，不離仁義禮樂，莊子絕
　　而棄之，疑于不類。夫瓦礫糠粃，無非道妙，獨仁義禮樂為其所不
　　載，明乎非蒙莊之意矣。何者？仁義禮樂，道也；而世儒之所謂仁
　　義禮樂者，迹也。執其迹不知其所以迹，道何由明？故不得已摒而
　　棄焉，使人知道也者，立象先，超關係表，而吾所挾者之無以為也。
　　庶幾能進而求之也乎。〔註64〕

這樣看來，佛與道就不是完全出世的了，佛道之出世是對儒家入世的有益補充。
焦竑認為佛道的真實目的，並不是要人們鄙棄人倫物理，而是要在世間之事物
中識取空無的本體，以便更好地處理世事，這便是合出世入世為一。《老子》曾
說：「大道廢，有仁義」，對於仁義禮智，道家一般是否定的，而提倡返樸歸真、
少私寡欲。焦竑卻把兩者結合起來，認為兩者之間並無必然矛盾，而是相互補
充的，老莊雖然談虛無之理，但並不是要廢除世教，老莊認為學者如果一味侷
限於仁義理智，就會缺少通達的胸懷，最終反而被仁義禮智所困，成為一介俗
儒，真正的儒者應仁民愛物，以天地萬物為一體。道家「致虛極、守靜篤」的
虛靜觀，有助於達到一個大儒的境界，由此焦竑將「虛無」看作世教的根本：

　　　虛無者，世教所以立也。彼知有物者不可以物物，而觀無者斯
　　足以經有，是故「建之以常無有」。不然，聖人之業將以成變化行鬼
　　神，而欲責之膠膠擾擾之衰，其將能乎？〔註65〕

　　　見素抱樸，乃聖智仁義之精也，焉用文之？〔註66〕

《人間世》是《莊子》集中闡發莊子處世態度的一篇，其中莊子提出了「虛
心以遊於世」的處世方法，這種處世方法則是通過「心齋」、「坐忘」的修養
工夫實現的。所謂「心齋」、「坐忘」，從根本上說，就是虛己任物，也就是忘
己。焦竑對這種修養方法極為讚賞，稱其為聖人終身遵循的法則。

　　　為人使則有我，故易偽；為天使則無我，故難偽。夫知以不知，
　　如人之行不以步，鳥之飛不以翼者，天使之也，此所謂虛也。空虛
　　則白生，心虛則道集，蓋非有吉祥也，而吉祥莫大焉。人之安身棲
　　志，釋此則無歸矣。〔註67〕

〔註64〕焦竑：《讀莊子》，《莊子翼》，文淵閣四庫全書本。
〔註65〕焦竑：《讀莊子》，《莊子翼》，文淵閣四庫全書本。
〔註66〕焦竑：《老子翼》卷二，文淵閣四庫全書本。
〔註67〕焦竑：《莊子翼》卷一，文淵閣四庫全書本。

夫耳目內通，則無聞見；外於心知，則無思為。如此，則可以言虛，而鬼神來合矣，況於人乎？此所以命萬物之化，而不化於萬物，古聖人所為，服行終身者也。〔註68〕

有人認為《莊子》中《養生主》講的是出世法，《人間世》講的是入世法，焦竑認為這兩種說法都有失片面，而是「出世而後能住世」。焦竑所說的「出世」其實是指身心的修養，以達到通生死、外禍福的坦蕩胸懷，而住世則指的是成天下之務的經世情懷。這兩者其實是無法區分開的，其云：「人之不能治世者，只為此心未得其理，故私意糾紛，觸途成窒。苟得於心矣，雖無意求治天下，而本立道生，理所必然。所謂「『正其本，萬事理也』。藉令悟于心而不可治天下，則治天下果何以，而良知為無用之物矣。」〔註69〕在焦竑看來自我性命的安頓是治天下的前提，而治天下才是儒者最終的追求，所謂「學不能開物成務，則神化何為乎？」

關於修身與治世的關係，儒家經典《大學》曾做過一番闡釋：「古之欲明明德於天下者，先治其國；欲治其國者，先齊其家；欲齊其家者，先修其身」。這番話一直被作為士人立己行事的根本綱領，從修身到治國，是一個不斷遞進的由內而外的過程，在焦竑對這個問題的論述中，卻省略了這個修持的過程。道在而功隨才是焦竑理想的人生境界，其云：「君子非用世之貴，而能自治其身者之難。何者？自治其身，乃所以用世者也。」〔註70〕伊尹、呂尚可以被稱為「大器」，因為他們在修身、治世兩方面都達到了很高的境界。這就是「性分融而功皆命表事也，道機徹則名皆身外物也。」而管仲雖然事功顯赫但卻「濟於事而未全於道」，所以不能成為「大器」。會通出世入世使得焦竑一方面尋求自我性命之解脫，另一方面則始終保持著對天下國家的價值關懷。焦竑在《京學誌序》中曾云：「夫學不能知性，非學也；知性矣，而不能通生死、外禍福，以成天下之務，非知性也。」〔註71〕

由以上分析可知，可以得出兩點結論。首先，焦竑是在心性論的層次上進行三教會通的，焦竑三教合一思想以其空無之心性論為理論基礎。因此三

〔註68〕焦竑：《莊子翼》卷一，文淵閣四庫全書本。

〔註69〕焦竑：《答友人問》，《澹園集》，李劍雄點校，中華書局1999年版，第87頁。

〔註70〕焦竑：《大器猶規矩準繩論》，《澹園集》，李劍雄點校，中華書局1999年版，第21頁。

〔註71〕焦竑：《京學誌序》，》澹園集》，李劍雄點校，中華書局1999年版，第133頁。

教的相通實際上是一種人生境界的相似與相合。其次，焦竑提倡三教合一，並不意味著對儒家人生價值觀的否定，相反，其還試圖用儒家之人生價值觀規範釋道之學。由此而形成其會通出世入世的人生價值觀。

第二節　自我價值之挺立——焦竑的心子理論

縱觀焦竑一生，對陽明心學的研討無疑是其人生活動中一項十分重要的內容，焦竑人格心態與人生理想的形成都離不開陽明心學學術理想與精神氣韻之薰染。因此要探討焦竑的人格心態，其與陽明心學之間的種種關聯必然是一個無法繞開的話題。簡言之，陽明心學的學術氣質使得焦竑形成了一種自信其心的人生價值觀，這種人生價值觀的特點在於將價值判斷收歸於自我內心，使得內在的自我價值充分挺立於外界的種種標準之上。析言之，則為自信其心之人生價值觀與狂者氣魄兩個方面。而在具體闡述此種人生價值觀之前，則有必要對焦竑於陽明心學之接受與選擇之過程進行一番簡要的追述。

一、焦竑於陽明心學之接受與選擇

在焦竑對陽明心學的接受過程中，耿定向、史惺堂、王襞、羅汝芳等人都對其有過影響。在第一章有關焦竑交遊活動中均已述及。當然，焦竑對陽明心學的接受，除了他人之引領外，亦是出於對儒學學術發展脈絡梳理之後的自覺選擇。在宋明理學發展史中，理學與心學是屬於同一個學術體系下而又具有對立面的兩種學術思想。理學以天理為最高範疇，是宇宙與人生的本體。其將天理作為宇宙事物產生的一種根源性因素，天理不僅具有根源性還具有總體性。基於這種以天理為本體的觀點，理學將對人生的思考與對天理的認知聯繫起來。理學家認為天理體現於人生也就是性與命。因此，理想的人生境界就是窮理盡性至命，這三者是合而為一的。程頤就說：「理也，性也，命也，三者未嘗有異。窮理則盡性，盡性則知天命矣。在天為命，在義為理，在人為性，定於身為心，其實一也。」〔註72〕理學家的此種觀點實則是沿循著孟子盡心、知性、知天的思路，又用天理這一根本的範疇將此三者貫串起來。在理學的學術體系中，天理處於核心的位置並統貫著其他一切範疇。理

〔註72〕程頤、程顥：《二程遺書》卷十八，文淵閣四庫全書本。

學要求人於事事物物中體認天理以達聖人之境，這正說明了理學以這種具有根源性、形上性與客觀性的天理為最終歸宿的學術思想。而陽明心學正是通過對天理的消解而成為對立於理學的另一種思想體系。王學的真實目的是要人在人生的起伏跌宕、得失毀譽中求得最真實的體悟，這便是「心即理」。王學將理學對外在天理的探尋轉向對自我內心的體察，消解了天理的外在性與客觀性，從而具有較強的自主性。從最終歸宿來說，心學所追求的是在艱難中保持自我的獨立，心靈的澄澈與超越，這便是「致良知」。王陽明將良知作為心之本體，認為良知人人具足，不假外求。從理學到心學所發生的轉變實則是一個由外向內的轉變。

　　基於此種由理學向心學轉變的學術理路的梳理，焦竑選擇了心學的學術路徑。從學術淵源來說王陽明的良知學說根源於孟子。孟子曾說：「惻隱之心，人皆有之；羞惡之心，人皆有之；恭敬之心，人皆有之；是非之心，人皆有之。惻隱之心，仁也；羞惡之心，義也；恭敬之心，禮也；是非之心，智也。仁義禮智，非由外鑠我也，我固有之也，弗思耳矣。」〔註73〕孟子的此種學術理路在後世沒有得到進一步繼承，而是淹沒於漢唐經學的繁瑣注疏、宋代理學高高在上的天理中。在此意義上，焦竑認為陽明心學接續了孔孟正脈：

　　　　漢、唐、宋以來，學術有明若晦，而莫盛於國朝。河東薛先生
　　實始倡之，雖學主復性，而孤倡於久晦之餘。其說猶鬱而未暢，至
　　白沙、陽明兩先生，橫發直指，孔孟之宗豁然若揭日月而行諸天，
　　弗可尚已。〔註74〕

此種論述亦可見於多篇文獻中。如其在與錢侍御的書信中云：「宋儒如周元公、程伯子、邵堯夫、陸子靜諸公，皆於道有得，僕所深服。至伊川、晦庵之學，不從性宗悟入，而以依倣形似為工，則未得孔孟為依歸故耳。藉令學者不知學之宗趣，而以此為法，竊恐其入於鄉愿之門而不自知也。」〔註75〕此中即表現出對程朱格物之學的貶抑。

　　心學與理學的另一個重要區別是在修養工夫方面。理學的工夫論主要由兩個方面構成，一方面是尊德性，另一方面是道問學。尊德性即是對道德的

〔註73〕朱熹：《四書章句集注‧孟子章句集注》卷十一，中華書局 1983 年版，第 328
　　　　頁。
〔註74〕焦竑：《國朝從祀四先生要語序》，《澹園集》，李劍雄點校，中華書局 1999 年
　　　　版，第 131 頁。
〔註75〕焦竑：《答錢侍御》，《澹園集》，李劍雄點校，中華書局 1999 年版，第 84 頁。

涵養，而道問學是對客觀事理的認知，也就是格物致知。這兩方面，一向內一向外，共同構成了理學工夫論的完整體系。陽明心學打破了理學工夫論中的這種內外之分。理學中作為對外在事物認識過程的「格物」在陽明心學體系中被解釋為「去其心之不正以歸於正」的內心修養過程，認為尊德性與道問學並無二致。焦竑在修養工夫論方面繼承了心學的思路。其論尊德性與道問學云：「君子尊德性而道問學，道，由也，言君子尊德性而由問學，問學所以尊德性也。非問學以外別有尊德性之功。」〔註76〕理學與心學在工夫論方面的差異，焦竑將之概括為「由仁義行」與「行仁義」的區別。其云：「孟子言明於庶物，察以人倫。蓋人生種種，不離倫、物二字。於此種種中，加意著察，久之一旦豁然，把柄在我，信手拈來，無非仁義，所謂由仁義行也。若不能明察，傍前人格式做去，所謂行仁義者耳。行仁義與由仁義行，真偽、聖凡之路，實判於此，不可不慎也。」心學將內外工夫合一是「由仁義行」，而理學的支離之弊是「行仁義」。「由仁義行」是「性之所之，無入而不行」，而「行仁義」則是「以己合彼，劬勞刻畫，巧為之摹。」焦竑又將其概括為「集義」與「義襲」，「集義」是「從性體而出者」，而「義襲」則是「依名理而行者」。可看出二者的區別在於是否具有主動性，而這種區別根源於理學將理作為本體與心學將心作為本體的對立。

二、自信本心的人生追求

陽明心學的薰染使得焦竑形成了自信本心的學術追求。關於此點，焦竑有不同的表達方式，歸納起來主要有三種，即「復性」、「識仁」、「識取初心」。

> 夫學何為者也？所以復其性也。〔註77〕

> 夫學必有宗，如射之的也。儀的在前，持弓以赴之，蔑不中者。不知其的，將貿貿然，用力彌勤，而命中彌遠。的者何？吾之初心是已。〔註78〕

> 自古獨提「學」之一字以示人，實始孔子。而學也者，所以學為仁也。〔註79〕

〔註76〕焦竑：《尊德性而道問學》，《焦氏筆乘》，李劍雄點校，中華書局 2008 年版，第 188 頁。

〔註77〕焦竑：《原學》，《澹園集》，李劍雄點校，中華書局 1999 年版，第 18 頁。

〔註78〕焦竑：《宗儒語略序》，《澹園集》，李劍雄點校，中華書局 1999 年版，第 130 頁。

〔註79〕焦竑：《答友人問》，《澹園集》，李劍雄點校，中華書局 1999 年版，第 86 頁。

究其實質，焦竑所說的「復性」、「識仁」、「識取初心」指的其實就是對良知的認取。良知人人具足，不待外索。「人之為性，無舜拓，無古今，一也。」而性本身即是自足與自明的。良知不僅是內在的，還是現成的，良知具有自發性，當下即是。這也是對孟子擴充善端的學術理路的繼承。

從更本質的意義上來說，認取本心不僅是焦竑為學之根本宗旨，還是一種人生追求與人生價值觀。它將價值判斷的標準收歸於自我內心而不是依賴於外界的某個事物，因此其所帶來的必然是自我價值的挺立。既然良知人人具足，為學者就不必再去崇拜聖人，依聖人之模樣標準行事，而是要「立必為聖人之志」。其云：「立必為聖人之志，聖人慾明明德於天下，吾亦欲明明德於天下。如此發願，方是立聖人之志。此志一真一切，是非毀譽都不在念。故曰匹夫不可奪志也。不可奪，見志真，匹夫而為百世師，見志立。」〔註80〕可見其所要達到的是是非毀譽都不在念的澄明境界。如果為學不以識取自我本心為目的，造成的結果自然是學術的不明，更為嚴重的還將是士人獨立人格的喪失。學術的不明尚且可以承受，而人格的喪失所造成的禍害不可謂不小。

> 余謂學非他，以還其良心之謂也。後世論說非不工，名譽非不盛，而心之相失，則偏黨詖淫，以市於世。至盡喪其常而不顧，究且臧否潤殽，黑白易處，卒貽禍國家，非特不可為學而已夫。我言之而人不以為安，我行之而人不以為信，此必有咈於人心者矣。微獨人之不安且信也，即夜氣未亡，亦自有不安且信者，良心固在也。誠自信其心，不以害愓利疚為秋毫顧慮，虛圓不測之神以宰制萬有可也，而非篤於道者其孰能之？君子所以貴夫學也。〔註81〕

還其良心所追求的是一種自信其心的獨立人格，是一種「不以害愓利疚為秋毫顧慮」的澄明境界，而最終的落腳點則是「以虛名不測之神以宰制萬有」的擔當精神。焦竑曾在《氣志天人交勝之理如何》一文中云：「天視自我民視，天聽自我民聽。人者天地之心⋯⋯夫天也而視聽自民，是天待命於人，而非以命人也。」〔註82〕可以說是自我價值挺立之最為宏偉的宣言，一股雄偉磅

〔註80〕焦竑：《明德堂問答》，《澹園集》，李劍雄點校，中華書局1999年版，第742頁。

〔註81〕焦竑：《天目書院記》，《澹園集・續集》，李劍雄點校，中華書局1999年版，第831頁。

〔註82〕焦竑：《氣志天人交勝之理如何》，《澹園集》，李劍雄點校，中華書局1999年版，第23頁。

磚之氣灌注其間，與王陽明所言「良知生天生地」同樣讓人精神鼓蕩。

王陽明龍場悟道，悟出了「心即理」，從而解決了人生的困境，而焦竑何嘗不是以此種自信其心的人生價值觀度過人生的坎坷。結合焦竑的人生際遇，可以見出此種人生價值觀之實現。焦竑曾七次參加會試而不售，期間的失落可想而知，他的多篇詩作中亦曾流露出強烈的懷才不遇之感。如隆慶二年，焦竑會試落第，歸金陵，途經白溝河，此地乃其先祖焦朔大敗元軍之地，焦竑有感於祖輩功績而自己卻屢試不第，作詩曰：「風煙莽莽白溝河，欲問奇功跡已磨。蘆荻幾家今若此，貔狨萬竈夙離過，承家我愧恆榮祖，破虜誰還馬伏波？鍾鼎空存人自遠，耳孫無那淚滂沱！」〔註 83〕焦竑屢試而不第，連他的好友李贄都勸說他放棄，告諭其不要把時光都浪費在科舉考試中，而焦竑卻一次又一次堅持了下來，直至萬曆十七年大魁天下。焦竑的堅持自然有多方面的原因，其作為一個儒者肩負著治國平天下的偉大責任，而要實現這一責任則必然要出仕，但我以為更深層的原因則在於其自信其心的人生價值觀，這種價值觀使得其對仕與學的關係有著獨到的見解。這表現在其對「仕而優則學，學而優則仕」一語的解釋上。「仕而優即為學，不必離仕求學也；學而優即為仕，不必離學以求仕。優者，自得於心之謂也。」〔註 84〕因此在焦竑看來，科舉中第與否並不能成為判斷其學的標準，真正的標準應該是是否自得於心。因此面對一次次失敗，焦竑雖有失落，而卻沒有走向頹喪和放棄。

這種自得於心，注重自我價值之人生觀使得焦竑具備了一種狂者氣魄。焦竑對狂者抱有一種極其欣賞的態度，認為狂者雖達不到聖人的境界，但具備了一種自信本心的人格特徵，因此，狂者作為任道之器而區別於鄉願之士。

> 大氐中行其猶龍乎？狂猶鳳，狷猶虎，其卓落俊偉均為任道之
> 器。至於鄉願者，狐也。狐肖人形，不能辨其形而反為所惑，至一
> 逢狂狷，眾口嗷嗷。必力排之而後已，世人之良可悲矣！夫君子之
> 貴自信而已，苟有狂狷之一節，即為孔孟所印可矣，即庸流排沮之
> 何傷哉？雖然，中行、狂、狷，器足以任道，故孔孟思之，而非與
> 其竟於此也。中行如顏子，一間未達者也，達之則聖矣。狂之高明，
> 狷之介特，視世俗之稱譏利害，不啻鷦鷯之於腐鼠，而何足以入其
> 靈台耶？〔註85〕

〔註 83〕焦竑：《白溝河》，《澹園集》，李劍雄點校，中華書局 1999 年版，第 656 頁。
〔註 84〕焦竑：《答友人問》，《澹園集》，李劍雄點校，中華書局 1999 年版，第 86 頁。
〔註 85〕焦竑：《答錢侍御》，《澹園集》，李劍雄點校，中華書局 1999 年版，第 84 頁。

只要具有了自信其心的狂者境界，就算遭到世俗的排斥也無傷其「任道之器」的品質。焦竑對狂者的推崇不僅是理論上的，其人格特徵也具備一種狂者的氣魄。史載焦竑為官能夠不顧是非毀譽，敢於議論時事。對於自己認為所當行之事能夠毫不猶豫的去執行。「竑既負重名，性復疏直，時事有不可，輒形之言論，政府亦惡之。」〔註86〕焦竑就是因為此種疏狂的性格得罪同僚而含冤被貶，最終辭官歸隱的。

　　如前所論，自信本心的人生價值觀的特點在於將價值判斷收歸於自我內心，使得內在的自我價值充分挺立於外界的種種標準之上。因此在含冤被貶，辭官歸隱之後，焦竑並沒有滑向康海、李夢陽、楊慎般的憤懣與頹放。陽明心學對於內在良知的倡導，使得他的人生追求已經不需要依賴外在皇權的認可。焦竑晚年對於性命之學的探究更加精進，他舉行了三次講學活動。在三次講學活動中，他對「良知內在」、「自信本心」的觀點屢有強調。

　　　　此尋常閒話，無不是道。汝自信不及，卻別尋一理解，方有抓壁。不知道全解偏，解生道喪。〔註87〕

　　　　知性者，舉手投足無非仁義。〔註88〕

　　　　此心自足，最恐人不自知。果能自知，則見孺子此心，呼爾不受，蹴而不就，亦此心；以至穿衣吃飯，舉手動足，無非此心。〔註89〕

　　　　此心不為堯存，不為桀亡。然二君所問，皆是他人屋裡事。須自識其真心。〔註90〕

觀以上諸條，焦竑無不在強調良知自足，體悟內在於自我的良知的為學方式與重要性。上述引文中的「道」、「性」、「此心」、「真心」的真實所指均為「良知」。自信本心才能做到「舉手投足無非仁義」，「盈天地皆心」的自得與自信。正是這樣的自得與自信，使得焦竑雖然失去了在朝為官的機會，但他的鄉居生活卻充實而從容。

〔註86〕《明史‧列傳》第一百七十六，中華書局 1974 年版，第 7392 頁。
〔註87〕焦竑：《崇正堂問答》，《澹園集》，李劍雄點校，中華書局 1999 年版，第 715 頁。
〔註88〕焦竑：《崇正堂問答》，《澹園集》，李劍雄點校，中華書局 1999 年版，第 716 頁。
〔註89〕焦竑：《崇正堂問答》，《澹園集》，李劍雄點校，中華書局 1999 年版，第 717 頁。
〔註90〕焦竑：《古城問答》，《澹園集》，李劍雄點校，中華書局 1999 年版，第 729 頁。

含冤被貶與辭官歸隱之初，焦竑並非完全沒有憤懣之情。他在給朋友的書信中指出自己性格疏直，不能取媚於時宰而遭人忌恨的冤屈。而由於焦竑具有自信本心的人格特徵與價值觀念，他的鄉居生活是從容而曠達的。

> 采采籬邊菊，何如金滿籯。便從千載後，雙眼到淵明。〔註91〕

> 金山曾伴驢年，幔亭亦扳鶴駕。我自非釋非玄，任汝呼牛呼馬。〔註92〕

可以說，焦竑自信本心的人生追求與狂者氣魄是在陽明心學的薰養下形成的。使得其具備了一種不依傍於外在的，卓然自立的人格境界。

第三節　溟絕無寄、天真朗然——焦竑的性空理論

一、焦竑性空理論之內涵

心性空無是焦竑對心性之性質的基本判斷。性空理論是焦竑三教合一的學術思想的理論出發點，也是其形成追求內在超越，會通出世入世的人生價值觀的邏輯前提。性空首先是指性體本無一物之空。「人性湛然，本無一物，不知者至多其意識以蔽之，蔽去而性自若，非能有增也。」〔註93〕「吾性空洞，本無一物，只是自生意見，捏目生華，迷頭認影，轉覓轉遠。」〔註94〕心性本空，只因人妄生意見而遮蔽了此種空無的本然狀態。此種心性之空無狀態類似於《中庸》所言「上天之載，無聲無臭。」亦如孟子所言「夜氣」之「諸緣未始，靈臺恬曠，虛室生白」之境。

性空還指心性之虛靈。「所謂性者，亡也，虛也，約也。性非亡、虛、約所可名，而捨之無以名性，則曰亡、虛、約云爾。世不知妙其亡，而實之以為有；不知妙其虛，而增之以為盈；不知妙其約，而炫之以為泰，此其所以離於性也。」〔註95〕心性之虛，指的是性體之非言所及，非解所到之不可名狀：「知體玄虛，溟絕無寄，居言思之地，非言所及；處智解之中，非解所到，故曰正。明目而

〔註91〕 焦竑：《菊柴》，《澹園集》，李劍雄點校，中華書局1999年版，第1167頁。

〔註92〕 焦竑：《睹閔壽卿像，思企不足，以四詩為頌》，《澹園集》，李劍雄點校，中華書局1999年版，第1168頁。

〔註93〕 焦竑：《與菜昆石》，《澹園集》，李劍雄點校，中華書局1999年版，第96頁。

〔註94〕 焦竑：《答王兵部仔肩》，《澹園集》，李劍雄點校，中華書局1999年版，第859頁。

〔註95〕 焦竑：《讀論語》，《焦氏筆乘》，李劍雄點校，中華書局2008年版，第248頁。

視之，不可得而見；傾耳而聽之，不可得而聞也。」〔註96〕心性之靈，則如「水鏡之畢照而非動也　如四時之錯行而非為。」，吾人之心性無不通、無不為覺，而究其始終則無可指、可執之象與物，吾人心性之靈明即見於此。

自從王陽明晚年提出「無善無惡心之體，有善有惡意之動，知善知惡是良知，為善去惡是格物」之四句教以來，陽明後學就圍繞著性體有無善惡的問題而產生了種種爭辯。萬曆中期以來，針對此一問題的爭辯愈發激烈。焦竑在此一問題上主張超越善惡，而達到一種無善無惡之空無。他認為無善無惡之說才是王陽明學說的精華所在，後人以為無善無惡之說為陽明學說之弊病乃不瞭解陽明心學所致。其《陽明先生祠堂記》云：「余觀先生之始也，其為慮深。嘗示人以器，而略於道，俾守其矩矱而不為深微之所眩。然使終於此而已，學者將苦其無所從入，而道隱矣。乃遴一二俊人，時以其上者開之，如所謂『無善無惡』者是已。至今昧者未隱於心，而大以為先生病。孔子不云乎：『我則異於是，無可無不可。』『可不可』者，即善與惡之云也。究且舉『意、必、固、我』而絕之，則空洞之中，纖微不立，而何善之可言乎？無美者，天下之真美也；無善者，天下之至善也。是非都捐，泯覺無寄，而變化兆焉。」性體是一種不思善不思惡之超然狀態。性無善無惡，並不是對性善的否定，而是指是性體即超越了善，亦包含了善。所以其云：「善，自性也；而性，非善也。謂善為性則可，謂性為善，則舉一而廢百矣。」〔註97〕

性體空無，並不是與有相對的無，而是超越了有無、是非、善惡的絕對之空無。「上下四旁都無所倚，入於空空之境矣。蓋泰山絕頂之外，有無見之見，無得之得。」〔註98〕空洞無物之性體正如《洪範》所云：「無偏無黨，王道蕩蕩。無黨無偏，王道平平。無反無側，王道正直。」所謂無偏無黨，無反無側即是指超越對待。所謂蕩蕩、平平則意味著無所不包。總之，是一種無分別無執著之灑脫。而要達此空空之境，則首先要泯滅是非有無等分別之心。其解《論語》之「耳順」云：「吾人只為分別心重，聞人之言，便有順逆。先師到六十時，是非分別之心，消融已盡，其於聽言，其於聽言，如月之臨池，聞之過樹，順尚無有，何況於逆。此聖人之化境，未易以思量測

〔註96〕焦竑：《讀論語》，《焦氏筆乘》，李劍雄點校，中華書局2008年版，第252頁。
〔註97〕焦竑：《古城答問》，《澹園集》，李劍雄點校，中華書局1999年版，第737頁。
〔註98〕焦竑：《崇正答問》，《澹園集》，李劍雄點校，中華書局1999年版，第725頁。

也。」〔註99〕只有消除了分別之心，才能達到空無之境，否則，一有分別於偏執則會落入窠臼之中。此即為「無繫」，「春秋之時有以堅白鳴者，此踽踽自好者也。孔子無可無不可，豈為之哉？夫有堅必有磷，今不曰堅矣，我無以受磨而奚磷？有白必有淄，今不曰白矣，我無以受涅而奚淄？蓋聖人無成心，要以有濟而已。若抱堅白之空名，而一無裨補，則是匏瓜之繫而不食者耳。」〔註100〕有分別有執著則是有繫，心體之空無不僅是超越有無是非，還是有無合一，即有以證無。即有以證無，亦如《易》所言的「止其所」，要之，要達到空無之境並不是捨有以就無，而是體會有無合一，有無無所分別。如「艮其背不獲其身，行其庭不見其人」，視而無視，聽而無聽，用而無用。如果一味的捨有以就無，則如佛家所言之斷見，而非常見。此種有無合一之狀態，即《論語·子罕》所言「吾有知乎哉？無知也，有鄙夫問於我，空空如也，我叩其兩端而竭焉。」，達此有無合一的狀態，則能不內不外，不在兩端。有無合一更進一步則為有無雙遣。「若以吾為有知乎哉？抑無知也耶？有無雙遣，獨持一空空之心，以應鄙夫，此所以為聖人。」〔註101〕

二、焦竑性空理論與佛道之學

　　心性空無之理，釋道兩家累言之。焦竑的性空理論正是在汲取了釋道之學的基礎上形成的。焦竑解老，以無為要旨，認為無的學說是老子學說的要領所在，然其所說之無亦不是與有相對之無，而是絕對之無。其解《老子》「無名，天地之始；有名，萬物之母。故常無欲，以觀其妙，常有欲，以觀其徼。此兩者同出而異名。」認為此處正揭示出有與無的關係。他說：「蓋無之為無，不待言已。方其有欲之時，人皆執以為有。然有欲必有盡；及其盡也，極而無所更往，必歸於無。斯與妙何以異哉？故曰此兩者同謂之玄。雖然，老子亦不得已，為未悟者言耳，實非捨有以求無也。苟捨有以求無，則是有外更有無，安得為無？蓋當其有時，實未嘗有，此乃真無也。故不滅色以為空，色即空。不捐事以為空，事即空。不然，其所謂無者為對有之無，而所謂有者，為對無之有。亦惡得謂之常無有哉？」〔註102〕焦竑認為，首先，從事物發展的趨勢上來說，有必然歸於無，然而這並不是根本的，從存在的本質上

〔註99〕焦竑：《讀論語》，《焦氏筆乘》，李劍雄點校，中華書局2008年版，第268頁。
〔註100〕焦竑：《讀論語》，《焦氏筆乘》，李劍雄點校，中華書局2008年版，第269頁。
〔註101〕焦竑：《讀論語》，《焦氏筆乘》，李劍雄點校，中華書局2008年版，第273頁。
〔註102〕焦竑：《老子翼》，卷一，文淵閣四庫全書本。

說，有與無並不是對立的，相反是合一的，需在有上證得空無之本體，此空無之本體焦竑稱之為「常無」，乃是包含了有的存在。老子所言之空，是空虛不毀萬物之空，而不是一味摒棄有的斷滅空。《老子》中所言「專氣致柔」，並非鬱閉之謂，而是以雄守雌。「滌除玄覽」並非晦昧之謂，而是「明白四達而能無知」，因此焦竑所認為的道家聖人的境界應該是生而不有，為而不恃，長而不宰，知而無知。老子所言的「虛極」乃實即為虛之意，「靜篤」乃動即為靜之意。焦竑還尤其注重《老子》中「觀復」與「知常」的思想，老子言「夫物芸芸，各歸其根」則是當各物紛動之時，不求靜而自靜也。而「至常」則是一種善惡兩忘，是非無朕的狀態，這與上文所論及的性無善惡論有相通之處。在性無善惡的觀點之下，焦竑解釋《老子》「絕學無憂。唯之與阿，相去幾何？善惡兩忘，相去何若？」云：「人之為學，憂不得善也。吾能絕學，則奚憂之有？然非強絕也，知性本無善也。彼為善者，雖異於惡，而離性則一。至其游於性初，方且荒兮未央，而豈若善之有涯涘，可限量哉？」〔註103〕所謂善僅為有限的存在，並不具有本質的意義。在此基礎上，焦竑所理解的道家之道即為眾有即真空者，無可以適有，有亦可以知無者，即上文所云之無分別與無執著。所謂無則是萬法歸無，無亦不立，此亦有無雙遣之意。

焦竑的性空理論同樣得益於佛學之般若空性理論與即念無念說。佛家認為世界的本質是空，世間萬相不過是心造之幻相，不具有真實性。空性在佛學理論中具有本質的意義。焦竑對這一點無疑是贊同的。所謂菩提無自性，即為空性，無自性則為佛性。其引永明論佛家三性法門云：「偏計、依他、圓成，此三性法門，是諸佛密意所說，諸識起處，教綱根由。三性即是一性，一性即是無性。何者？從依他起分別，即是偏計；從依他悟真實即是圓成。由分別故，一分成生死；由真實故，一分成涅槃。」〔註104〕可知，其所謂空性亦為泯滅了對待之空無本體。空性一如無風之大海，本自清靜，煥然明白，事無不照。同道家之即有以證無同意，這裡所論之空性亦不是與有相對的空，「異彼二乘滅識趣寂者故，亦為異彼般若修空菩薩空贈勝者故。直明識體，本性全真，即成智用。如大海無風，境象自明。」〔註105〕正所謂一切作處即無作處，無做法，即得見佛。即念無念說即是以空性為邏輯前提。無念有兩

〔註103〕焦竑：《老子翼》，卷一，文淵閣四庫全書本。
〔註104〕焦竑：《支談》，卷下，四庫全書存目叢書本。
〔註105〕焦竑：《支談》卷下，四庫全書存目叢書本。

種含義，以念起為苦，欲加以滅除者為小乘法，此不為焦竑所取。焦竑所認同的是在念起之瞬間則證得空無之本體的摩訶衍法。「世有窮歲默坐，猿對茶椀，鳥棲禪庵，而臨機應務，照用全虧者，是斷滅種性之人，非真知無念之理也。蓋實際理地，不染一塵，清淨門中不捨一法。苟其內照發明，窮源徹底，何理不燭，何事不通？」〔註 106〕此即為即念無念之說，也就是佛家常言當即放下，頓悟自性空寂。世間萬相唯心所造，念念流轉是輪迴之產生，眾生不得解脫的根由。佛與眾生本無差別，若能了念即空，念無起處則當即成佛。「念本非有，念不必無」此與上言道家之即有證無，儒家之止其所謂同一理路。焦竑所言佛家之大解脫與大自在亦是通過即念無念的方式達到對般若空性的證悟，其云：「佛者覺也，言覺無所覺也。釋者放也，言不為法縛也。三昧者，正受也。如此則妙性無寄，天真朗然。」〔註 107〕佛家之解脫亦為無分別無執著之圓融，此義如用佛學術語表述即為「遍照」，意為對世界人生之本質的真實覺悟。若一起分別之心，此種覺悟則被遮蔽。所以焦竑言：「非常非樂，非我非淨，即是常樂我淨。有起則有變，無起無變，即是自在……即此一心，更無所念，即是滿足。」〔註 108〕佛所言的清淨之體乃是合有無、淨穢合一，而又有無雙泯，淨穢兩空。由以上分析可知，焦竑的性空理論的形成是在建立在對儒釋道三家的理論資源的汲取之上，其所要達到的是一種無分別、無執著的超越境界。

要達到對性體空無的體認，則要摒除情識意見的遮蔽，其云：「胸中話頭太多，須盡數傾倒。」〔註 109〕又云：「孔門專言空也。《大學》不正言修身正心之功，但言所以不修不正者，敖惰、憂患、恐懼、哀矜、忿懥、好樂累之也。此等情累，膠膠擾擾，循環不窮。吾輩必於一物不立之先著眼，令空空洞洞之體現前。情累紛紛，自然無安腳處。」〔註 110〕均為排除情識意見遮蔽之意。因此焦竑認為需要經過一番「捨、損」的為學工夫，「損」出自《老子》：「為道日損，損之又損，以至於無餘。」，這種為學方式也可以

〔註 106〕焦竑：《支談》卷下，四庫全書存目叢書本。

〔註 107〕焦竑：《支談》卷中，四庫全書存目叢書本。

〔註 108〕焦竑：《支談》卷下，四庫全書存目叢書本。

〔註 109〕焦竑：《古城答問》，《澹園集》，李劍雄點校，中華書局 1999 年版，第 729 頁。

〔註 110〕焦竑：《古城答問》，《澹園集》，李劍雄點校，中華書局 1999 年版，第 730 頁。

稱為「逆」、「溟」、「殺」。「逆」出自佛家《首楞嚴經》：「逆生死欲流，返窮流根，至不生滅」，「殺」出自道家《陰符經》：「人發殺機，天地反覆」，「溟」亦出自道家《文始經》：「一情溟為聖人」。總之，焦竑認為為學的真正意義乃在於對心性空無的體認，因此則不能通過向外界獲取知識這種所謂增的方法，而是應該通過向內心回歸的減的方式。孔子「三十而立，四十而不惑，五十而知天命，六十而耳順，七十而從心所欲不踰矩」，焦竑友人認為「孔子自志學至從心，十年一進也。孔子年逾七十，亦更進於從心乎？」，而在焦竑看來，《論語》此章並非說明孔子之學能進，恰恰相反而是說明孔子能捨，「六十則捨知命矣，七十則捨耳順矣。孔子而未夢奠也，安知不捨從心乎？故始之所是，卒而非之，孔子所以與年而化也。」〔註 111〕此正為焦竑所提倡的捨損的為學方式。

第四節　儒家經世精神的回歸——焦竑的經世之學

一、儒家經世精神之源流

經世精神作為儒學之重要特徵，從來就不乏歷朝歷代儒者對其的強調。儒學作為內聖外王之學，儘管在其發展中呈現出不同特徵，然簡而言之，則為修身與經世兩端所構成，而經世作為修身的最終目的，決定了儒家學說在價值觀方面的根本取向。且不說原始儒家經典中關於經世精神的表達，就連以突出心性修養著稱的陸九淵也曾說：「儒者雖至於無聲無臭，無方無體，皆主於經世；釋氏雖盡未來際普度之，皆主於出世。」〔註 112〕顧炎武亦云：「君子之為學，以明道也，以救世也。」〔註 113〕儒學這種內聖以外王的特徵，尤見於《大學》「正心、誠意、修身、齊家、治國、平天下」等主張中，而張載那一句「為天地立心，為生民立命，為往聖繼絕學，為萬世開太平」則成為關於儒家經世精神最為振奮人心的表達，激勵著千千萬萬的儒者投身於一種民胞物與的偉大情懷之中。總之，經世精神可以說是貫穿於儒學發展史的一條主線。

〔註111〕焦竑：《讀論語》，《焦氏筆乘》，李劍雄點校，中華書局 2008 年版，第 250
　　　　頁。
〔註112〕陸九淵：《象山先生全集》卷二，四庫全書存目叢書本。
〔註113〕顧炎武：《亭林詩文集》卷七，續修四庫全書本。

經世之學是與經世精神相互聯繫而又有所區別的一個概念。經世精神僅為一種人生理想或價值觀的抽象表達,而經世之學則是一套具體的知識體系。雖然儒學中不乏經世精神,但經世之學作為一種學說一種知識,則要到明末清初之際才得以確立。兩者當然也是密切聯繫的,經世精神作為經世之學的內在精神品質,沒有經世精神為旨歸的人生理想,亦不會產生經世之學。儘管經世之學確立的時間較晚,但在儒學傳統亦有痕跡可尋。儒學是以禮樂教化為基本特徵的學說,以五經與六藝為基本內容。所謂「六藝」為「禮、樂、射、御、書、數。」禮為五禮之文;樂為六樂之舞;射為五射之節;書為六書之品;數為九數之計。這六藝中便包括書數等實際知識,這可以算作經世之學在儒學理論中最早的表達。再從儒學的整體特徵來看,以「仁」為內核,以禮樂文化為表徵的「道」則是高於射御書數等具體知識的存在。因此知識與仁道也往往在儒家言說中處於一種對立的狀態。即道與器的對立,以及學與術的對立。「學也者,觀察事物而發明其真理者也;術也者,取其發明之真理而置諸用者也。學者術之體,術者學之用,二者如輔車相依而不可離。」〔註114〕學與術對舉的例子在歷代著作中屢見不鮮。道與器的對舉源自《易》「形而上者謂之道,形而下者謂之器」之句,清人章學誠在《原學》中解釋道:「《易》曰:『成象之為乾,效法之謂坤。』學也者,效法之謂也;道也者,成象之謂也。夫子曰:『下學而上達』,蓋學於形下之器,而自達於形上之道也。」〔註115〕可見,在儒學傳統中歷來存在之學問與治術,或云仁道與治術的區分,儘管二者都是儒學的內容,但實際情況卻是儒者們往往更傾向於仁道之探究,而對具體的行政事務多有所忽略。因此在中國歷朝政治經驗中,儒者也多是以倫理教化見長,而並非以解決刑錢穀等具體的行政事物著稱的。這便涉及到中國政治體制中儒士與文吏兩個群體的區分。

儒士與文吏的區分,從根源上說則源自儒家與法家的區別。眾所周知,秦以法家治國,而秦即是一個重用文吏的時代。漢武帝獨尊儒術以來,儒家政治模式逐漸取代了秦所形成的法吏政治,但儒家的獨尊並不是對文吏的消滅,相反儒者則身兼二任。從抽象的角度來說儒家是道義的承擔者,而在實際的政治事務中則擔負著官吏的職責。關於儒士與文吏的區別,東漢王充便說過:「儒生所學者,道也;文吏所學者,事也……儒生治本,文吏理末,道

〔註114〕梁啟超:《飲冰室文集》,卷二十五下,中華書局1989年版。
〔註115〕章學誠:《文史通義》,中華書局1985年版,第147頁。

本與事末比，定尊卑之高下，可得程矣。」〔註116〕可見儒士與文吏各自有不同的知識背景，並且儒學雖包括了射御書數的具體知識，但顯然對這類具體的知識歷來便有輕視的傾向存在。縱觀整個中國古代的政治，我們大概可以得出一個簡明的結論，中國古代政治的運作存在著兩套體系，一套便是以「詩書禮樂教」為特色的禮治，或曰禮樂文化，從漢武帝以來便作為歷代王朝的政治理念而存在。另一套便是維持正常的政治運作所需要的法律、兵事、財政、水利等相關的知識。並且這兩套知識體系在歷史發展中逐漸融合，作為儒者的讀書人進入仕途，為官之後則不得不對這些具體的知識有所掌握，如此才能維持整個國家的正常運轉。儘管這兩套體系逐漸融合，但兩者的隔閡也是一直存在的。特別是理學產生之後，性理之學與經世之術的對立日益加劇，成為明末清初之際經世之學得以確立的直接原因。關於此點，本文第一章中已有詳述。簡言之，這兩套知識體系之間的隔閡，在秦漢隋唐表現為禮樂詩教與文法律令的分野，宋表現為道學與事功的區別，明末則表現為心學與經世的對立。〔註117〕

然而，只要有國家在運轉，那一套具體的經世知識則不可或缺，只是缺乏一種明確的理論表達從而成為一門獨立的學問，士大夫雖必須對這套知識有所掌握，但在整個政治理想與人生理念中，卻缺乏足夠重視，只是作為實現儒家政治理想的附庸或現實需要而存在。但檢諸史實，我們都能看到經世之學在歷史中的身影。特別是在封建王朝的教育體系中，始終佔有一席之地。《宋史·選舉制》記載，作為理學開創者的胡安定在蘇湖間設教便分為經義齋與知事齋，經義齋旨在講明六經，致力於心性之疏通，而治事齋則是對具體的經世知識的研習。並且這種教育法方法還被朝廷所採納，並推廣到太學之中。〔註118〕在以《四書》、《五經》為科舉標準的明代，在具體的學校教育中亦有經世之學的內容。《明史》載明代生員分科為：法、禮、律、書為一科，該科要求生員需通曉律令。射、樂、算為一科，該科要求知音律，能射弓弩，習算法。〔註119〕直至明末清初，士大夫在學風空疏、國破家亡的衝擊之中，充分認識到經世之學的重要性，並且力圖糾正儒家重視禮樂教化與心性修養

〔註116〕王充：《論衡校注》，上海古籍出版社2013年版，第517頁。
〔註117〕關於儒士與文吏兩套知識體系的對立，可參看閻步克《士大夫政治演生史稿》相關章節。
〔註118〕《宋史》卷一五七《選舉三》，中華書局2004年版。
〔註119〕《明史》卷七零《選舉二》，中華書局1974年版。

的偏頗，將經世之學容納於儒學體系之中，並且使其成為一個舉足輕重的部
分，融合到儒者的知識構成與人生理想當中。於是一股轟轟烈烈的經世思潮
上演。可以說在那個時期，不習經世之術甚至無法自稱為儒者。於是我們可
以看到書生談兵、書生議財用等諸般現象。焦竑對經世之學的講求可以看作
這股思潮的前奏，焦竑的經世之學也成為經世之學發展演變直至在明末以一
種明確的理論形態出現的重要一環。

二、焦竑經世實學之內容

作為一名陽明心學後學，焦竑對心性學說的探究無疑是其學術的重要一
面，然而其也試圖衝破宋明新儒學對於心性的偏重，以恢復儒家為學的傳統。

> 人見古成材之易，而不知先王之為教勤且備也。講肆必有所，
> 辯說必有數，蹈舞必有節，視聽必有物。尊、罍、豆、籩、鍾、鼓、
> 羽、籥為之器，而盤辟綴兆以為容；典、謨、雅、頌、射、御、書、
> 數為之文，而誦讀絃歌以為業。春秋冬夏，時視其成，蓋九年也而
> 猶懼其反。當此之時，豈不欲以易簡者語之，而第濡染其耳目，與
> 夫結約其手足，若斯之至也。蓋聖人之教，為事詳，而其妙則不可
> 思；為物博，而其精則不可為……故學者天機與器數，日相觸而不
> 知。其調劑者在身心性情，而其適用者在天下國家。

> 余考古者禮樂行藝，靡物不舉，即論政、獻囚，皆必於學，而
> 弦誦其小者也。今直誦而已，況其保殘守陋，斤斤然求合於有司之
> 尺寸，又非古之所謂誦也。〔註120〕

> 予惟國之建學，將蓄材以待用也。然而非文致太平，武龕亂略，
> 則昔人之所言，聚塊積塵耳，惡得為材？成周以三物造士，維時士
> 於三德既已涵詠其要渺，而究極其旨歸，迨於行誼之醇備，藝術之
> 優嫻，又兼有而時出之。嘗觀其論士慮囚，一出於學，師行而受成，
> 反而獻馘，靡不於是，則為教之備可知也。近世士靡實用，為文者
> 呻吟文佔畢自多，談兵者以躍馬挽強為務，其名美甚，而試之鮮效，
> 則無為貴士矣。夫戰禽攻取，其事若難，而時每不乏，至三德六藝
> 六行，人心所自有，而行之又不難，顧自秦漢而下，衰微絀塞，空

〔註120〕焦竑：《內黃縣重修儒學序》，《澹園集》，李劍雄點校，中華書局1999年版，
　　　第234頁。

見於載籍之文，而莫或振起者，患其無志耳。〔註121〕

　　而士之居焉者，僅僅操筆為詞章，以蘄中有司之程，豈國家造士之意哉？且學之議邊，起於士風之不振；而所稱不振者，非科目之弗盛，而古道之不興也。三代黨、庠、遂、序之法，鄉射、養老、尊賢、勸農、考藝、選言、受成、獻馘，靡不繇學。當其時，士大夫材行完潔，而事功雋偉，絕非後世之可幾。〔註122〕

從上述引文可知焦竑對傳統儒家的為學傳統是非常推崇的，他認為之所以值得推崇的原因在於此種為學傳統的周全與詳備。既有自我身心性情的調劑，亦著重適用於天下國家的知識技能的培養，這與宋明新儒家，特別是心學過分偏重於心性之學相比，可謂廣博。當然造成近世學風狹陋的原因還有以程朱理學為唯一標準的科舉制度，即上述引文所謂「斤斤然求合於有司之尺寸」、「僅僅操筆為詞章，以蘄中有司之程」。古之君子，為學求實用，不僅具有高潔的品行，還有卓絕的事功。焦竑亦為糾正科舉與性理之學的狹隘，恢復古學之廣博而付諸實踐。《澹園集》存有《策問》一卷，應是焦竑作為科舉考官為應試之讀書人所出的試題。其中不僅有性理之學的內容，還涉及天人之學、博物之學、兵事、農事、河渠、邊事、倭患等諸多領域，而以上所舉諸端均為經世之學的範疇，可見焦竑對於士人處理實務的能力頗為重視。由此也不難理解為何焦竑在一堆廢卷中發現徐光啟時竟歎為偉人。

　　構成焦竑經世之學主要內容的有經史之學、音韻訓詁之學、博物考據之學等幾個領域。眾所周知，宋明理學僅以四書為主要文獻依據，而心學則更是滋生出一種自信本心，不依經典之傾向。焦竑則強調了經學傳統對於為學的重要意義：「經之於學，譬之法家之條例，醫家之難經，字字皆法，言言皆理，有欲益損之而不能者。孔子以絕類離倫之聖，亦不能釋經以言學，他可知已，漢世經術盛行而無當於身心，守陋保殘，道以寖晦。近世談玄課虛，爭自為方。而徐考其行：我之所崇重，經所絀也，我之所簡斥，經所與也。嚮道之謂何？而卒與遺經相刺謬。此如法不秉憲令，術不本軒、岐，而欲以臆決為工，豈不悖哉？」〔註123〕可見，焦竑提倡經學乃是針對性理之學的虛

〔註121〕焦竑：《和州重遷儒學記》，《澹園集》，李劍雄點校，中華書局1999年版，第242頁。

〔註122〕焦竑：《繁昌縣重修儒學記》，《澹園集》，李劍雄點校，中華書局1999年版，第249頁。

〔註123〕焦竑：《鄧潛谷先生經繹序》，《澹園集》，李劍雄點校，中華書局1999年版，第759頁。

病而發，焦竑本人亦對《易》、《左傳》等儒家經典有所研究，並屢次為友人此類著作作序。至於焦竑的史學成就從思想史發展的脈絡上說，焦竑此種向經史傳統的回歸實可以看作明末顧炎武等人「經學即理學」觀念的先聲。

要正確理解經的含義，則需要借助音韻訓詁之學為工具，因此音韻訓詁之學就自然成為考掘先賢本意的利器，焦竑正是在此意義上表現出對音韻訓詁之學的極大興趣。其云：「韻之於經，所關若淺鮮。然古韻不明，至使詩不可讀，詩不可讀，而正得失、動天地、感鬼神之教，或幾於廢，此不可謂之細事也。」〔註124〕又云：「竊謂士於小學，固九流之津涉，六藝之鈐鍵也。」〔註125〕至於博物之學，焦竑則是運用道與器的關係命題將其納入器的範疇中。「聖人製器尚象，厥意深遠，後世寖以不存……《易》曰：『形而上者謂之道，形而下者謂之器。』夫道無形而器有象，如犧尊之重遲，蜼敦之智辨，黃目之清明，山罍之鎮靜，壺尊、著尊之質樸，使人指掌而意悟，目擊而道存，皆有不言之教焉。」〔註126〕焦竑所謂的博物之學包含的範圍尤其廣泛，甚至連歷來被貶低的九流之學，焦竑也指出其有原出於六藝，具見發揚時風，按義指名，依輔王道的價值。要之，焦竑對博物之學的熱衷乃是源於其對於博學通人「學不局於方體，既博既精，識欲遍乎流略」〔註127〕的學術氣度的嚮往。這種淵博的學術氣質自然是淪於程序的程朱理學與限於空談的心學末流所無法比擬的。

至此，本節分析了焦竑經世之學的精神內涵與主要內容。經世之學是焦竑為學尚實的重要表徵，也是其區別與一般心學學者的重要方面，成為其學為通儒之學術氣度的重要品質。從儒學傳統上來看，焦竑的這種學術品質可看作相儒家傳統的回歸，而同時我們亦可於焦竑學術思想的特徵中嗅出一絲明末顧、黃、王等人所掀起的通人之學與經世思潮即將來臨的氣味。

三、焦竑經世之志的實現與破滅

焦竑夙有經世之之志向，錢謙益曾評其云：「嘗自言胸中有國家大事二

〔註124〕焦竑：《毛詩古音考序》，《澹園集》，李劍雄點校，中華書局1999年版，第128頁。
〔註125〕焦竑；《六書本義序》，《澹園集》，李劍雄點校，中華書局1999年版，第784頁。
〔註126〕焦竑；《刻考古博古二圖序》，《澹園集》，李劍雄點校，中華書局1999年版，第139頁。
〔註127〕焦竑：《藝海披沙序》，《澹園集》，李劍雄點校，中華書局1999年版，第814頁。

十件。」〔註128〕其於嘉靖四十三年便已鄉試中舉，然而在接下來的數次會試中均不第。面對如此挫折，焦竑卻始終沒有放棄科舉，支持他的應是其經世治國的信念。萬曆十七年是明神宗己丑科會試之年，焦竑以知命之年再次趕往京城參加考試，這是焦竑第九次進京參加會試。這一次，焦竑終於如願以償，考中會試第一甲第七名。在接下來的殿試中，焦竑得以嶄露頭角，被欽點為頭甲頭名，成為明代第七十二任狀元，官授翰林編修。從此，焦竑開始了他十年的為官生涯，得到了實現其經世志向的機會。

焦竑一直懷有經世抱負，對於治國也有一番獨到的認識。在《廷試策》中他就闡明了思考已久的「經治之實政、宰治之實心」的政治理想。高中狀元、官居翰林無疑為他提供了一個施展經世抱負的良好機會。初入京師的焦竑滿懷希望與喜悅：「帝城芳景倍他鄉，獻歲韶光似豔陽。風轉銅烏春進酒，花迎彩仗晝生香．林鶯過雨聲初滑，苑草含煙帶未長。最喜御溝冰泮盡，恩波先繞鳳池傍。」〔註129〕對沉浸於喜悅之情的焦竑來說，京城春景獨勝，明媚的春光與春水就像是朝廷恩澤天下一樣讓人倍感溫暖。為官以來，焦竑勤於職守，兢兢業業，除讀書中秘之外他也常常憂心於國事。此時的焦竑雖是知天命之年，一腔壯志卻並無絲毫的減少，他曾作詩云：「壯心未覺隨凋鬢，夜夜旄頭倚劍看。」〔註130〕這句詩可看作此時心態的真實寫照。其對國家大事也頗為關心，作有《國計議》、《備荒彌盜議》等涉及國家實政大事之文。檢焦竑與友人書信中，亦常討論國用問題、河患問題、朝鮮封貢問題等。

爭立太子事件是明神宗萬曆年間皇帝與群臣之間鬧得不可開交的一件大事。朝臣紛紛上疏要求萬曆皇帝早立長子朱由洛為太子，而萬曆皇帝卻遲遲不應，由此造成了皇帝與群臣之間的尖銳對立。首輔王錫爵從中調和，萬曆皇帝終於同意讓朱由洛以皇長子的身份出居東宮，接受皇太子的教育，時機成熟再正式立為太子。焦竑就是調和措施的倡導者之一，他上疏萬曆皇帝說：「臣聞古帝王之於太子也。皆以早諭教為急。蓋御殿閣、近書冊，雖親接非文，節目若細，而實有繫於宗社萬世之謀，不可忽也。頃大小臣寮，累請建儲，定國家根本之計，繫宇內之心，章無慮百上。皇上抑而未允，無非以朝

<hr>

〔註128〕錢謙益：《列朝詩集小傳》，《明代傳記叢刊》，第683頁。

〔註129〕焦竑：《早春》，《澹園集》，李劍雄點校，中華書局1999年版，第665頁。

〔註130〕焦竑：《秋雨言懷》，《澹園集》，李劍雄點校，中華書局1999年版，第667頁。

廷巨典，務存慎重，非有他也。顧元子龍德尚韜，麟姿日茂，出閣講學，今適其時，」〔註131〕萬曆二十二年，焦竑被任命為東宮講讀官之一，為皇長子講授經書與治國之道。對於這一任命，焦竑既感到十分榮耀，也感到責任重大，他在《東朝出閣，叨勸講之役，賜燕文華殿，恭紀一首》詩中表達了此刻的心情：「鳳檢天門下，龍樓帝子來。衣冠驚綺角，賓從儼鄒枚。討論篇章恰，研磨禮儀該。」〔註132〕焦竑以鄒枚自況，認真負責地履行這項職責。據《明史·焦竑傳》記載，講官進講很少有提問者，而焦竑每次講畢都要提問，以啟發小皇子思考。當小皇子聽講出神時焦竑會以輟講肅立的方式表示批評。焦竑的這種教育方式培養了小皇子的獨立思考能力。焦竑在任東宮講讀官時所做的一件重要的事就是《養正圖解》的編訂，此書選輯了從春秋至唐宋時期一些有作為的皇太子的事蹟，按照內容分為各種門類作為皇長子業餘的輔導讀物，他為該書作序說：「歲甲午，皇上命皇長子出閣講學，某以職叨從勸講之後，竊愧空疏，靡所自效。獨念四子五經，理之淵海，窮年講習，未易殫明。我聖祖顧於遺文故事，拳拳不置。良緣理涉虛而難見，事徵實而易知，故今古以通之，圖繪以象之，朝誦夕披，而觀省備焉也。某誠不自揆，仰遵祖訓，採古言行可資勸誡者，著為圖說，名曰養正圖解，輒錄上塵，以俟裁定。」〔註133〕除了《養正圖解》的編寫之外，焦竑在為官期間所做的另一件大事是參與修史。萬曆二十一年，陳于陛任禮部尚書領詹事府事，上疏議修國史，於是，朝廷命王錫爵、張位、陳于陛為總裁官，尚書羅萬化、侍郎盛訥為副總裁，焦竑等十餘人為纂修官。焦竑頗得陳氏及首輔王錫爵的賞識，「欲茲專領其事，茲遜謝」〔註134〕，但焦竑著《修史條陳四事議》《論史》等文，積極參與規劃，並立即著手前期的資料搜集整理工作。焦竑平素究心史學，修史在其看來具有價值評判的重大意義。「上而宮寢燕息之微，下而政務得失之大，以至當世之大人顯者，勢力顯赫，或可逃於王誅，而卒莫逃於史筆。及其里巷山澤，處士貞女，抱德不耀者，又歲有采風之使以貢於天子。是以

〔註131〕焦竑：《恭請元子出閣講學疏》，《澹園集》，李劍雄點校，中華書局 1999 年版，第 13 頁。

〔註132〕焦竑：《東朝出閣，叨勸講之役，賜燕文華殿，恭紀一首》，《澹園集》，李劍雄點校，中華書局 1999 年版，第 634 頁。

〔註133〕焦竑：《養正圖解序》，《澹園集》，李劍雄點校，中華書局 1999 年版，第 144 頁。

〔註134〕《明史·列傳》第一百七十六，中華書局 1974 年版，第 7392 頁。

太史所書，謂之實錄。」〔註135〕《養正圖解》的編訂與參與修史一定程度上實現了焦竑的經世抱負，然而他的才華也使得他遭到了郭正龍等人的忌恨。

為官以來，焦竑對官場的不正之風並非全無察覺，他時常感歎於名累之苦：「世路風塵俱涕淚，不妨貧賤久藏名。」〔註136〕，「碌碌京城，自覺可厭，故山時入夢寐，又未能即還。」然從總體上看，焦竑還是抱有一種積極入世的心態。萬曆二十五年焦竑被欽點為丁酉科順天鄉試的副主考官。這一任命加重了大學士張位、郭正城等人的忌恨。考試結束後給事中項應詳等上疏彈劾，給焦竑加以收取賄賂、文取非人的罪名。焦竑悲憤異常，他立即上疏表明心跡，據理力爭。在朝官員們大都明瞭焦竑的冤屈，然無有力之人為他昭雪，終以所取試卷文體險誕為由，貶為行人，後改為福建福寧州同知。

李贄得知焦竑被誣陷之事，作書勸慰焦竑道：「客生曾對我言：『我與公大略相同，但事過便過，公則認真爾。』余時甚愧其言，以謂『世間戲場爾，戲文演得好和歹，一時總散，何必太認真乎？然性氣帶得來是個不知討便宜的人，可奈何！時時得近左右，時得聞此言，庶可漸消此不自愛重之積習也。』余時之答客生者如此。今兄之認真，未免與僕同病，故敢遂以此說進。」〔註137〕一向倡導超越得失榮辱，保持心境空明的焦竑並非不明白這個道理。萬曆二十六年，焦竑以從容淡然的姿態赴福建福寧州任所。然而在次年的官員考核中，焦竑竟然被評以浮誕之名，他不堪侮辱，毅然辭官。隨著焦竑的辭官歸隱，他雖然失去了在朝為官以施展抱負的機會。然而對於焦竑來說，平淡閒適的隱居生活或許是個更好的選擇。在這一時期，焦竑的經世之志主要表現在對經世之學的研究上，包括博物考據之學、音韻學、史學等。早在萬曆八年，焦竑治學範圍便已擴及訓詁典章、文物考據之學，辭官歸隱之後，焦竑刊刻出版了大量博物考據之學、音韻學、史學方面的著作。萬曆三十三年前後與著名經世學者陳第探討古詩叶音問題，萬曆三十四年，《焦氏筆乘》正續二集刻成，萬曆四十四年《國朝獻徵錄》一百二十卷，《國史經籍志》六卷刻成。萬曆四十六年《玉堂叢語》刻成。

幾回憩吾圃，春色明郊原。嘉樹日亭亭，翛然幽意存。如何旬

〔註135〕焦竑：《論史》，《澹園集》，李劍雄點校，中華書局1999年版，第19頁。

〔註136〕焦竑：《靈谷寺酬呂正賓》，《澹園集》，李劍雄點校，中華書局1999年版，第644頁。

〔註137〕李贄：《與弱侯（三）》，《澹園集·附編三》，李劍雄點校，中華書局1999年版，第1239頁。

日內，惡草忽以繁，芒刺在我目，荒穢盈丘樊。青青松竹姿，埋沒
在中園。嘉生日為塞，爾態翻自喧。爾喧何足道，奈此芳華冤。呼
童荷鉏往，誅鋤勿辭煩。滋蔓非難圖，要在除頑根。頑根隨手盡，
惡類焉能蕃？藩籬頓清曠，始覺松桂尊。因知除惡本，古人非空言。
吁嗟世固然，吞聲復何論。〔註138〕

辭官歸隱的焦竑內心感到無比的憤懣、失望與冤屈，詩中他將自己比作高潔
的松竹，將奸黨比作惡草。惡草的繁衍埋沒了松竹的風姿。「爾喧何足道，奈
此芳草冤。」這是在替松竹鳴冤也是在為自己鳴冤。「吁嗟世固然，吞聲復何
論。」焦竑儘管感到不平但也無能為力，只落得滿腹的無奈失望。他懷著一
腔體國熱情踏上仕途，十年的為官生涯卻讓他體會到時事的艱險。在給朋友
的書信中，他無奈地感慨道：「僕以憨直積忤權姦，借名文體，指他人取者以
為僕罪，一時朝紳率有甚矣之歎，然召釁自僕，不敢怨尤也。緬惟戎馬郊生，
運籌無主，如門下者，尚使之高臥東山，時事可知矣。」〔註139〕

　　一個懷有經世之志的人要實現這種理想，除了自身的才華等因素，還要具
有時代給他提供的機遇，而焦竑顯然不具備後者。為君子者，時可行則行，不
可行則止。染指仕途，知難而退，這是一位賢者才具備的素質，高蹈於山林泉
渚之間又何嘗不可呢？此時焦竑已經絕意仕途，做好了徹底歸隱的打算。「僕
闇陋，非適用材，頃日講求竺乾之旨，為此生歸著。世事紛紛，非僕所敢知，
偶及之耳。」〔註140〕從他這些有幾分落寞的話中，我們可以看出焦竑已對自
己的人生作出了另外一番規劃，從此他步入了一段平淡從容的隱居生活。

　　　　高齋樹色平臨市，潦倒空慚大隱名。自是揚雲耽寂寞，那知許
　　掾負才情。青山遠道勞相問，白髮逢秋先自生。十載舊遊零落盡，
　　可辭呼酒破愁城。〔註141〕

　　　　竹房高臥白雲間，好事那期並扣關。舊雨幾回虛蠟屐，冷風一

────────────────

〔註138〕焦竑：《除草》，《澹園集·續集》，李劍雄點校，中華書局1999年版，第1129
　　　　頁。
〔註139〕焦竑：《答顧中丞》，《澹園集·續集》，李劍雄點校，中華書局1999年版，第
　　　　849頁。
〔註140〕焦竑：《答顧中丞》，《澹園集·續集》，李劍雄點校，中華書局1999年版，第
　　　　849頁。
〔註141〕焦竑：《陳昭祥見過，陳為潘朝言客》，《澹園集》，李劍雄點校，中華書局1999
　　　　年版，第652頁。

日滿鍾山。愁邊玉樹清無賴，賦裏金聲回莫攀。擬草玄經慚未就，

問奇空負酒船還。〔註142〕

焦竑的隱居生活真是有些淒苦與寂寞，以至於朋友的到來讓他感到欣喜而又悲涼。然而他可以借墳籍自娛，以古人為伴。陶潛就有詩云：「何以解吾憂，在古多此賢。」對於博學好書的焦竑來說，於卷秩中追想古人與其神遊的確是一種不錯的生活方式。焦竑可謂是樂在其中。在給其座師王忠銘先生的信中他寫道：「門生閉門卻掃之餘，偃仰林皋，流玩典籍。雖室乏兼辰，巷寡轍跡，而自適之味，亦差不薄。」〔註143〕字裏行間流露著淡定從容，從前的憤懣不平已全然不見蹤影。「寂寂寥寥揚子居，年年歲歲一床書。獨有南山桂花發，飛來飛去襲人裾。」此時的焦竑與西漢末年隱居著《太玄》的揚雄真有幾分相似。焦竑的大部分著作都編訂於此時。萬曆四十四年，《國朝獻徵錄》一百二十卷終於刻成，《國史經籍志》也刻成於該年前後，雖然算不上一代之史，但足以備一代之文獻。徐光啟評論其《國史經籍志》云：「身為國史，未獲裁成帝墳，金馬石渠之間，未及於政，諸所詮次肇畫，斯亦紹明世，繼春秋，縛贊冀新之端，灼然可見者也。即所論撰經籍志，若諸藏史，何渠非我明一代文獻足徵，而曩昔臨軒大對，醇乎其醇，視之洋洋漢庭者何如哉？」〔註144〕除了著書之外，焦竑還舉行了三次講學活動，這三次講學自然是焦竑在心學方面日益精進的體現，同時也寄託著焦竑挽救空疏浮靡士風的良苦用心。著書與講學充實著焦竑晚年的隱居生活，是焦竑人生價值的另一種方式的體現，使得他雖身在山林卻比身在廟堂時更加繁忙。經世理想雖然破滅了，但焦竑並沒有完全滑向逍遙自適與自我生命的受用。他並未真正忘懷於國事，閑暇時與為官的朋友討論開河邊防等經濟實務，自己雖絕意仕途卻把希望寄託於身邊的好友。他寫信勸說朋友不能終老林泉：「第時事日新，國論彌定，殆聖哲所馳騖不足之日也。未知門下能安臥東山否？某齒髮漸凋，壯心都盡。豈復能驅策之百一？惟跧伏嵁岩，拭目以觀相業，爭詫於鄰翁野老，為願足矣。」〔註145〕

〔註142〕焦竑：《張以和、王德載見過齋居有作，奉答一首》，《澹園集》，李劍雄點校，中華書局1999年版，第653頁。

〔註143〕焦竑：《奉王忠銘座師》，《澹園集·續集》，李劍雄點校，中華書局1999年版，第858頁。

〔註144〕徐光啟：《尊師澹園焦先生續集序》，《澹園集·附編二》，李劍雄點校，中華書局1999年版，第1219頁。

〔註145〕焦竑：《答于宗伯》，《澹園集·續集》，李劍雄點校，中華書局1999年版，第851頁。

　　要用簡短的語言評價焦竑的一生是困難的，對於懷有經世抱負的焦竑來說，他的一生可以說是失敗的，而對於作為一個學者的焦竑來說，他的一生又是頗為成功的。就人格類型這一點來說，我以為焦竑有著一種「學為通儒」的人格。「通儒」首先是指焦竑學識的廣博。其在心性之學、史學等諸方面都卓有建樹，另外他還有經世之實績。「通儒」更重要的則是指焦竑具有的博大胸懷與高遠的精神境界。儘管科舉屢次失敗但他卻從未放棄，終於高中狀元，儘管身遭誣陷但他能以一種從容心態處之。焦竑具有一種忘懷得失、心境空明的超越情懷，他在讀書治學中體會著人生的樂趣，同時他還能以這種澹然超脫的胸懷去經世治國，實現萬物一體之仁的境界。焦竑有語云：「學不能知性，非學也；知性矣，而不能通生死、外禍福、以成天下之務，非知性矣。」〔註146〕這句話可以說為焦竑的一生作了一個精闢的總結。

〔註146〕焦竑：《京學誌序》，《澹園集》，李劍雄點校，中華書局 1999 年版，第 132頁。

第三章　焦竑的文學思想

關於焦竑的文學思想，學界多注重其與明末性靈文學思潮一脈相承的一面而缺乏對其文學思想全貌的探究。本書的觀點是，焦竑的文學思想是其在學為通儒的人格心態與學術思想的共同作用下形成的，呈現出一種複雜性，並非之後的性靈文學所能涵蓋。本章擬從大文觀、文章觀與詩學觀三個層面探討焦竑的文學思想。需要說明的是，本章使用了筆者新發現的文獻，均是在確定確為焦竑文獻的基礎上使用的。對於無法確定真偽的文獻只作為旁證使用。對於焦竑文獻的真偽問題可參看本書《附錄二》。

第一節　焦竑的大文觀

在中國傳統文學觀中，文具有十分廣泛的含義。中國傳統文學觀念產生於先秦以來文治文化的歷史語境中，並且一直制約著後世文學觀念的發展。因此在古代文學的研究中，研究者總是要面臨文學的廣義與狹義之分。狹義的文學自不待言，即以審美性為主要特徵的文學作品。而廣義的文學內涵則要更為渾沌與寬泛，我們簡稱為「大文觀」。自先秦直至明清，「大文觀」一直在傳統文人筆端迴響。《文心雕龍·原道》云：「文之為德也大矣，與天地並生者，何哉？夫玄黃色雜，方圓體分；日月疊璧，以垂麗天之象；山川煥綺，以鋪理地之形。此蓋道之文也。」「人文之元，肇自太極，幽贊神明，易象惟先。」「自鳥跡代繩，文字始炳。炎暭遺事，紀在《三墳》，而年世渺邈，聲采靡追。唐虞文章，則煥乎始盛。元首載歌，既發吟詠之志；益稷陳謨，亦垂敷奏之風。夏后氏興，業峻鴻績，九序惟歌，勳德彌縟。逮及商周，文勝其質，《雅》《頌》所被，英

華曰新。文王患憂，繇辭炳曜，符采復隱，精義堅深。重以公旦多材，振其徽烈，剬詩緝頌，斧藻群言。至夫子繼聖，獨秀前哲，熔鈞六經，必金聲而玉振；雕琢性情，組織辭令，木鐸起而千里應，席珍流而萬世響，寫天地之輝光，曉生民之耳目矣。」〔註1〕宋代石介在《上蔡副樞密書》中說：「兩儀，文之體也；三綱，文之象也；五常，文之質也；九疇，文之數也；道德，文之本也；禮樂，文之飾也；孝悌，文之美也；功業，文之容也；教化，文之明也；行政，文之綱也；號令，文之聲也；聖人，職文者也，君子章之，庶人由之。」〔註2〕在這段文章中舉凡道德與政治均為文，可以說是大文觀的典型表達。在中國古代文學觀念的長河中，這樣的表達數不勝數，在這些表達中我們可以看出，文的概念是十分廣泛與宏融的，幾乎包括了從道德、性命、功業等所有方面。但析而論之，如果將「文」一詞的產生還原於其原初之歷史語境，大文觀包含著以下幾個方面的含義。從內涵上說，大文觀包括了儒家文治文化的所有方面。從文獻形態上來說則包括了經史子集四個門類。從功能分化來說則包括了審美性文學與非審美性文學。

傳統文人價值觀的回歸與學為通儒的追求決定了焦竑對文的認識必定是廣義的。在中國傳統文學觀中，廣義的文與治有著密切的關聯。《禮記·祭法》載：「文王以文治。」，即以文治政，以文治世。具體來說這裡的文則是指禮樂制度，所謂「禮自外作故文」。禮樂的具體表現也就是文，孔子云：「文之以禮樂。」〔註3〕「周監於二代，郁郁乎文哉！吾從周。」〔註4〕其中文之具體內涵亦即禮樂制度。宋代朱熹解釋說：「道之顯者謂之文，蓋禮樂制度之謂。」〔註5〕在焦竑對文的認識裏，文亦首先指禮樂制度。焦竑在廷試策論中提出「經治之實政」的主張，即是對禮樂制度的修明：「飭制度，明憲典，使天下分定而心安，威行而志儆，日範於精明嚴密之規，而清和咸理者是已。」「有禮則上下辨，民志定，而收天下清靜寧一之功。〔註6〕一方面，廣義之文的內涵即禮樂制度，另一方面，文又是作為禮樂修明與文明理想的昭示。在儒家的政

〔註1〕范文瀾：《文心雕龍注》，人民文學出版社1958年版，第15頁。
〔註2〕《宋金元文論選》，人民文學出版社1984年版，第238頁。
〔註3〕朱熹：《四書章句集注》，中華書局2012年版，第119頁。
〔註4〕朱熹：《四書章句集注》，中華書局2012年版，第119頁。
〔註5〕朱熹：《四書章句集注》，中華書局2012年版，第119頁。
〔註6〕焦竑：《廷試策一道》，《澹園集》，李劍雄點校，中華書局1999年版，第6～7頁。

治理念中，文之盛衰是政治昌明與否的重要特徵。荀子曾云：「文禮繁，情用省，是禮之隆也。」〔註7〕「固本之為隆，親用之謂理。兩者合而成文，以歸大 一，夫是之謂大隆。」〔註8〕這即是對文禮隆盛的理想政治的極端推崇。焦竑也正是在此意義上強調對文之隆盛的講求：「蓋講《戴記》、修《會典》，此禮之文也，誠因此而務實以興之。」〔註9〕這樣的文學觀念可以稱之為文治文學理念。周代文禮隆盛之禮樂制度一直被作為後世政治的楷模，對周代禮樂制度的恢復也是傳統士人心中的美好憧憬。文之美盛既然是政治昌明的表徵，那麼潤色鴻業之文學職責則成為士人，尤其是文官集團必然要承擔起的政治職責。從某種程度上來說，承擔潤色鴻業之文學職責也成為士人體現自身價值的一種最重要的方式。承擔潤色鴻業的文學職責，如果具體落實到明代的職官制度中則主要為翰林諸臣擔任，焦竑對這一職責頗為重視，如評陳懿典云：「孟常少以文章冠大藩，名震三粵，西被二都。孰不知尊慕之？迨壬辰復以其藝魁南宮，登金門上玉堂者如干年。當是時，甄明舊樣，緒正禮樂，一時書命典冊多出其手。」〔註10〕評于慎行「出則抒謨矢音，潤色大業」，〔註11〕評申時行：「抒其斧藻於天下極盛之時，薦告郊廟，證敘百官，發揮事功，撻伐夷虜，冶金伐石，極文章翰墨之用，嗚呼盛矣！」〔註12〕考陳、于、申諸人皆曾官居翰林，焦竑便是從其潤色鴻業之文學職責著眼而言的。因此，對個人而言，大文是以性命與事功為內涵的。

　　夙懷經世之志的焦竑自步入政壇起就以極大的熱情肩負起潤色鴻業的文學職責。首先是修史。史官制度是文治文化的重要部分，也是政治昌明的重要表徵之一，因此焦竑是非常重視史之職責。他在《論史》中說：「史之權，與天與君並，誠重之也。……」〔註13〕從大文觀的角度說，史學自然也屬於文的範疇。焦竑一生所編纂之史學著作有《國朝獻徵錄》120 卷，《國史經籍

〔註7〕《荀子集解》，中華書局 2013 年版，第 72 頁。
〔註8〕《荀子集解》，中華書局 2013 年版，第 72 頁。
〔註9〕焦竑：《廷試策一道》，《澹園集》，李劍雄點校，中華書局 1999 年版，第 10 頁。
〔註10〕焦竑：《陳孟常學士集序》，《澹園集》，李劍雄點校，中華書局 1999 年版，第 1190 頁。
〔註11〕焦竑：《答于宗伯》，《澹園集》，李劍雄點校，中華書局 1999 年版，第 850 頁。
〔註12〕焦竑：《申文定公賜閒堂集序》，《澹園集》，李劍雄點校，中華書局 1999 年版，第 1187 頁。
〔註13〕焦竑：《論史》，《澹園集》，李劍雄點校，中華書局 1999 年版，第 19 頁。

志》6 卷，《糾謬》1 卷，《熙朝名臣實錄》27 卷，《皇明人物考》6 卷，《玉堂叢語》8 卷，為有明一代保存了大量有價值的文獻，焦竑所修諸史學著作則可以「補國史之弗備」。

正如上文所言，由於修史乃是一代文治昌明之昭示，焦竑對自己身上所肩負之史職有明確之認識，換句話說其對史之重視即是對文的重視。其在《書玉堂叢語》中便表示：「余自束髮，好覽觀國朝名公卿事蹟。洎濫竽詞林，尤欲綜覈其行事，以待異日之參考。此為史職，非第如歐陽公所云誇於農夫野老而已者。」〔註 14〕而《國史經籍志》之編纂則是對「稽古右文之盛節」的弘揚與繼承：「自書契以來，靡不以稽古右文為盛節，見於方策可攷已。我太祖高皇帝伐燕，首命大將軍收秘書監圖書，及太常法服、祭器、儀象、版籍。既定燕，復詔求四方遺書。永樂移都北平，命學士陳循輦文淵閣書以從，且輶軒之使四出搜討……繇此觀之，運徂則鉛槧息，治盛則典策興，蓋不獨人主風尚繫之，而世道亦往往以為候，可無志哉！」〔註 15〕焦竑此論意在指明典章整理是文治政治的重要制度。考諸萬曆朝之史實，張居正執政時即有弘揚文治之盛的意圖，完善史官制度之舉措，譬如恢復起居注等。由於焦竑重視史學，其要求為文的真實從而達到保存史料的目的，這是焦竑的史學觀對其文學觀的滲透。焦竑修史提倡實錄，要求秉筆直書、無徵不信，因此他對於文獻的搜羅、史料的甄別自然是要求很高的。《澹園集》中有大量的墓誌銘、墓表、傳等文類，一方面由於焦竑享有很高的聲望，求其作文者數不勝數，但更為重要的是出於保存史料的目的而作，這些文章既是文學作品更是史學作品。

焦竑大文學一個問題是焦竑的雜文學文體觀，雜文學文體觀是指與以純粹審美功能為旨歸的純文學相對的一個概念，其將很多實用性文體歸於文學之範圍內，焦竑將制詔與表奏這兩類朝廷公文與賦頌、別集、總集一併歸入其《國史經籍志·集部》中就是其雜文觀的鮮明體現。更為重要的是在集部所有文類中，焦竑看重的恰恰就是這兩類朝廷公文，而看重的原因同樣在於這兩類文體作為文治文學表徵的特殊意義：

> 王者淵默黼扆，而風行四表，其唯制詔乎！故授官選賢則氣含

〔註14〕焦竑：《書玉堂叢語》，中華書局 1981 年版，第 5 頁。
〔註15〕焦竑：《國史經籍志序》，《澹園集》，李劍雄點校，中華書局 1999 年版，第 145 頁。

風雨，詰戎燮伐則威廩洊雷，肆赫而春日同溫，赦法則秋霜比烈，蓋文章之用，極於洊此矣⋯⋯（制詔）

古人臣言事皆稱上書，嬴秦改書為奏。至漢，章表奏議定為四品，其流一也。三代臣面相獻替，而伊周書誥已盈簡牘。迨世益下，廉遠堂高，所以披見情愫，覺寤主心者，賴有此耳。（表奏）〔註16〕

焦竑將對這兩類朝廷公文價值的認識滲透於對一般文體的認識中，使其對一般文體也看重政治功用，其論別集云：「士之所恃，不在徒言也，然而名談瑋論，闡道濟時者，蓋間有之，今具列於篇，仍為別集。」〔註17〕可見，是以是否具有「闡道濟時」功用為收錄標準的。

要之，焦竑之大文觀實質上便是以禮樂制度為文，以性命與事功為文，具體則落實在修史，文獻典章之整理與雜文學的文體觀三個方面。

第二節　焦竑的文章觀

一、經世實用之文

強調文章的經世實用功能，是焦竑對文章價值的最基本的判斷。焦竑的此種文章價值觀取決於兩個方面。首先，焦竑提倡經世之學的學術思想及對經世之志的追求使其必然會強調文章的實用價值。另外，強調文章的實用性，特別是政治實用性可以說焦竑大文觀中文治合一論的必然體現，即是從文治文學之大文觀向政用文學之文章觀的過渡。作為夙懷經世之志的儒者焦竑來說，文學在其生命中並非第一要義。焦竑科舉高中，官居翰林以後，對詩文採取了一種有意放棄的姿態，在為友人祝世祿詩作序時，其有意無意中透漏出了這種態度：「高適五十為詩，竟為唐名家，子雲則曰：『雕蟲篆刻，壯夫不為。』夫人亦各行其所安，不必強同也。余以詩書諷議竊祿於朝，而疇襄篇詠，不啻減半，殆精力有所用不欲罷之此耳⋯⋯嗟乎，余欲棄之如雄，君力為之如適，余若以閒著為累，而君顧不累於嚴邑，此材不材之辨也。」〔註18〕在此焦竑對自己詩文減半的行為謙虛地以「不材」為理由解釋，而他真實

〔註16〕焦竑：《經籍志論》，《澹園集》，李劍雄點校，中華書局1999年版，第319頁。

〔註17〕焦竑：《經籍志論》，《澹園集》，李劍雄點校，中華書局1999年版，第319頁。

〔註18〕焦竑：《環碧齋稿序》，《澹園集》，李劍雄點校，中華書局1999年版，第158頁。

的用意無非是學「悔其少作」的揚雄罷了。不僅對自己如此，焦竑還尤其擔心身邊擅長詩文的友人，勸誡他們不要沉溺於文學。這種擔心屢見於其與友人的書信中，在給樂禮部的信中，焦竑誠懇地告誡這位善文的友人道：「居官以明習國朝典制為要，衙門一切條例既能洞曉，臨事斟酌之，滑胥自無所措其手矣，此外治經第一，詩文次之，足下以文名家，自其能事，若遊意於經史當更為有本之學。」〔註19〕在焦竑生命裏真正有意義的是國朝典章、有用之學，至於閒汎詩文，只是「土苴」而已。出於這樣的看法，焦竑並不會以審美的眼光去看待文學，他所強調的是文學的實用價值，這是他對文學價值最基本、最重要的判斷，而這樣的判斷又集中體現在其對文章的認識上。

焦竑重實用的文章觀包含有兩層基本涵義，第一層涵義就是「文必有為而作，務適用而止。」其所指的為文之用，首先是指文章的政治實用性，這是作為一個儒者的焦竑對儒家實用文學觀的自覺繼承，在儒家的正統文學觀念中，文與治本身就是合而為一的，由文治合一而延伸出來的對文學實用性的重視成為中國文學觀中一個最為重要的傳統，凡是具有儒家思想的文人，很少不強調文學的政治實用性，更別說身為臺臣，胸懷天下的焦竑了。其對文學「佐成一代之治」的功用尤為注重：

> 余觀仲尼於春秋，其所賢重者，齊則管仲，晉則叔向，鄭則子產。此數公當週末造，能新美舊學，而和齊用之，不局於古，不齟於今，是能輔當時而傳後世。其文具在方策，如象犧雲罍，古色鬱然，不可揜也。向學失其本，繁言無稱，文與用離，敝也極矣。韓、范兩公以巨才際明主，其議論設施，不必皆合，要以左提右挈，而佐成一代之治，非偶然也。其為心非靳以言語文字名者。而凡有所撰造，必有為而作，精覈典重，務以適用而止，鑿鑿乎如食之可療饑，藥之必可已疾，非虛車比也。〔註20〕

從焦竑的表述中可以看出，文學的價值是依附於事功而存在的，焦竑所褒揚的管仲、晏嬰等人與其說是以文章著稱者還不如說是以事功著稱者，事功之顯赫似乎成了文學之顯明的前提。因此對焦竑來說，以文學之盛進入國家文治機構，又能發揮文學「經國之大業」的功用，無疑是一個儒者應該遵循的

〔註19〕焦竑：《答樂禮部》，《澹園集》，李劍雄點校，中華書局 1999 年版，第 110 頁。
〔註20〕焦竑：《合刻韓范二公集序》，《澹園集·續集》，李劍雄點校，中華書局 1999 年版，第 754 頁。

合理步驟。他在給首輔申時行文集作序時，以無比敬仰的筆調寫道：「公自弱冠對策，簡於上心，由金門上玉堂，非如嵁巖羈士，窮愁無聊，笮以恠奇自見者。故抒其斧藻於天下極盛之時，薦告效廟、證敍而宦、發揮事功，撻伐夷虜，治金伐石，極文章翰墨之用，嗚呼盛矣！嘗聞文章大家，一代不數人，至能自致於大用，而以文章華國者，自唐宋以來，歐陽六一、王半山、周平園、楊東里四公，雖人品事業不盡同，而要以文人致大用，以及於公，千數百年裁數人而止。雖其甚盛，而豈不為難哉！」〔註 21〕從這一點看，焦竑重文學實用性的文學價值論與明初臺閣文學有一脈相承之處。

　　焦竑重實用的文學價值觀所包含的第二層涵義是提倡華實相符的文風，而反對靡麗之文。文章之措辭，應該講究「詞嚴語覈，鑿鑿然如粟帛，寒可以衣，饑可以食，而支詞綺語，一無所厝於其間。」〔註 22〕焦竑提倡華實相符文風背後的深層原因在於其對於浮靡士風的擔憂。萬曆二十五年，焦竑參與科舉考卷的評判，閱卷之餘，深深為當時浮靡士風所擔憂，他感歎明朝開國初期士大夫以體國為榮，自營為辱，直至弘治正德年間，士人中仍有許多文質彬彬的君子，而至萬曆年間，士人的體國之心漸漸減少。一些人「左事功，右文墨，與時恬嬉，而身家之念騎重矣。」〔註 23〕出於對這種浮靡士風的糾正，焦竑提出了其「華實相符」的取士標準：「夫自營之與體國，奚啻霄壤，而士馳此如鶩者，見華標而忘實蹈，其積漸使然也。臣以故按此品士，有能酌理味以融胸懷，諳國故而需注措，斯華實相副者也。亟收之，即不然，而華不逮實，亦收之，其詭故畔經者，雖搜奇抉異，逞出幻化，置不錄。豈臣之好文與眾異哉？竊念國初之人訥於口，而實則有餘；近日之人辯於文，而實則不足。實有餘者，難在身，而利歸於國；實不足者，難在國，而利歸於身。士至於利歸於其身也，世何賴焉！」〔註 24〕焦竑對「華實相符」的文風所下的定義是「酌理味以融胸懷，諳國故而需注措」，簡言之，一是指文章的道德教化功能，一是指文章的經世致用功能。這兩個方面也是焦竑為文的

〔註 21〕 焦竑：《申文定公賜閒堂集序》，《澹園集・附編一》，李劍雄點校，中華書局1999 年版，第 1187 頁。

〔註 22〕 焦竑：《梁端肅公奏議序》，《澹園集》，李劍雄點校，中華書局 1999 年版，第761 頁。

〔註 23〕 焦竑：《順天府鄉試錄後序》，《澹園集》，李劍雄點校，中華書局 1999 年版，第 159 頁。

〔註 24〕 焦竑：《順天府鄉試錄後序》，《澹園集》，李劍雄點校，中華書局 1999 年版，第 159 頁。

兩大主題。值得一提的是，焦竑對浮靡文風的反對，對華實相符的文風的肯定是其反對後七子文必秦漢說的根本原因。焦竑認為「自去古漸遠，真風日微，士大夫之高者，率刻情修容，依倚道藝，以就其聲價。迨徐究其實，或不能副者，往往有之。」〔註25〕而真正的好文章應該是「言無枝葉，行有根柢」，出於這樣的看法，焦竑認為復古末流的文必秦漢說只注重講求表面的文辭，而無實際的內容，也必然就缺乏實用的價值。

焦竑的許多序、記類文章都旨在褒揚所記人物的嘉言善行，形誼政事。《忠節錄序》全文之核心緊緊圍繞著一個「忠」字而展開，對開國大臣的道德事蹟極褒揚之能事，而《漢前將軍關公祠志序》將著眼點放在一個「義」字上。最能體現文章教化功能的是其為詩集或文集所作的序，這類文章共同的寫作模式就是將文章與人品相聯繫，而其所指的文品多指儒者的氣節功業。《獻花岩志序》是一篇給以描寫山水為主題的志所作的序文，開篇簡明扼要指出了獻花岩的地理位置與周圍環境，之後筆觸迅速轉向了對《獻花岩志》作者事績功業的褒揚上：「夫公以雄詞奧學領袖玉堂，其進於朝也，掌帝制、潤國猷，卓爾以冠群哲；其遊斯也，暢天機、栖顯氣，翛然而遺萬物。風華文采，照耀林壑，凡有識者疇不慕之。」〔註26〕另外，焦竑還有頌美國家文治之盛的文章，如《永新縣遷復廟學記》、《和州重遷儒學記》等。不僅在文章創作方面，焦竑還在文集的編纂方面體現出對文章經世實用價值的強調。焦竑曾參與編纂刊刻唐順之所著之《右編》，他在該書序中云：「余惟學者患不能讀書，能讀書矣，乃疲精力於雕蟲篆刻之間，而所當留意者，或束閣而不觀，亦不善讀書之過矣。夫學不知經世，非學也；經世而不知考古以合變，非經世也……是編自周秦以迄勝國，任士之所勞，謀臣之所畫，凡為醫國計者，班班在焉。」〔註27〕可知，焦竑對唐順之《右編》的編纂即是著眼於其經世的功用。

二、文道關係論

文道關係論是焦竑文章觀的一個核心理論，如果說對文章經世實用價值的強調僅僅只是傳統儒家文學觀的重申，那麼文道關係論則是其文章觀中真

〔註25〕 焦竑：《戴司成集序》，《澹園集》，李劍雄點校，中華書局1999年版，第764頁。

〔註26〕 焦竑：《獻花岩志序》，《澹園集》，李劍雄點校，中華書局1999年版，第161頁。

〔註27〕 焦竑：《荊川先生右編序》，《澹園集》，李劍雄點校，中華書局1999年版，第141頁。

正具有理論創見的部分，這又可以分為文以明道與道致文從兩個方面。

（一）文以明道

在中國傳統文學觀念中，關於文道關係最具代表性的理論表達莫過於莫過於宋代理學家的文以載道說。周敦頤曾提出：「文所以載道也，輪轅飾而人弗庸，塗飾也。況虛車乎？文辭，藝也；道德，實也。美則愛，愛則傳焉。賢者得以學而至之，是為教。故曰：『言之不文，行之不遠。』然不賢者。雖父兄臨之，師保勉之，不學也；強之，不從也。不知務道德而第以文辭為能者，藝焉而已。」〔註28〕朱熹亦云：「道者，文之根本，文者，道之枝葉。惟其根本於道，所以發之於文，皆道也。三代聖賢文章，皆從此心寫出，文便是道。」〔註29〕理學家的文以載道說，撮其要點包含兩方面的內涵：其一，他們所謂「道」實指「天理」「天道」，可具體化為儒家的義理、思想；其二，理學家真正推崇的是道而不是文，文只是表現道的工具，不具有獨立之價值。與理學家的文以載道說相比，焦竑的文道關係論則更接近於唐宋古文家的「文以明道」說。其云：「六經者，先儒以為載道之文也，而文之致極於經。何也？世無捨道而能文者也。無論言必稱先王，學必窺本原，即巧如承蜩，捷如轉丸，甘苦徐疾，如斲輪運斤，亦必有進於技者。技豈能自神哉？技進於道，道載於經。而謂捨經術而能文，是舍泉而能水，舍燧而能火，捨日月而能明，無是理也。」〔註30〕可以說，焦竑對道是有足夠的重視的，其將文的本體追認為道，強調了道對於文的根本性。然而，這並不意味著對文的否定。其將經肯定為最高意義的至文即是在承認道的根本性的同時，指出文的意義所在，雖然這種意義是建立在對道的表達的層面上的，這便是「文以明道」的觀點。「文以明道」首先意味著對文章的內容有所規範。簡言之，便是要在行文中敷敘儒家之義理。在為穆玄庵文集所作的序中，其云：「先生不以文字華藻給口耳之求，然經筵啟沃，朋輩往復，往往疏往哲之奧言，明群生之理性，令聞者聳聽，玩者心開。」〔註31〕又如：「文弊久矣，後生小子未暇窮經晰理，

〔註28〕周敦頤：《通書·文辭》，四部備要子部本。
〔註29〕《朱子語類》，中華書局 1994 年版，第 3305 頁。
〔註30〕焦竑：《刻兩蘇經解序》，《澹園集》，李劍雄點校，中華書局 1999 年版，第 751 頁。
〔註31〕焦竑：《穆玄庵先生集序》，《澹園集》，李劍雄點校，中華書局 1999 年版，第 762 頁。

輒取古文奇字，鱗次為文。」〔註32〕可見焦竑對道的重視使得其對文章所表達的內容是有所規範，試圖將文與道結合起來，在行文中闡發義理，從而獲得道與文的平衡。這便是文以明道的內涵所在。可以說，這種文以明道的特點在焦竑的文章創作中是很明顯的，其不少應用類文體便是以闡發儒家義理為內容。時人亦評其文云：「弱侯弱冠而志於道，其文未嘗鑿鑿求合乎道，而出之皆道也……論其文而為唐之元和，為宋之元豐。」〔註33〕將其文比作唐之元和，宋之元豐，可見其文以明道的觀點與唐宋古文家之一脈相承之處。

文以明道的觀點還衍生出焦竑文章觀的其他一些觀點。如文德問題，焦竑認為寫作者的道德修養對其文章寫作具有關鍵作用。好的文章應該是「君子之文」：「謝、沈、徐、庾、劉孝綽、江總諸人，摛英綴采，上下今古，謂足以揚未顯之氣，光不滅之名矣，文中子一二評之曰：『某纖人，某誇人，某詭人，而總之曰：『古之不利人也。』至王儉、任昉之約以則也，思王之深以典也，則斷然以君子與之而不疑。夫人之品格若福澤異矣，而一決於其文，此古之所謂知言者也。」〔註34〕

（二）道致文從

如果說「文以明道」僅僅是焦竑對前人理論資源的汲取，那麼其「道致文從」說則涉及到一些文學創作的內部問題，並且成為陽明心學向文學滲透的重要一環。關於焦竑在文道關係方面的突破，前人其實早已述及。

> 夫文奚為而作？以詮道也。……憶自先恭簡倡道東南，一時從遊者眾，而弱侯以弱冠輒為之先，行解兼勝，先恭簡特屬意焉，計其所得，當在淵、參之間邪！久之，識彌高，養彌邃。綜萬方之略，究六藝之歸，其於道深矣。迨時時泚筆為文，要以闡古先之微言，抒胸懷之本趣而止。即海內人士，得其片言，莫不歡以為難得。而弱侯不以屬意也。蓋其所包蓄者秘且富，故有吞天浴日之奇，而莫測其涯；所冥契者淵且醇，故有弄丸承蜩之巧，而不見其跡。子之言曰：「辭達而已矣。」夫未有不通乎道而能達者也，弱侯挺命世之

〔註32〕焦竑：《答柯學臺》，《澹園集》，李劍雄點校，中華書局1999年版，第106頁。
〔註33〕吳夢暘：《焦太史弱侯先生集序》，《澹園集》，李劍雄點校，中華書局1999年版，第1212頁。
〔註34〕焦竑：《由庚堂集序》，《澹園集》，李劍雄點校，中華書局1999年版，第167頁。

才，而負窮理盡性至命之學，宜其旨遠辭文，直指橫發，借書於手
無不瞭然，以至於達也歟？〔註35〕

這是《澹園集》出版之後，耿定向三弟耿定力為其作的序，該序指出了一下
幾點：一、焦竑為文，不僅能闡古先之微言，更重要的是還能抒胸懷之本趣，
而之所以能夠如此，是由於於道深有所得。二、焦竑此種為文風格的形成，
與陽明心學有密切的關聯，所謂「久之，識彌高，養彌邃。綜萬方之略，究
六藝之歸，其於道深矣。」三、基於以上兩點，焦竑所提倡的是一種信筆而
書，直指橫發，辭達而已的文風。可以說，以上幾點都是焦竑道致文從說的
精髓所在。焦竑在《與友人論文》一文中提出了其「道致文從」說。其云：

竊謂君子之學，凡以致道也。道致矣，而性命之深窅與事功之
曲折，無不瞭然於中者，此豈待索之外哉。吾取其瞭然者，而抒寫
之文從生焉。故性命事功其實也，而文特所以文之而已。惟文以文
之，則意不能無首尾，語不能無呼應，格不能無結構者，詞與法也……
六經、四子無論已，即莊、老、申、韓、管、晏之書，豈至如後世
之空言哉？莊、老之於道，申、韓、管、晏之於事功，皆心之所契，
身之所履，無絲粟之疑。而其為言也，如倒囊出物。借書於手，而
天下之至文在焉，其實勝也。〔註36〕

從中可知，與焦竑「文以明道」說所指之道主要為儒家之道相比，焦竑這裏
對道的理解已經較為寬泛。不僅僅限於儒家，亦包含了釋道二家與其他諸子，
即上文所說的莊、老、申、韓、管、晏諸人，是自然是與焦竑會通三教的學
術思想相通的。從上述引文可以看出，焦竑在這裡所要表述的與其說是文學
的發生不如說是體道的心境。從思想淵源上說，焦竑「道致而文從」的文道
關係論與莊子「技進於道」、「寓道於藝」的文藝思想在學理邏輯和精神質素
方面都有相同之處。《莊子・養生主》中記載了庖丁解牛的故事，當文慧王感
歎庖丁嫻熟的技巧時，庖丁對曰：「臣之所好者，道也，進乎技矣。」〔註37〕
所謂「技進於道」也就是指對技巧的嫻熟掌握出於對道的獲得。庖丁將解牛
時心與道契的創作心境描述為「以神運而不能目視，官知止而神欲行」。達此

〔註35〕耿定力：《焦太史澹園集序》，《澹園集・附編一》，李劍雄點校，中華書局 1999
年版，第 1211 頁。

〔註36〕焦竑：《與友人論文》，《澹園集》，李劍雄點校，中華書局 1999 年版，第 92
頁。

〔註37〕郭慶藩：《莊子集釋》卷三，中華書局 2004 年版，第 119 頁。

心境才能夠披大郤導大窾，遊刃而有餘。《天地》篇中明確指示了技與道的關係：「通於天地者，德也。行於萬物者道也，上治人事者，事也，能有所藝者技也。技兼於事，事兼於義，義兼於德，德兼於道，道兼於天。」〔註 38〕技是末而道是本，但技最終又可以通於道，於文藝創作中體會到道遙之境，這也是焦竑道致文從說的基本內涵。質言之，道致文從要求作者對道的講求達到一種「自得於心」的境界，這顯然是陽明心學的學術理路。焦竑的道致文從說是在陽明心學的影響下形成的，以其心性學說為理論基礎。焦竑所說的那種於道深有所得，了然於中的狀態，已然不是表面的敷陳義理，而是對道的深切領悟，所謂「了然於中」，便是自得於心，「先於文者」即是這種自得於心的人格修養，這是在陽明心學的影響下對主體意識的認可與高揚。

對道的領悟達到了自得於心，才能卓然有所創見，不苟同於人。由此，是否有不苟同於人的獨特見解則是評判文章高下最重要的標準。基於此，焦竑對唐宋之文作出一番評判。他認為唐宋諸家之文，韓、歐、曾雖擅長文法而卻缺乏獨特的見解，因此是非議論未免依傍前人，拾人牙慧。而子厚、介甫、子由又難以達到行文朗暢的程度，所謂「於言又有所鬱渤而未暢」〔註39〕。相較而言，只有蘇軾之文能夠達到卓然有所自見，抒胸懷之本趣的境界。「古之立言者，皆卓然有所自見，不苟同於人，而惟道之合，故能成一家言，而有所託以不朽。夫道莫深於易，所謂洗心以退藏於密，而吉凶與民同患者也。聖人歿，其吉凶同民者故在，而退藏之義隱矣。學者不得其退藏者，而取已陳之芻狗當之，故識鑒之而賊，才蕩之而浮，學封之而塞，名錮之而死。其言語文章非不工且博也，然械用中存，神者不受，以眠夫妙解投機，精潛應感者，當異日談矣。」〔註 40〕從中可以得出卓然有所自見來之於對自我心性的了悟，即引文所說的「洗心以退藏於密」，其評價蘇軾之文言：「於濠上竺乾之趣，貫穿縱橫，而得其精微」。因此可以看到，在焦竑的道致文從說中，外在道已經轉化為內在的自我心性的了悟，其所強調的是已然不再是儒家的義理而是作家卓然自信的人生境界。焦竑對蘇軾的推崇便立足於此點：「公渡海，幾葬魚腹，曰：『吾易、書、論語傳未傳也，可必不死。」〔註41〕需要注

〔註38〕郭慶藩：《莊子集釋》卷十二，中華書局 2004 年版，第 404 頁。

〔註39〕焦竑：《答茅孝若》，《澹園集》，李劍雄點校，中華書局 1999 年版，第 853 頁。

〔註40〕焦竑：《刻蘇長公集序》，《澹園集》，李劍雄點校，中華書局 1999 年版，第 142 頁。

〔註41〕焦竑：《答茅孝若》，《澹園集》，李劍雄點校，中華書局 1999 年版，第 854 頁。

意的是，由於焦竑此種對作家主體的高揚與肯定是建立在其心性學說的基礎上，因此這裡所說的卓然有所創見的內容自然是有所規定的，指的是在心性學說方面的體悟，所謂「濠上竺乾之趣」，「老、易之名理」。但也有溢出性命之理的情況，其云：「余嘗謂古書無所因襲獨繇創造者有三：《莊子》、《離騷》、《史記》也。」〔註42〕其對離騷與史記的認可，已不是性命之理所能包括。無論如何，焦竑在陽明心學心性學說的影響下對作家主體意識高揚與人生境界的強調是焦竑道致文從說的一個重要突破。

與焦竑對主體意識的高揚與人生境界的強調相伴隨，便是「道其所欲言而止」、「辭達而已」的文學風貌的提倡。其讚歎蘇軾之文云：「兩蘇氏以絕人之資，刻心經術，沉浸涵泳之餘，妙契其微旨，若見夫六通四辟，無之而非是者。故發之為文，如江河滔滔汨汨，日夜不已，衝砥柱，絕梁呂，歷數千里而放之於海，雖舒為安流，激為怒濤，變幻百出，要以道其所欲言而止。」〔註43〕出於此，焦竑更欣賞一種信筆而書，縱橫恣肆的文風。基於此，亦可理解焦竑對唐宋古文諸家的喜好為何與唐宋派不同。唐宋派力求達到文與道的平衡，因此更傾向於曾、歐中正和平的文風，而對蘇文之狂則不以為然。而焦竑最為欣賞的恰恰是蘇文的狂肆。

自得於心與信筆而書的文學觀可體現於焦竑的文學批評中。筆者尋訪所得焦竑所輯《戰國鈔》一書，該書卷首有焦竑序云：「書中如豫讓之擊襄子，聶政之刺俠，纍侯嬴之報無忌，荊軻之報燕丹，儀秦之縱約繼而連橫，平孟春陵諸公子禮賢而重士，千古來從未有如此之快心者，讀之能無拔劍起舞云已？」〔註44〕從中可知，焦竑不僅在創作中倡導自得於心，在文學批評中亦看重批評者主觀之感受，如上述引文所云之「千古來從未有如此之快心者，讀之能無拔劍起舞云已？」基於此點，焦竑的文章評點亦具有一種於會心處信筆而書的特徵。筆者於南京師範大學圖書館尋訪所得《蘇長公二妙集》一書，最可體現此種特徵。該書為焦竑評點蘇軾尺牘與詩餘之作，今僅存尺牘十一卷。焦竑批點之處僅有十一條，大多為焦竑在閱讀蘇軾作品的過程中，於會心之處信筆而書。如，其評《答范純夫十一首》第十一云：「次韻詩言當

〔註42〕焦竑：《楚辭集解序》，《澹園集》，李劍雄點校，中華書局 1999 年版，第 1184頁。

〔註43〕焦竑：《刻兩蘇經解序》，《澹園集》，李劍雄點校，中華書局 1999 年版，第 751頁。

〔註44〕焦竑：《國策鈔序》，《戰國鈔》卷首，南京圖書館藏明刻本。

日事，筆端如畫。」〔註45〕評《李公擇十七首》第十一云：「壯哉！」〔註46〕評《與王定國四十一首》第三云：「只是相愛。」〔註47〕評《秦太虛七首》第四云：「讀此想見公之胸次，快哉，快哉！」〔註48〕

　　與自得於心及對主體意識的高揚相對的，是對文法的重視。其云：「惟文以文之，則意不能無首尾，語不能呼應，格不能無結構者，詞與法也。」〔註49〕可見焦竑對文章的詞與法是頗為重視的，並且其亦有鑽研為文之法的親身經歷與體會。早在入南京兆學讀書之時焦竑就頗好古文，他後來回憶自己為文經歷說：「仆於此道，蓋嗜古而無成，有其志而未暇也，憶十五、六始得《左傳》、《國語》、《戰國策》、《史記》、《莊》、《騷》，讀而好之，摹擬為文。儕輩姍笑，不為衰止。顧以舉業縈懷，不得專力。迨晚歲入仕，閱歷日久，見古人之著作益多，洞然悟為文之法，益信近世剽竊文離者為非。」〔註50〕從中可見，焦竑好古文原因在於希望從古文中領悟到為文之法度。他認為「昔之文，有體、有格、有轂、有繩，今之文百不得一。」〔註51〕以「法度」為標準，焦竑對前代之文進行了一個評判。他認為秦漢古文是最符合法度的，蒯通、隨何、酈生、陸賈之文屬於游說文之類型，這類文章宗法戰國；晁錯、賈誼之文屬於經濟文之類型，這類文章宗法申、韓、管晏；司馬相如、東方朔、吾丘壽王之文屬於譎諫文之類型，這類文章宗法楚辭；董仲舒、匡衡、揚雄、劉向之文屬於說理文之類型，這類文章宗法六經；司馬遷、班固、荀悅之文屬於記載文之類型，這類文章宗法春秋左氏。而「唐之文，實不勝法；宋之文，法不勝詞，蓋去古遠矣，而總之實未澌盡也。」〔註52〕總之，秦漢文無論在文辭的安排還是在法度的遵循方面都堪稱典範，並且能夠華實相符。這也可以從一個側面說明焦竑對後七子取法秦漢學的主張是認可的。唐宋文雖無法與秦漢文媲美，但亦有可

〔註45〕焦竑：《蘇長公二妙集》卷一，南京師範大學圖書館藏明刻本。
〔註46〕焦竑：《蘇長公二妙集》卷三，南京師範大學圖書館藏明刻本。
〔註47〕焦竑：《蘇長公二妙集》卷四，南京師範大學圖書館藏明刻本。
〔註48〕焦竑：《蘇長公二妙集》卷四，南京師範大學圖書館藏明刻本。
〔註49〕焦竑：《與友人論文》，《澹園集》，李劍雄點校，中華書局 1999 年版，第 92 頁。
〔註50〕陳懿典：《尊師澹園先生集序》，《澹園集・附編二》，李劍雄點校，中華書局 1999 年版，第 1213 頁。
〔註51〕焦竑：《文通引》，《澹園集・附編二》，李劍雄點校，中華書局 1999 年版，第 1198 頁。
〔註52〕焦竑：《與友人論文》，《澹園集》，李劍雄點校，中華書局 1999 年版，第 92 頁。

取之處。焦竑在師法對象的選取上應該說是比較廣泛的，在其存世的各種文章選本中，既有秦漢文，如《國策鈔》、《史記萃寶評林》、《兩漢萃寶評林》，也有唐宋諸家之文，如《名文珠璣》、《新鐫焦太史匯選百家評林名文珠璣》等則編選秦漢至明以來諸家之文。這類文章選本雖有的難以辨別真偽，卻可以從一個側面透露出焦竑對於秦漢唐宋古文的取法態度。

　　焦竑對文法的探求與重視亦可見於其文章點評中。筆者於蘇州圖書館尋訪所得焦竑選評《名文珠璣》與《新鐫焦太史匯選百家評林名文珠璣》，雖然這兩種選本的真偽難以辨別，但筆者摘錄其中與焦竑文學觀有關的數條評語於下，以作為焦竑重文法之文章觀的旁證。

　　　　評《魯共公酒味色論》：凡文章前立數段議論，後宜鋪應，或意思未盡，雖再更端亦可，只要轉換得好，共今此論可以□□。

　　　　評《趙良說商君》：此說敘事有□，轉換有法，且明白簡易。閱□嚴謹，秦漢文不可多得者，凡作論可以為法。

　　　　評《蘇秦以連橫說秦王》：此篇文字多迭用句法，甚有步驟

　　　　評《趙威后問齊使》：通篇皆問，自是作文之法。

　　　　評《魯仲連遺燕將書》：此書文勢縱橫，辭法嚴密，如大將專兵，劍戰森嚴而伍列不紊。

　　　　評《送溫處士赴河陽軍序》：文字有法度，有氣力，有光焰。

　　　　評《待漏院記》：當謂文無定體，機括最宜活動。予讀元之待漏院記及黃州竹樓記，可謂兩絕。待漏則有臺閣氣，字步驟森嚴，竹樓則有瀟灑雅趣。語逸景清，足以盡元之之槩矣。

　　　　評《岳陽樓記》：首尾布置與中間狀物之妙，不可及矣。然最妙處在臨末遺一轉語，乃知此老胸襟度量直與岳陽洞庭同其廣。

　　　　評《墨池記》看他小小題而結構彌遠而正。

　　　　評《撫州顏魯公祠堂記》：此篇先敘事，後議論，而神光精焰，全在轉指處。

　　　　評《朋黨論》：議論出人意表，大凡作文之妙處，直臻神解，至朋黨論，風骨俱全。〔註53〕

─────────────

〔註53〕以上諸條見焦竑：《名文珠璣》第 4、5、11、12 卷，蘇州圖書館藏明刻本。

以上評語可分以下幾類：一是從遣詞造句等細節入手分析為文之法，一是從文章的結構布局分析為文之法，亦有超出具體文法而探尋文章風貌之處。因此，可知焦竑所謂的「法度」並不僅僅在於文詞安排方面對古文的摹擬與承襲，也不僅僅在於文章結構方面對一定程序的遵守，而是對「所以為法者」的深刻領悟，而達到對文法的自由駕馭：

> 夫詞非文之急也，而古之詞又不以相襲為美，書不借采於《易》，詩非假途於《春秋》也。至於馬、班、韓、柳，乃不能無本祖，顧如花在蜜，藥在酒，始也不能不藉二物以胎之，而脫棄陳骸，自標靈采，實者虛之，死者活之，臭腐者神奇之，如光弼入子儀之軍，而旌旗壁壘皆為變色，斯不謂善法古者哉。〔註54〕

善法古者，既不會破壞法度又能書寫自我胸懷，從心所愈而不愈矩，達到意與法之間的融合。因此在焦竑的道致文從說中，自得於心與師法於古這兩個方面並非矛盾對立而是辯證統一。焦竑對文法的講求不是指對古文文法的模擬，如前後七子與唐宋派所提倡的那般，而是指對文法的自由駕馭。因此並不是對文法的否定，而是一方面能夠超然於法度之外，另一方面又能符合法度的規定。而要達到此點，則需要創作主體有一種超然的心境，這種超然的心境來源於對自我心性空無的體悟。筆者在論述焦竑性空理論時曾指出，焦竑所謂的性空並不是與有相對的空無，而是超越了有無對待，而又能做到有無合一的超然之境。具體在文學創作中，這種超然的心境即是超越了法度，而又能自由運用法度。做到自得於心與師法於古的辯證統一。「自得於心」與「師法與古」這兩方面統一於「空明之心性」，以「空明之心性」駕馭自我之意與客觀之法，才能寓新意於法度之中，寄妙理於至當之外，這才是焦竑既強調師法於古，又強調自得於心的深意所在。萬曆辛亥年，金季儒為《瞻園續集》作序，很精準地揭示了焦竑文道關係論中的這一深層內涵：

> 而今可知先生之學，定悟參徹於所謂靈明圓瑩者，自信而得之，萬應不竭，奚詩文之足多乎？則嘗喻莊生庖割之刃解，日官之止也。乃瞿曇氏亦以山河大地之象，指其涵於玅明而竅於靈覺，彼誠異教，然而窺見樞牙者，吾儒未有以易之也。今文章技不卑於鼓刀，而其象不滯於山河大地，先生獨以靈明圓瑩之本馭之，宜其縱橫浩渺，

〔註54〕焦竑：《與友人論文》，《澹園集》，李劍雄點校，中華書局 1999 年版，第 92 頁。

率有所成，以舒其衰而裨與道。〔註55〕

文中指出了三個重要問題，一是焦竑為文以「靈明圓瑩之體」為根本，其所說的「靈明圓瑩」其實指的是空明的心境，二是以「靈明圓瑩」之本馭之，所達到的效果是文風的縱橫浩渺。三是指出了焦竑為文的此種特點是受到了佛道思想的影響，蘇軾曾有一首論詩詩，其中表達了類似的觀點，其詩云：「欲令詩語妙，無厭空且靜，靜故了群動，空故納萬境。」（《送參廖師》）將上述引文與此相對勘，可以看到兩種觀點的相似處。焦竑在評價蘇軾之文時亦指出此點：「蘇子瞻氏少而能文，以賈誼、陸贄自命。已從武人王澎遊，得竺乾語而好之，久之心凝神釋，悟無思無為之宗，慨然歎曰：『三藏十二部之文，皆易理也。』自是橫口所發皆為文章；肆筆而書無非道妙。神奇出之淺易，纖穠寓於澹泊，讀者人人以為己之所欲言，而人人之所不能言也，才美學識方為吾用之不暇，微獨不為病而已。蓋其心遊乎六通四闢之塗，標的不立而物無留罣焉，迨感有眾。至文動形生，役使萬景而靡所窮盡。非形生有異，使形者異也。」〔註56〕從根本上說，仰師於古與自得於心的統一是必然與自由的統一，始於對自然之法度的自覺遵守與熟練掌握，終於對法度的自由運用與超越。之所以要以空明心境為基礎，目的在於要泯滅心靈的自由性與外物的必然性兩者之間的絕對對立。孔子要求君子要「毋意、毋必、毋固、毋我」，佛老提倡以虛明清靜之心應物，目的都在於此。無心應物而物無隱情，才能從根本上把握法度，從而超越法度，在意與法的兼融下達到創作的自由之境。錢鍾書在《管錐篇》中曾論及此問題：「蓋心有志而物有性，造藝者強物以從心志，而亦必降心以就物性。自心言之，則發乎心者得乎手，出乎手者形於物；而自物言之，則手以順物，心以應手，一藝之成內與心符，而復外與物契，近心能運，而復固物得宜。」〔註57〕

做到仰師於古與自得於心的統一，為文才能揮灑自如、落筆千言，焦竑認為唐宋以來，韓愈、歐陽修、曾鞏之文都能合於法度，但卻靡獨見，只有蘇軾能做到兩者兼顧。東坡就曾說自己「為文如萬斛泉源，不擇地而出。在平地滔滔汩汩，雖一日千里無難。及其與山石曲折，隨物賦形，而不可知

〔註55〕金季儒：《澹園續集序》，《澹園集·附編二》，李劍雄點校，中華書局 1999 年版，第 1217 頁。

〔註56〕焦竑：《刻蘇長公集序》，《澹園集》，李劍雄點校，中華書局 1999 年版，第 142 頁。

〔註57〕錢鍾書：《管錐編》，生活·讀者·新知三聯書店 2007 年版，第二冊。

也。常行於所當行，常止於所不可不止，如是而已矣。」焦竑稱讚蘇文說：「古
今之文，至東坡先生無餘能矣，引物連類，千轉萬變，而不可方物，即不可
摹之狀與甚難顯之情，無不隨形立肖，躍然現前者，此千古一快也。」〔註58〕

　　至此，本節分析了焦竑文道關係論的完整內涵。焦竑文道關係論分為兩
個層面，一是文以明道說，一是道致文從說。文以明道說是對傳統文人理論
話語的沿襲，而道致文從說則是在其心性學說的影響下，在文道關係論上所
做出的理論突破，具體表現為對作家主體意識與人生境界的強調及以空明心
性駕馭客觀之法兩個方面。那麼焦竑在何時持文以明道說，何時持道致文從
說呢？筆者認為在評論他人文章或面對論、策、序、記一類文體時，焦竑多
遵從文以明道論，而在實際創作或面對書信、題跋一類文體時則遵從道致文
從論。這也恰恰反映出焦竑文學思想即遵從傳統，又在陽明心學的影響下有
所突破的複雜性。

三、焦竑的文章創作

（一）典實：焦竑的公牘文創作

　　公牘文是指在朝廷與政府所使用的公事文。從文體分類來看，包括了詔、
命、章、表、奏、疏、啟等門類。其中詔與命是帝王給臣下下達的命令。章、
表、奏、疏、啟等是臣下給帝王的上書。如果從純文學的角度看，這些應用
性的文體並不屬於文學的範疇。然而正如本章第一節所指出的，焦竑的大文
觀使其形成了一種雜文學的文體觀。並且出於經世致用的志向與學術思想，
焦竑對此類公牘文是頗為重視的。其在《國史經籍志》中單列制詔與表奏兩
類，並指出此兩類文體可以極盡文章之用。焦竑文集《澹園集》中亦收錄了
其敕、誥命、對策、策問、疏、表、啟等公牘文。並且從卷目上看，這些文
體的排列皆靠前，可見這類文體在焦竑文章創作中的重要性。焦竑的公牘文
創作呈現出一種典實守體的特徵。典主要指用詞的典雅，實主要指內容的充
實與文章風貌的平實。

　　焦竑公牘文創作中用詞的典雅，集中體現在表與啟兩類文體中。表是臣
屬給皇帝的上書。表通常與章、奏、議並稱，《文心雕龍·章表》云：「章以

<hr>

〔註58〕焦竑：《刻坡仙集抄引》，《澹園集·附編一》，李劍雄點校，中華書局1999年
　　　　版，第1185頁。

謝恩，奏以按劾，表以陳情，議以執異。」〔註59〕與章、奏、議不同，表是
用來陳訴衷情的。因此，與章、奏、議相比，表的公文性質較弱，這使得表
這類文體有了表達情致文采的餘地。劉勰指出：「表以致禁，骨采宜耀。……
表體多包，情偽屢遷；必雅義以扇其風，清文以馳其麗。」〔註60〕可知，表
的寫作十分注重文采。啟分為奏啟與書啟兩種。焦竑文集中的啟文屬於書啟。
劉勰論及啟的文體特徵時云：「必斂飭入規，促其音節，辨要輕清，文而不侈。」
啟文要求短小簡練，輕清靈巧，講求辭藻而不流於奢靡。從以上對表與啟文
體特徵的疏理，可知這兩種文體都十分講究措辭。從焦竑的具體創作來看，
其在這兩類文體創作中，措辭極盡典雅華美。

> 伏以辟虞俊之門，方延士論，射漢廷之策，誤玷賢科。人知稽
> 古之榮，國有用儒之盛。恩施逾望，寵至若驚。茲蓋恭遇皇帝陛下
> 總攬眾材，彌綸大化。離明昭晰，垂二十宵壹之休解澤滂流，衍億
> 萬載和平之福。推崇經術，雅意人文。〔註61〕

> 伏以臨軒而遣，來從簪筆之餘；一節以趨幸廁曳裾之末，恩私
> 猥被，徒御生輝，恭維殿下，擅河間之大雅，摘鄴下之高文，賢明
> 久著於中原，禮遇不遺乎下士，纍纍宮冥，饌玉羅珍，藹藹仙韶，
> 敲金戛石。〔註62〕

以上所引兩文中，焦竑之行文皆力求對仗，用語古奧典雅，並且頻繁用典。
形成了一種典雅華美的文章風貌。

文章風貌的平實，體現於焦竑的奏疏類文體創作中。疏亦稱為奏疏，《文
心雕龍·奏啟》云：「自漢以來，奏事或稱上疏，儒雅繼踵，殊采可觀。」
〔註63〕又指出其文體特徵云：「夫奏之為筆，固以明允篤誠為本，辨析疏通
為首。」即指這類文體的寫作必須明確可信，忠厚誠實。論事要條理通達，
辨析透徹。對於奏疏這類文體，焦竑有著自己的認識。首先，奏疏具有重要
的文體功能，起著「覺寤主心」的重要作用：「三代君臣面相獻替，而伊周
書誥已盈簡牘。迨世益下，廉遠堂高，所以披見情愫，覺寤主心者，賴有此

〔註59〕范文瀾：《文心雕龍注》，人民文學出版社 1962 年版，第 406 頁。
〔註60〕范文瀾：《文心雕龍注》，人民文學出版社 1962 年版，第 406 頁。
〔註61〕焦竑：《狀元率進士謝恩表》，《澹園集》，李劍雄點校，中華書局 1999 年版，
　　　　第 52 頁。
〔註62〕焦竑：《答周王啟》，《澹園集》，李劍雄點校，中華書局 1999 年版，第 55 頁。
〔註63〕范文瀾：《文心雕龍注》，人民文學出版社 1962 年版，第 421 頁。

耳。」〔註64〕其次，奏疏的寫作要做到「志暢辭美」。所謂志暢，亦即劉勰所言「以辨析疏通為首」，而辭美則是要講求文辭的運用，達到儒雅彬彬的審美效果。不僅如此，奏疏還要具有中正和平的文風。

在歷代的奏疏類作品中，焦竑較為推崇的是晁錯與賈誼。認為二人的奏疏「恢偉博達，核於事而辨於言」〔註65〕然而「晁氏論建，多為石畫，而不無峭急深刻之意；長沙凌厲揮斥，極其剛心猛氣所至，以伸其辯，其害於古獻納之理，亦不為少。」〔註66〕簡言之，晁錯的奏疏雖然內容充實，但在行文方面卻沒有達到中正和平。賈誼的奏疏則過分注重論辯，而達不到良好的向君主進言的效果。相比之下，劉向之奏疏「宛而篤，溫而理，惻恒而有餘忠，⋯⋯史稱向言痛切，發於至誠。向為發於至誠，雖其不默，而亦足以容。」〔註67〕劉向的奏疏寫作發於至誠，能夠做到中正和平。

焦竑《恭請元子出閣講學疏》即是焦竑對奏疏的文體認識在創作上的體現。首段從歷史經驗的角度，指出元子出閣講學的重要性。第二段則是從儒家經典中為元子出閣講學尋找理論上的依據。第三段則從現實的角度闡明元子出閣講學的可行性。最後得出元子出閣講學的三點有益之處。邏輯清晰，分析透徹，具有很強的說服力。文章行文也較為平和，全文中無措辭激烈處。萬曆年間，爭立太子問題是一件轟動朝野的大事，造成了皇帝與文官集團的矛盾。焦竑在論及此事時，卻能夠做到溫宛而平和。

焦竑的各類公牘文創作雖然各具特點，但內容充實與明於治道則是其共同特徵。其內容涉及從兵事、河渠、國用、政局等多個主題。可以說焦竑的公牘文創作是其經世思想在文學創作中最集中的體現。

（二）縱橫恣肆：焦竑的論說文創作

從焦竑各體文章的創作成就來看，論說文是焦竑文中之上品，體現出縱橫恣肆的體貌特徵。筆者認為，焦竑的論說文創作是其「道致文從」的文章觀念在創作中的具體實踐。簡言之，焦竑的道致文從說可概括為兩個方面，

〔註64〕焦竑：《經籍志論》，《澹園集》，李劍雄點校，中華書局 1999 年版，第 319 頁。
〔註65〕焦竑：《祝給諫留垣疏草序》，《澹園集》，李劍雄點校，中華書局 1999 年版，第 166 頁。
〔註66〕焦竑：《祝給諫留垣疏草序》，《澹園集》，李劍雄點校，中華書局 1999 年版，第 166 頁。
〔註67〕焦竑：《祝給諫留垣疏草序》，《澹園集》，李劍雄點校，中華書局 1999 年版，第 166 頁。

一是從內容上要求有獨特的創見，二是行文亦需揮灑自如，做到「了然於心與了然於口與手」可以說焦竑的論說文創作是達到了此種要求的。

如《原學》一篇，是焦竑論說文中的佳作，文章一開始，作者就鮮明提出了自己的觀點：

> 夫學何為者也？所以復其性也。人之為性，無舜跖，無古今，一也，而奚事乎學以復之也？曰：性自明也，自足也，而不學則不能有諸己。〔註68〕

接下來，作者分析了非學則不能復性的深層原因在於情對性的泯滅。

> 故明也而妄以為昏也，足也而妄以為歉也，於是美惡橫生而情見立焉。情立而性真始梏，故性不能以無情，情不能以無妄，妄不能以無學。學也者，冥其妄以歸於無妄者也。無妄而性斯復矣。〔註69〕

至此，作者通過具有緊密邏輯關係的兩個層次的論述，鮮明地闡述了學為復性的宗旨，接下來與兩種片面觀點進行了辯論：

> 或曰：「無思也，無為也」，易言性也。而學則思與為不能廢矣。以其思為而求夫無思無為，將無之越而北其轅邪？曰：性無思無為，而非思為不能致之。善思為者，有也；而所思所為者，無也。故求之思為之表，以入乎無思無為之域，而後至焉。至此，則埽灑為精義，日用皆天德，不捨枝而得根，不離子而見母。清虛，學也；義理，學也；名節、詞章，亦學也。無所往而不為性，故無所往而不為學也，而又何不足與明之有？苟蕩心於俗學，汨欲於俗思，而不知復性於初，豈獨名節為逐物，詞章為溺心，清虛增其桎梏，義理益其蓋纏，為力彌多，收效彌寡，則其所繇學者異也。

> 或又曰：「古之為學者，至傅說，孔子而詳，皆未言復性為的也，日諄諄然以此命學，不已固乎？」應之曰：傅言「始典於學」，孔言「學而時可之」，未及性也。不知惟性，故學可終，習可時。自非然者，力於始必替於終，習於此必輟於彼，惡能時，又惡能悅？世言學之當急，而問其所以為學，則茫然無入，亦不求所以入。是不知穿井所以通泉，習射所以中的也。無泉則無所穿，無的則無所射。而世皆忘其泉的之本，然徒矜穿射之末功，此以塵飯塗羹戲，

〔註68〕焦竑：《原學》，《澹園集》，李劍雄點校，中華書局1999年版，第18頁。
〔註69〕焦竑：《原學》，《澹園集》，李劍雄點校，中華書局1999年版，第18頁。

　　而無意於求飽者也，則無為貴學矣。〔註70〕

這兩段充滿了強烈的辯論色彩，從內容上說，層層遞進，抓住對方論點的要害所在進行辯駁，從而烘托出自己的觀點，從文辭運用上說，充滿氣勢，揮灑自如，做到了心與理合、辭共心密，是全篇中最為精彩的部分，總體來看，全文邏輯層次清晰、立論鮮明，用語靈活多變，時而陳述，時而辯論，時而批判。焦竑的其他論說文如《論史》、《大器猶規矩準繩論》等大都具備此特點。

（三）玄遠：焦竑的題跋尺牘創作

　　跋是寫於書後或文後的議論性、說明性文字，與附於書前或文前的序文相比，跋文的體制更加簡括與自由。可以說明所跋書的內容，亦可以闡發作者的思想，甚至可以藉此抒發情感，寄託性靈。因此，儘管跋是一種應用性很強的文體，卻為審美性留下了很大的空間。與題跋類似，尺牘的體制也較為靈活自由，其所表現的對象十分自由而廣泛。焦竑友人馮夢禎曾評價尺牘云：「原夫尺牘之為道，敘情最真而致用甚博。本無師匠，瑩自心神；語不費事，片詞可寶。意不涉趣，千言足述。」〔註71〕屠隆亦云：「夫不翼而飛，無脛而走者，其惟方寸之牘乎？揚芬振藻，宣情吐臆，述事陳理，傷離道別，則此道勝矣。」〔註72〕總之，題跋與尺牘兩者都具有表達內容廣泛，體制自由靈活的文體特徵。

　　焦竑的題跋與尺牘文創作顯現出一種玄遠的體貌。所謂玄主要與焦竑題跋尺牘所表現的內容有關。焦竑的題跋與尺牘文絕大部分為探討佛、道之學與心性之學之作。

　　　　世法可名，般若不可名。非有般若不可名，不可名即般若耳。而人多強名之。黃面老子說般若至六百卷，般若心至二百六十言，已是逗漏不少。月川澄公復取而詮釋之，如以楮墨描畫太虛。世鮮見月而忘指之人，又增一重纏蓋。雖然，楮墨本空，文字非實，未獲魚兔，難廢筌蹄，則謂此編為善學者之鞭影，可也。余故不辭而提其首。〔註73〕

〔註70〕焦竑：《原學》，《澹園集》，李劍雄點校，中華書局1999年版，第18頁。
〔註71〕馮夢禎：《快學堂集》卷一，續修四庫全書本。
〔註72〕屠隆：《皇明名公翰藻》卷五，續修四庫全書本。
〔註73〕焦竑：《題般若照真論》，《澹園集》，李劍雄點校，中華書局1999年版，第271頁。

> 一別未能嗣音，乃此心無日不東南馳也。詩言：「徧為爾德，
> 在日用飲食。」日用飲食，何人不爾，而獨指之為德，則悟不悟之
> 謂爾。在聖非豐，在凡非嗇，悟之非增，迷亦非損。雖然，未有不
> 悟而道為我有者，古人所以貴知味也。幸吾子勉之。見泉丈事，鄙
> 心自切，顧當事雅未相聞，俟另圖之以報。草草不盡。〔註74〕

這些短文形式簡短、用語靈活不拘，並且充滿思辨色彩，一氣呵成，雖然只
是三言兩語卻能說理透徹，直抒胸臆。所謂「遠」則主要指焦竑此類作品中
的超脫瀟灑的人生境界。

> 陳君純甫築樓，顏之曰鷦居，觀者疑之。君天機卓絕，不入名
> 法轍跡，而超詣懸解，浩浩乎放於南溟而未知其際也。君也為之鷦，
> 孰能為之鵬？雖然此直其寄耳。苟得於性，即翱翔蓬蒿之間。〔註75〕

此文為陳純甫鷦居樓所作，焦竑藉此闡釋了莊子適性而逍遙的思想。焦竑此
類作品中玄遠風貌的形成是以其三教合一的學術思想與追求內在超越的人生
態度為基礎的。

雖然焦竑題跋、書牘類文章主要以說理為主，然而卻並不空洞乏味，而
是充滿理趣。

> 昔有禪師童時讀《心經》，至「無眼、耳、鼻、舌、身、意」，
> 手捫其面，倏然生疑，因而悟道，卒為佛門龍象。今誰不誦讀此經，
> 因疑生悟者寧有幾人？〔註76〕

> 古云：「為道日損。」損有兩端，損事障易，損理障難也。人性
> 澹然，本無一物，不知者至多其意識以蔀之，蔀去而性自若，非能有
> 增也。昨一友云：「但盡凡情，別無聖解。乃日求聖解而凡情不盡，
> 將奈何？」僕語之曰：「子語非不佳，第所指凡情不同耳。」〔註77〕

此二文說理機智有趣，頗有禪宗參話頭之風範。用語亦靈動揮灑，充滿論辯
色彩，於機智中透露著幾分幽默。可以說焦竑此類文章創作融趣味性與哲理

〔註74〕焦竑：《答方雨伯》，《澹園集》，李劍雄點校，中華書局1999年版，第106頁。
〔註75〕焦竑：《題陳純甫鷦居樓壁》，《澹園集》，李劍雄點校，中華書局1999年版，
　　　　第228頁。
〔註76〕焦竑：《書四體心經》，《澹園集》，李劍雄點校，中華書局1999年版，第278
　　　　頁。
〔註77〕焦竑：《答菜昆石》，《澹園集》，李劍雄點校，中華書局1999年版，第96頁。

性為一，具有較高的審美價值。

（四）生動活潑：焦竑的筆記文創作

所謂筆記文，即是一種隨筆而錄，雜談鎖語性質的文體。創作者遇有可寫之事物，便可隨筆而書。因此，此種文體具有很強的隨意性，並無固定的體制規範。焦竑的筆記文創作主要體現於其《焦氏筆乘》與《玉堂叢語》兩部著作中。而《焦氏筆乘》主要為焦竑的學術筆記，內容涉及性理之學、訓詁考據之學，具有很高的學術價值，而文學性則相對較弱。《玉堂叢語》是焦竑採輯明萬曆以前的翰林人物言行，仿照《世說新語》的體例編寫而成。焦竑本人及後人多重其史料價值。顧起元在《玉堂叢語序》中指出：「其官則自閣部元僚……煌煌乎可考鏡矣。」〔註 78〕郭亦鶚亦指出其「俾千古後學，補苴國史之弗備也。」〔註 79〕的史學價值。《玉堂叢語》在保存史料方面的價值自然不容忽視。然其書在編寫過程中，受到《世說新語》很大的影響，其中的部分內容亦具有很強的文學價值。主要體現在縝密、敏悟、恬適、豪爽、任達、簡傲、諧謔、忿狷等門類中。

《玉堂叢語》中不乏以短小有趣的故事情節與簡練的語言刻畫出人物風神的佳作。如敏悟一門所載：

> 景清遊國學時，同舍生有祕書，公求而不與，固請，約明旦即還書。生旦往索，曰：「吾不知何書，亦未假書於汝。」生忿，訟於祭酒，公即持所假書往見，曰：「此清燈窗所業書。」即誦徹卷。祭酒問生，生不能誦一詞，祭酒叱生退。公生，即以書還生，曰：「吾以子珍秘太甚，特相戲耳。」〔註80〕

此則筆記僅通過景清戲弄同舍生這一個有趣的情節，就將景清敏悟的特徵突顯出來。亦有僅通過寥寥數語，便將人物的風神個性傳達而出的。

> 倪公謙生異甚，體有四乳，雙瞳炯炯如電，子岳，其豐如公，而修偉過之。父子同官翰林，同為尚書、宮保。〔註81〕

> 陳白沙身長八尺，目光如星，右臉有七黑子如北斗狀，音吐清圓，大類中州產。常戴方巾，逍遙林下，望之若神仙。〔註82〕

〔註78〕顧起元：《玉堂叢語序》，《玉堂叢語》，中華書局 1981 年版，第 1 頁。

〔註79〕郭一鶚：《玉堂叢語序》，《玉堂叢語》，中華書局 1981 年版，第 3 頁。

〔註80〕焦竑：《玉堂叢語》，中華書局 1981 年版，第 188 頁。

〔註81〕焦竑：《玉堂叢語》，中華書局 1981 年版，第 224 頁。

〔註82〕焦竑：《玉堂叢語》，中華書局 1981 年版，第 224 頁。

這幾則深得《世說新語》之韻致，對人物的刻畫重精神而略皮相。雖然這幾則同出自「容止」一門，然而對人物肖像、外貌的描寫卻極其簡略。而是抓住了最能傳神的幾個細節，傳達出人物在外貌背後所掩蓋的精神氣質。如讀者可以挺過陳白沙「頭戴方巾，逍遙林下，望之若神仙中人」的意象，品味出其人格之美。

《玉堂叢語》中的人物描寫不僅善於傳達人物風神，亦有刻畫人物個性化的言行之作。

> 崔侍郎銑，飲量洪，亡可敵。每酣輒歌：「劉伶能飲幾杯酒？也留姓名在人間」。陳約之來，其同年董侍郎玘壻也……約之雅知量不敵，恃其少壯，值崔病初起，即往按安陽謁之，崔與轟飲，至夜分，約之大醉，跌宕不能支。崔謂其從者曰：「彼且乘我瑕而鬥我耶！」復舉十餘白乃別，陳遂病至咯血不起。崔嘗與董飲，而遇一方士，自云能飯，崔請之較，每崔一甌酒，方士一甌飯，崔已醉，而飯不止，凡得五十四甌。〔註83〕

作者刻畫了兩位嗜酒之人，一位能飯之人，皆是通過其頗具個性的言行揭示二者的豪爽氣概。文中用語亦風趣生動。《玉堂叢語》中亦有善於營造清悠意象的作品。

> 東江致仕還家，即築一傍秋亭在西園中，乃次子伯庸新造宅，尚未徙居，中多隙地，可以時蔬也。東江日處其中，課童僕鋤灌，《農桑輯要》一書，塗抹刪改，細書於行間及額上皆滿……夫以侍郎家居，絕足不與外事，閉門閒適，學為老圃，若將終身焉。東江致風流大節，亦過於尋常萬萬矣。〔註84〕

> 楊升庵書壁云：「老境病磨，難親筆硯，神前發願，不作詩文。自今以始，朝粥一碗，夕燈一盞，作在家僧行徑。」〔註85〕

> 何公塘家居，廬舍不過數椽，敝衣蔬食，日以觀書玩道為樂。當世達人公卿，亦罕接見。〔註86〕

東江致仕還家條營造出一片山水田園之意境。楊升庵條描述出一種蕭瑟的景

〔註83〕焦竑：《玉堂叢語》，中華書局1981年版，第242頁。
〔註84〕焦竑：《玉堂叢語》，中華書局1981年版，第234頁。
〔註85〕焦竑：《玉堂叢語》，中華書局1981年版，第236頁。
〔註86〕焦竑：《玉堂叢語》，中華書局1981年版，第236頁。

象，而何公塘條呈現出一種瀟灑淡漠之韻致。

從以上分析可知，焦竑的文章創作既有追求實用，明於治道的部分，亦有寄託自我性靈的部分。值得一提的是，焦竑的題跋、尺牘以及筆記文的創作，大多體制簡短自由，用語靈活，容哲理性、趣味性為一，已經具有了晚明小品的因子。

第三節　焦竑的詩學觀

一、自適與體道的詩歌功能觀

焦竑學術思想、人格心態向文學思想的滲透不僅表現其論詩提倡抒發性靈，還體現於其對詩歌價值的認識上，儘管這種認識往往是不自覺的。所謂詩歌的價值即詩歌在其生命中的地位，所扮演的角色。重實用的文章價值觀，並不能代表焦竑對文學價值的全部認識。其實這個博學好古、胸懷社稷的澹園先生本身具有豐富的情感。且不說他那篇催人泣下的《薦李卓吾疏》，我們來看看他告別耿定向時所作之詩對此將會有更為深刻的體會。「千崖落木動微寒，匹馬西來歲欲殘。四海風流今下榻，一尊煙雨夜憑闌。時危自覺知心貴，身在翻悲會面難。一望歸舟腸盡結，橫江波浪正漫漫。」〔註87〕歲暮之際，萬物蕭條，處處透著一股微涼之氣。告別之時，詩人忽然想起了與師友促膝夜談的場景，這一本來歡快的場景現在回憶起來倒有幾分悲涼。之所以戀戀不捨乃是由於知己難得，相見不知何時。「相見時難別亦難」的感慨彌漫於浩浩蕩蕩的江水之中。該詩情真意切、情景交融，在焦竑詩中可算是上品，從中可以看出焦竑不僅具有豐富的情感，還有將真誠的情感表達出來的文學素養。另外，焦竑還頗有山水之趣，南京秀麗的風光與深厚的歷史底蘊為焦竑提供了這種便利。「金陵觸處可供眺聽，雖弟不出戶庭，鍾山清溪，坐臥可對，偃仰林皋，以慰閒暮，意味殆不減市朝時也。」〔註88〕焦竑詩集中就有三組詠歎金陵山水的組詩。豐富的情感與山水之趣使得焦竑具備了一種詩人氣質。儘管他反覆強調文學的實用性，並且他的確也從創作上實踐了其實用文學觀。

〔註87〕焦竑：《留別耿天台先生》，《澹園集》，李劍雄點校，中華書局1999年版，第641頁。

〔註88〕焦竑：《答許繩齋》，《澹園集·續集》，李劍雄點校，中華書局1999年版，第857頁。

然從其詩作來看，其中不自覺的透露出焦竑以詩歌抒發自我懷抱的詩歌功能觀。此點集中體現於其山水詩中。

> 人日仁祠好，春風動鳥聲。相期載酒往，共作探梅行。澗水溶溶淨，林芳轉轉生。禪棲吾自適，非為薄時名。〔註89〕

> 南郭高臺迥，乘春數散愁。雨餘千嶂立，樹杪一江流。地擁驚花勝，情兼水石幽。角巾差自得，端合老林丘。〔註90〕

我們宛然看到了一個瀟灑從容，徜徉於山水之中的焦竑。比起執著於科舉的焦竑，詩中的他多了一種超越的情懷。不為世務所牽絆才能感受到寺邊澗水、林芳之中的勃勃生機，才能體驗到萬物之間難以言表的禪意，才能說出「禪棲吾自適，非為薄時名。」比起憂心於國事的焦竑，詩中的他多了一種享受人生的自得之樂，以至於他寧願終老林壑。對於自然山水，焦竑有著豐富細膩的感受能力，他往往能以細緻的筆觸描繪出景物的特徵：「寒空簪危峰，灼灼芙蓉萼。連雲勢欲拔，峭壁森若削。樹頂接蒼煙，岩腰吐朱閣。崖陰積霰冷，林合朝日薄。靡靡饒木葉，戚戚皆零落。」〔註91〕既從總體上寫出芙蓉峰峭拔的特點，又從各個側面描繪出周圍環境。冷峭孤高、超拔出塵的芙蓉峰與詩人高遠的精神境界相合，怪不得詩人感歎道：「行行歲將徂，冉冉老自覺。抽身遠繾繳，委志投林壑。攜朋文酒偕，縱覽心目豁。悠哉古人懷，恬然寄玄漠」〔註92〕。自然山水對於焦竑來說不光是客觀的美景而且還具有豐富的韻味。山川草木等自然景觀是如此，而人文景觀更是如此。一次焦竑與好友遊於莫愁湖中，湖畔的孫子荊酒樓就是當年李白飲酒作詩的遺址所在。看著「疏簾面青蔥，下瞰綠條岸」的美景，焦竑發思古之幽情：「竭來謫仙人，拏舟一遊款。綺裘馭長風，彩筆燭銀漢。篇章至今垂，字字星斗爛。耳孫有高懷，撫景發悽惋。枕流風尚存，凌虛勢已變。冀從荒墟中，髣髴還舊觀。我老苦摧頹，聞之再三歎。作詩告同心，成此奇一段。他日聯翩遊，觸詠互賡勸。快哉江湖心，適我魚鳥願。」〔註93〕遙想李太白的風流文采、瀟灑豪

〔註89〕焦竑：《人日南郊僧寺作》，《澹園集》，李劍雄點校，中華書局1999年版，第613頁。

〔註90〕焦竑：《雨花臺》，《澹園集》，李劍雄點校，中華書局1999年版，第627頁。

〔註91〕焦竑：《花巖寺芙蓉峯》，《澹園集》，李劍雄點校，中華書局1999年版，第595頁。

〔註92〕焦竑：《花巖寺芙蓉峯》，《澹園集》，李劍雄點校，中華書局1999年版，第595頁。

〔註93〕焦竑：《孫子荊酒樓》，《澹園集》，李劍雄點校，中華書局1999年版，第593頁。

放，焦竑心嚮往之。他也願意傚仿太白縱橫江湖之上，盡享魚鳥般的自由與快適。焦竑在數首詩中表達出寄情於山水田園的願望：

> 中散豈不偉，終以明自銷。元亮中道歸，棄官如逋逃。何如璜原叟，白首臥林皋。晨興事壠畝，錢鎛亦常操。四體良已勤，意適忘其勞。不稼而取禾，羞為達者嘲。殘燈照風雨，濁酒且自陶。悠悠沮溺心，千載如相招。

> 夙昔厭喧囂，委身及田廬。榆柳覆茅屋，綠陰盈前除。閒引月下泉，灌我畦中蔬。所冀營一飽。意足不願餘。行看松嶺雲，倦枕藜牀書。有時會鄰曲，酌醴烹溪魚。情親易成醉，地偏來者疏。優哉復游哉，不樂將何如。〔註94〕

詩中一片從容自得、樂在其中的氣象。詩人以嵇康、陶潛自期，表達的是一種「久去樊籠中，復得返自然」的出世之情。這種寄情於山水以求自適的價值追求似乎與焦竑以經世為旨歸的人生價值觀相衝突。其實兩方面並不矛盾，這一方面不排除焦竑科舉失意、仕途受挫時的失落。另一方面，正如上章所述，會通三教的學術思想使得焦竑能夠合出世、入世為一。究其實質，這種人生價值觀意在於經世、入世之時也保持一種超然的情懷。這種超然情懷表現為一種曠達、寧靜、平和的心境，焦竑將這一情懷寄之於山水，當然是自然而然的事，這本身就是文人山水詩的一貫傳統。焦竑其實是將將山水當作一種掃除俗念、滌蕩胸襟的手段。

然而於山水中寄託超然自適的情趣並不是焦竑這一類詩作所體現的全部價值追求。焦竑這一類詩作包含著更加深遠的精神內涵，這有待於進一步挖掘。從思想淵源上看，儒家的曾點於暮春三月浴沂舞雩，在自然景物中追求和樂的內心體驗，老莊尚自然的人生態度，與道合一的人生境界往往就是大部分山水詩所要表達的精神內核。從山水詩產生的歷史淵源來說，以山水通於玄理為契機，徜徉於江南山水中的六朝名士借山水以談玄，最終促成了山水詩的形成。王羲之等人聚集於蘭亭之上仰觀宇宙之大，俯察品類之盛，遊目騁懷，足視聽之娛，當其快然自得之時，想到今之所遇，情隨事遷，終為陳跡，感慨繫之，領悟到「死生亦大矣」的哲理：「夫人之相與，俯仰一世。或取諸懷抱，晤言一室之內；或因寄所託，放浪形骸之外。雖趣舍萬殊，靜

〔註94〕焦竑：《田家二首》，《澹園集》，李劍雄點校，中華書局1999年版，第596頁。

躁不同，當其欣於所遇，暫得於己，快然自足，不知老之將至；及其所之既
倦，情隨事遷，感慨繫之矣。向之所欣，俯仰之間，已為陳跡，猶不能不以
之興懷，況修短隨化，終期於盡！古人云『死生亦大矣』豈不痛哉！」這種
於山水中感歎生死的深情讀之使人心動。之所以做這番追溯，是由於焦竑此
類詩作中滲透著上述幾方面的因素並最終融合為借山水體道的價值追求。

　　如前章所論，焦竑對孔顏樂處與曾點氣象有著獨到的理解，其以無樂為
至樂，以無待逍遙之境為曾點氣象。這種體會影響其對山水之樂的看法。在
為俞見臺所做的《五雲山十景詩序》中表達了他的觀點。俞見臺因為中讒辭
官，讀書於五雲山中盡享山水之趣，焦竑將此稱為「樂己之樂」，對此焦竑是
不太贊成的，他說道：

> 嗟乎，以余之不才而憂天下者，不敢忘也，常冀得材者共憂之。
> 二三子方為君言其所樂，以懈其中而誘於外，使君思自完其樂，而
> 忘世之憂也，無乃不可乎！……君行且柄事權，當大受矣，倘亦聞
> 張氏之說乎？觀朝榮則思才英，翫芝蘭則重德行，臨清流而貴潔，
> 覽蔓草以除殘，觸類引申，皆政資也。況乎人情好動而難靜，驅之
> 生事則易，而使之無事則難，君於是非毀譽之衝，庶幾乎寵辱不驚，
> 而人己兩得者，由是出其恬靜澹漠者，而與物共，而又未知孰為樂，
> 而孰為不樂己。〔註95〕

從中我們可知焦竑對忘情於山水的人生態度是否定的，這只是一種「樂己之
樂」。在焦竑看來這種不顧天下國家的一己之樂是自私自利的，那麼焦竑是否
否定了於山水中求樂呢？顯然不是。他要在山水中體會到的是超然於是非榮
辱，寵辱不驚的恬靜淡漠。這也再一次印證了前面所論及的焦竑於山水中求
自適的真實內涵。如此看來，於山水中自適與借山水體道就成了同一個問題
的兩個不同側面。

> 道勝情可捐，心遠地彌隙，林梟颯已秋，蓬山澹將夕。清曠對
> 高槐，虛明臨廣液。古藤閒自度，嘉樹芬成積。亭空山翠墜，風定
> 水花碧。況復聞清言，疑義共剖析。敢辭九仞勞，終憐斗景戢。矢
> 心遊太初，永謝囂塵跡。〔註96〕

〔註95〕焦竑：《五雲山十景詩序》，《澹園集》，李劍雄點校，中華書局 1999 年版，第
　　　　157 頁。

〔註96〕焦竑：《秋日瀛洲亭講業作》，《澹園集》，李劍雄點校，中華書局 1999 年版，
　　　　第 591 頁。

　　　　　　高齋涼動雨新晴，有客開尊傍鳳城。當戶川原相映帶，入秋雲

物倍鮮明。榴花偏媚閒居賦，蕉葉能傳出世情。翻怪周顒多愛染，

漫持麈尾話無生。〔註97〕

這些詩所共同表現的都是於自然景觀中所體會到的超然之境。詩中的景物也
因這種超然之境而呈現出一股清遠之氣。焦竑對於山水的態度其實更傾向於
莊子。《莊子》中的「遊」是一種心遊與神遊，莊子所向往的是逍遙於無何有
之鄉、廣漠之野，徘徊乎無為之側。焦竑也表達過類似的觀點：

　　　　　　君以讀經覽勝為日課，行年七十有二矣，傾遊華嶽終南而還，

此編乃出。昔嚴君平有言：「州有九，遊其八；經有五，涉其四。」

君旁通五經，而展齒所歷，遍於諸嶽，其意駿駿未已也。夫挾其有

餘之才，以騖於無涯之知，必極所如往而後止，則將安所稅駕哉！

自今戢影金陵，忘懷息照，與余共遊於無何有之鄉，余之幸也。君

其有以許我也夫！〔註98〕

心學是一種重在內心體驗的學問，要傳達這種隱秘的內心體驗就必須找到有
效的途徑。講學集會是其中一種方式。然而這種方式是對眾人的言說，而通
過文學表達此種內心體驗則可看作是對自己的言說。由此可以理解焦竑詩作
中這種借山水來表達體道心境的文學現象所包含的價值與意義，也可以理解
焦竑文學創作中所體現出的強烈哲理化傾向。「相見飄然自不群，丰姿玉雪鶴
精神。盤山有路容飛錫，蓬戶無交忽遇君。夢裏筆期生五色，胸中鏡懶拂重
塵。他日只待參方徧，要看空門一角麟。」〔註99〕此詩就完全以闡明哲理為
內容。這種哲理化傾向集中體現於焦竑銘、贊類文章中，《歸義寺佛菩薩像贊》、
《觀世音菩薩三十二相贊》等就完全以闡明禪理為目的。對於焦竑的此類作
品，我們當然不能以審美的標準去評判，因為其所表徵的是一種生命存在方
式與一種心靈狀態。

二、妙悟說

　　作為一位心學之後學，焦竑不僅將「自得於心」的思維方式運用於文章

〔註97〕焦竑：《立秋日集杜居士齋中作》，《澹園集》，李劍雄點校，中華書局1999年
　　　　版，第674頁。

〔註98〕焦竑：《題尚書疏衍》，《澹園集・續集》，李劍雄點校，中華書局1999年版，
　　　　第911頁。

〔註99〕焦竑：《書淨輪卷》，《澹園集》，李劍雄點校，中華書局1999年版，第676頁。

方面，也運用於詩歌方面，另外其三教合一的學術思想，尤其是其對佛學的研究更加強化了這種看法。因此焦竑詩學第一個要素便是以禪喻詩，提倡獨悟。以禪喻詩與焦竑對詩之特性的認識有關，這從他對《詩經》的解讀方式中可以看出來。焦竑認為《詩》與《書》、《禮》是兩種性質不同的文體，《書》與《禮》意盡於言，而《詩》卻言不能盡意。從文本構成方式來看，《詩》不僅有「實」的方面，而且還有籠罩於「實」之上的「虛」的方面。「實」指的是名物制度，對於這一方面的內容要運用實證的方法進行具體平實的疏證，「虛」指的是詩的宗趣，對此絕不能穿鑿附會，企圖得到確切的解釋，只能存而不論，待讀者虛心領會、自得於心。對詩之宗趣的領悟是一種極具個性化的、不可言說的個人內心體驗，基於此，就只能採取存而不論的方式。正是這種不可語解的「虛」的特徵，使《詩》與禪有了共同之處：「近世竺乾之學，其徒有教有宗，教可以義詮，而宗不可語解，竊謂《詩》之可悟而不可傳也，蓋與宗門同風。」〔註 100〕因此，禪與詩的共同之處就在於「悟」。而且對禪的體悟有助於對詩的體悟。焦竑評價白居易之詩「胸懷透脫」，「筆端變化，不可方物」，白香山之詩之所以能如此，得益於其「博綜內典，時有獨悟」，因此可以「自運於手，不為詞家蹊徑所束縛如此」。〔註 101〕寶幢居士顧源所謂詩「意態必備」，「言言冥契」，則是由於「得之參悟者多矣」。〔註 102〕

　　詩需要悟入，禪也需要悟入，那麼對於這難以捉摸的「悟」，焦竑是如何詮釋的呢？他說：「一技所得，雖以藝自列，然必妙解投機精潛應感，則械用不存而神者受之，詎可以轍迹求哉……妙悟者索之造物之先，凡賦形出象，觸之天機，待其見於胸中者，濃纖疏譜，分布而出矣，然後假之手而寄色焉，斯進於技已。」〔註 103〕拋開其論述中帶有玄幻色彩的字面描繪，「妙悟」理論內含最為重要的一端便是對主觀心性的極力突顯。焦竑在給劉元定的詩集作序時，充分表達了其對創作主體心靈狀態的重視：

　　　　古之藝，一道也。神定者天馳，氣全者調逸，致一於中而化形

〔註 100〕焦竑：《詩名物疏序》，《澹園集》，李劍雄點校，中華書局 1999 年版，第 127頁。

〔註 101〕焦竑：《刻白氏長慶集鈔序》，《澹園集》，李劍雄點校，中華書局 1999 年版，第 146 頁。

〔註 102〕焦竑：《玉堂露稿序》，《澹園集》，李劍雄點校，中華書局 1999 年版，第 171頁。

〔註 103〕焦竑：《書葛萬悅制義》，《澹園集》，李劍雄點校，中華書局 1999 年版，第 280 頁。

自出，此天機所開，不可得而留也。勃勃乎乘雲霧而迅起，踔屬風輝，驚雷激電，披弗霹靂，倏忽萬變，則放乎前者皆詩也。豈嘗有見於豪素者哉？〔註104〕

這段話可以視為焦竑以悟論詩說的形象描繪，他所說的「天機所開」實質上是一種對詩的總體上的頓悟，焦竑將此種頓悟的心靈狀態直接等同於詩，省略了將其形諸於文字的過程。撮其要點，在思維的不可支解性與瞬間性這兩點上，焦竑以悟論詩的詩學思想與其提倡頓悟的為學方法，可謂如出一轍。焦竑學術思想以三教合一為主旨，其以悟論詩受到佛學思想影響毋庸置疑。佛以空無看世界，世間萬物皆是空無佛性之顯現，出於這樣的理路，外物被取消了獨立性與實在性，而從屬於自我主觀之心性，這可被稱為以心觀物，以物顯心。焦竑有一首詩明確地揭示了他對心物關係的此種認識：

界公行腳處，煙水晉陽深，飄飄一笠小，飛度萬雲岑。入門頂禮山中相，香氣鐘聲宛相向。清風入手十八盤，積雪參天幾千丈。居其著眼無模糊，一草一木皆文殊。牟尼如意隨方現，朗照清天及五湖。怒電蒼虬忽千里，蒲衣童子定誰是？回首人間熱看林，等閒翻出清涼地。踏遍千岩春未闌，層層樓閣一毫端，歸來更著楞嚴論，應作遺經鼓吹惱。〔註105〕

詩中焦竑指出要在一草一木中參悟到佛意，體悟到自我心性之空明，這就是「一草一木皆文殊，牟尼如意隨方現，朗照清天及五湖。」悟到了此點，胸中才會出現「怒電蒼虬忽千里，蒲衣童子定誰是」的瑰麗景象，這種景象不是外在客觀景物的寫實而是心中之境的寫照。這就是「回首人間熱驚林，等閒翻出清涼地」。可見在內心與外物的關係中，將心放在一個主導性的位置上。焦竑的很多詩作以表現空明的禪意為特色，其中貫穿著他這種以心觀物、以物顯心的詩學思想。

江菼坐依微，繁星落釣磯。寒沙連野盡，新漲浴天低，小憩村村暝，前期事事非，塵機吾已息，不礙白鷗飛。〔註106〕

法筵開浩劫，佛塔自先朝。磴石三休至，松雲十里遙。禪心隨

〔註104〕焦竑：《劉元定詩集序》，《澹園集》，李劍雄點校，中華書局 1999 年版，第173 頁。

〔註105〕焦竑：《送界公遊清涼》，《澹園集》，李劍雄點校，中華書局 1999 年版，第599 頁。

〔註106〕焦竑：《燕子磯》，《澹園集》，李劍雄點校，中華書局1999年版，第626頁。

步寂，客望對秋高。不盡經行意，頹垣起暮蕭。〔註107〕

　　一上花巖寺，迴矚紫氣遙。幽深臨絕壑，突兀礙層霄。槎小星堪摘，窗虛日待邀。無人參妙義，旛影對風飄。〔註108〕

　　禪龕沿綠嶼，石洞俯蒼波。風雨江聲壯，魚龍夜氣多，停杯今日望，飛錫向時過。欲問雨來意，疏鐘度薜蘿。〔註109〕

這一類詩作都是先描繪一片清幽靜謐之景，之後再運用明確說理性的詞句將景中包含著的自己所體悟到的禪意托出，這類詩儘管也散發著一股清新之氣，然而景與理卻呈現出一種分離的狀態，並且景物的描寫也傾向於類型化，算不得上乘之作。焦竑的另一類詩作將景物納入空明的心性之中，以空明之心性統攝外物，顯出一片超然之境。

　　梅花涵靜渚，空水澹相搖。旋百雲根出，還隨泡影消。年深饒石髮，坐久見魚苗。只恐蛟龍動，陰風滿樹腰。〔註110〕

　　僧寮來客少，僻塢受春多。竹嶼孤琴人，花朝病眼過。酒鎗淹叔夜，香積飯維摩。坐覺幽期愜，空庭閒綠蘿。〔註111〕

　　玉署迎長至，齋居澹泊時。朔雲成雪易，宮線轉春足。枯樹寒鴟集，空庭華月滋。瑤花紛可望，知有海神期。〔註112〕

這類詩作只見性情不睹文字，特別是《梅花水》算得上其中的佳作。詩中與其說是在對外在景象進行刻畫，不如說是詩人借倒影著梅花的一汪靜水使自我之心性得以澄明。而在整首詩中詩人的情感指向一直是向內收斂的，而並非向外發散，這也就是「觀心」。如果將焦竑以悟論詩說與此前具有極大影響力的神思論與感物論相比堪，我們對他這種詩學思想中對主觀心性的突顯，及在心物關係中以心觀物的創作理念將會有更為清晰的體認。這兩種理論可以《文心雕龍》中《神思》與《物色》為其最典型的表達。《神思》篇中論述神思云：「故思理為妙，神與物遊，神居胸臆而志氣統其關鍵；物沿耳目，而辭令管其樞機。」〔註113〕可見，所謂「神思」是一種「神與物遊」的藝術思

〔註107〕焦竑：《靈谷寺》，《澹園集》，李劍雄點校，中華書局1999年版，第626頁。
〔註108〕焦竑：《獻花岩》，《澹園集》，李劍雄點校，中華書局1999年版，第627頁。
〔註109〕焦竑：《達摩洞》，《澹園集》，李劍雄點校，中華書局1999年版，第630頁。
〔註110〕焦竑：《梅花水》，《澹園集》，李劍雄點校，中華書局1999年版，第615頁。
〔註111〕焦竑：《崇化寺》，《澹園集》，李劍雄點校，中華書局1999年版，第615頁。
〔註112〕焦竑：《齋居對雪》，《澹園集》，李劍雄點校，中華書局1999年版，第616頁。
〔註113〕范文瀾：《文心雕龍注》卷六，人民文學出版社1958年版，第493頁。

維活動，神與物是兩個不可或缺的因素。《物色》篇更加明確地論述了文學創作中外物與人心的相互關係：「春秋代序，陽陽慘舒，物色之動，心亦搖焉。蓋陽氣萌而玄駒步，陰律疑而丹鳥羞，微蟲猶或入感，四時之動物深矣。」〔註114〕《物色》篇將這種因物起情的現象看作文學創作的起因，認為「歲有其物，物有其容，情以物遷，辭以情發。」在與神思論及物色論中將神與物兩個主要元素的比較中，焦竑以悟論詩注重主觀心性抒發的特點更加明確了。

由於這種自信其心，突出主觀心性之主張，必然會提倡信筆而發，觸而成言，的寫作方式。關於此點焦竑多有表述。評陶潛詩云：「若夫微衷雅抱，觸而成言，或因拙以得工，或發奇而似易，譬之嶺玉淵珠，光采自露，先生不知也。其與華疏彩會無關胸臆者，當異日談矣。」〔註115〕評劉元定詩云：「劉君元定，產自卿門，陛於文陛，風塵獨出，貴富不緇，每有篇章，直取胸臆。蓋藻繪未施，而神情自邁。」〔註116〕評李象先詩云：「詩也者，率其自道所欲言而已。以彼體物指事，發乎自然，悼逝傷懷，本之襟度。」〔註117〕信筆而書雖然能使詩歌筆法淋漓，盡其意信所至，但也會由於忽視辭藻之安排而使詩風流於淺易。焦竑詩作有不少作品就有淺俗之病，此種弊病集中體現在其絕句作品中。「尋梅來水上，水與流杯轉。」〔註118〕「今人讀古書，不見古人面。古人面難窺，何況心一片。」〔註119〕等幾乎以白話入詩。其實，焦竑對詩歌的辭藻，聲律，法度並非完全忽視，正如其提倡文章的寫作應該意法兼備，詩歌寫作也同樣如此，其在《陳石亭翰講古律手抄序》中明確表示了對詩法的重視：「斷木為棋，椀革為鞠，莫不有法，而況於詩乎。古至屈、宋、漢、魏、六朝，律至三唐，而法具矣。」〔註120〕，在評價友人詩作時，也多對遵守法度之作給予肯定。如評顧瑛詩：「公之詩，寓目寫心，聲比字屬，歲

〔註114〕范文瀾：《文心雕龍注》卷十，人民文學出版社1958年版，第693頁。
〔註115〕焦竑：《陶靖節先生詩集序》，《澹園集》，李劍雄點校，中華書局1999年版，第169頁。
〔註116〕焦竑：《劉元定詩集序》，《澹園集》，李劍雄點校，中華書局1999年版，第173頁。
〔註117〕焦竑：《竹浪齋集序》，《澹園集》，李劍雄點校，中華書局1999年版，第778頁。
〔註118〕焦竑：《澹園集》，李劍雄點校，中華書局1999年版，第685頁。
〔註119〕焦竑：《澹園集》，李劍雄點校，中華書局1999年版，第684頁。
〔註120〕焦竑：《陳石亭翰講古律手抄序》，《澹園集》，李劍雄點校，中華書局1999年版，第164頁。

氣質渾渾，不見刻畫，而無一不中古法。」〔註121〕當然，焦竑所說的對法度的遵循，並不僅僅是在辭藻的運用方面師法古人，而最終要達到對法度的超越，所謂「無意而皆意，不法而自法」，「始期合轍，終乃捨筏。」〔註122〕

三、情感說

焦竑論詩重情，如何處理感情問題是其詩學中一重要問題，對於此問題他持有一種較為中和的態度。首先，焦竑認識到詩的情感本質，他認為詩歌的發生源於深切的情感。《離騷》的憤懣，《詩經》國風的低回婉轉都是一種真誠情感的流露。惟有所寄之情深，詩歌才能觸動人心。在《雅娛閣集序》中，他指出了詩歌的這種情感本質：「古之稱詩者，率羈人怨士不得志之人，以通其鬱結而抒其不平，蓋離騷之所從來矣。詩非他，人之性靈所寄也，苟其感不至則情不深。情不深則無以驚心而動魄，垂世而行遠。」〔註123〕出於對情感的重視，焦竑將「詩言志」中的「志」作了等同於情感的解釋：「古者賢士之詠歎，思婦之悲吟，莫不詩情動於中而言以導之，所謂詩言志也。後世摛詞者，離其性而自託於人偽，以爭須臾之譽。」〔註124〕「詩言志」是儒家傳統詩學中的一個重要命題，由於其生成於先秦時期賦詩言志的歷史語境中，「志」帶有了不同於「情」的特殊意義。從性質上來說，「志」偏向於理性，從內容上說，「志」不同於一己之私情，深諳儒學的焦竑不可能不明白，他將「志」作了等同於「情」的解釋，說明他對情持有一種較為通達的態度。焦竑的五古與七古創作飽含濃鬱的情感，最能體現其重情的詩學觀。

> 庭前有芳樹，灼灼敷春菜。秋霜中夜隕，枝條忽已零。我有同懷子，悠忽如流星。生者日已乘，死者日已泯。徘徊顧四海，誰能喻中情。子從千里至，燕婉須臾生。含意未及吐，長路從此征。泠泠清商曲，翻為遊子吟。豈無他人俱，結交良有因。臨歧

〔註121〕焦竑：《寒松堂存稿》，《澹園集》，李劍雄點校，中華書局1999年版，第166頁。

〔註122〕焦竑：《題陳少明詩》，《澹園集》，李劍雄點校，中華書局1999年版，第279頁。

〔註123〕焦竑：《雅娛閣集序》，《澹園集》，李劍雄點校，中華書局1999年版，第155頁。

〔註124〕焦竑：《陶靖節先生集序》，《澹園集》，李劍雄點校，中華書局1999年版，第169頁。

空佇立，悢悢不能平。〔註125〕

　　黃鳥出幽谷，嚶嚶自相求。胡馬依北風，悲得顧其儔。況我同懷友，從此遠行遊！明日照苦顏，嚴霜生敝裘。豈無盈觴酒，顧望莫能酬，緬懷河汾子，上書曾淹留。絃歌嗣音微，抗志齊相丘。斯人雖已歿，千載有餘休。道業非一塗，所貴善向謀。勉哉崇眾德，可以繼前修。〔註126〕

胡應麟在《詩藪》中評價五言詩說：「四言簡質，句短而調未舒。七言浮靡，文繁而聲易雜。折繁簡之中，居文質之要，莫尚於五言。」〔註127〕焦竑的這兩首五言詩文中有質、質中有文，由於五言不太受格律的限制，所以從遣詞方面來看顯得較為渾然天成。由於運用大量「起興」的手法，情感的抒發質樸而又自然，但卻愈樸愈巧、愈淺愈深。

　　千古人豪去不歸，空餘墟墓江之湄，草木搖落滿林壑，蕭疏不受春風肥，我來維舟奠椒醑，薜荔荒叢泣山鬼。亂峰欲暝江氣寒，老蜃吹雲白日死。建章千門燈火時，從臣爭上鰲山詞。封章慷慨群小忤，抽身一去無還期，明月長遭魚目妒，從古紛紛那足數，古冢猶令壯士哀，不見當時狐與兔，嗚呼，轅下之車空局促，誰使遺芳照青牘。斫地長歌巷伯篇，習習悲風振林木。〔註128〕

比起上引兩首五古情感抒發的溫和質樸，這首七古大有縱橫恣肆之態。由於情感的慷慨激烈，詩中的意象也顯得瑰麗雄奇。「草木搖落滿林壑，蕭疏不受春日肥，我來維舟奠椒醑，薜荔荒叢泣山鬼。亂峰欲暝江氣寒，老蜃吹雲白日死。」這些景象的描寫中衝蕩著一股雄渾之氣，結尾長歌當哭，情感迴旋往復，餘味不盡。

　　焦竑重情的詩學觀還表現在對情感與辭采的相互關係的認識上。魏晉之際是詩運轉關的時期，詩歌開始棄質而尚文，詩歌創作中開始講究辭采與聲律，謝靈運可以說是這種傾向的代表人物。對於此種趨勢焦竑並沒有進行否定而認為是文學發展中不可避免的。然而如果過分講究文辭就會磨滅詩歌中的「神」

〔註125〕焦竑：《送別》，《澹園集》，李劍雄點校，中華書局1999年版，第588頁。
〔註126〕焦竑：《送別》，《澹園集》，李劍雄點校，中華書局1999年版，第588頁。
〔註127〕胡應麟：《詩藪‧內編》卷二，上海古籍出版社1979年版，第21頁。
〔註128〕焦竑：《謁定山先生墓》，《澹園集》，李劍雄點校，中華書局1999年版，第598頁。

與「氣」。如何做到辭采與情感的協調，焦竑認為要以神、氣、情為根本，讓辭采處於神、氣、情的統領之下。他說：「文有神來，氣來，情來。摹畫於步驟者神躓，雕刻於體句者氣局，組綴於藻麗者情涸。康樂雕刻組綴並擅，工奇而不蹈三敝者，神情足以運之耳。何者？以興致為敷敘點綴之詞，則敷敘點綴皆興致也，以格調寄俳章偶句之用，則俳章偶句皆格調也。」〔註129〕

> 林莽蕭疏歲欲闌，霜華射地明琅軒。藕花夢冷鴛鴦浦，白榆搖落西風寒。盆菊君看開正小，錦石高雲相照耀。翠色離離秀可餐，浮香的的寒仍峭。翻羞桃李當春生，淺白輕紅剩有情。連枝無那妖嬈志，一夜空驚風雨聲。高人避喧來海嶠，靜女無言偏窈窕。時逢金令意轉佳，移向玉堂看更好。幽姿不與同卉爭，靈氣曾延千萬齡。青霞絳闕有時去，歲寒且締同心盟。〔註130〕

該詩無論辭采還是構思，不可謂不講究，開篇通過林木蕭疏、霜華射地、鴛鴦浦之淒清，白榆之零落，精心刻畫出一片秋意，中間二句「霜華射地明琅軒」「藕花夢冷鴛鴦浦」頗顯典雅精緻，中間幾句將盆菊置於桃李之映襯之下，使「一夜空驚風雨聲」的奇幻想像交織於對盆菊的現實描繪中，這副瑰麗之景頓時澄汰了篇首蕭瑟秋景中的淒涼，繼而詩人以「高人避喧來海嶠，靜女無言偏窈窕」的清逸譬喻將「幽姿不與同卉爭，靈氣曾延千萬齡」的高潔之志點出。從辭采來看，該篇兼具典雅、瑰麗與清逸三種形態，從氣脈上看，該篇一氣貫注，疏而不滯，於篇末將情感推向高峰，可以說很好地實踐了焦竑以神氣運辭采的創作觀。

焦竑儘管注重深情與真情，然其對感情並非毫無節制。在其心性論中，焦竑主張以性制情，以達中和之境。對詩歌中的情感，焦竑也要求絕去忿情，寓之雅澹，於深切而平和的詩情中呈現出和平幽渺之音與莊士仁人之度。從其創作來看，對感情節制採取的方式是將佛老之人生態度融入情感的抒發中，形成一種於深情中求高蹈，用玄遠超越之情提升尋常之情的情感流向。「尚憶常歸日，風期迴蟇攀。肩輿留白社，揮手謝青山。而已齊生死，吾猶惜往還。至今西澗水，流恨日潺潺」。〔註131〕該篇始於對友人的悼念與對往日的追憶之中，

〔註129〕焦竑：《題謝康樂集後》，《澹園集》，李劍雄點校，中華書局1999年版，第274頁。

〔註130〕焦竑：《盆菊吟》，《澹園集》，李劍雄點校，中華書局1999年版，第600頁。

〔註131〕焦竑：《挽韋生堯臣三首（一）》，《澹園集》，李劍雄點校，中華書局1999年版，第608頁。

緊接著用莊子齊生死的曠達人生態度中和了這種傷逝悼亡之情。「誰與扶筇問
薜蘿，一尊煙雨奈愁何。開簾吳楚當窗盡，倚欄煙雲入望多。異代風流成夢幻，
他鄉容鬢總蹉跎。飛鳴玄鶴依然在，似為停杯一勸歌。」〔註 132〕該篇是一懷
古題材詩作，詩人感歎了風雲變幻，英雄不再，篇末詩人將此歷史幻化感析之
於飛鳴玄鶴，於瞬息萬變中烘托出了世間萬物以「空」為本相的禪意。由此，
這類詩中的情感不同於焦竑古體詩中的豪宕激越之情，而頗有清新可人之韻致。
陳田評其小詩有清放之致，這種特點多見於其寫景之五七律中。「卜築鳳城隈，
亭軒傍水開。閒門明月下，芳草故人來。」〔註 133〕「疏花遙對酒，纖月曲通
林」〔註 134〕「沙明鷗鷺寒相並，水闊蛟龍晚自吟。」〔註 135〕

四、才學觀

　　焦竑控制情感的第二種方式則是通過頻繁的用典使情感抒發曲折隱約，
這也是焦竑尚才學之詩學觀的體現。

　　　　一隔窮泉無見期，斑衣還憶去年時。殘機夜雨絲絲淚，團扇秋
　　風字字悲。朋舊尚存雞黍約，門人慈廢蓼莪詩。春來壠上松千樹，
　　目極傷神那復知。〔註 136〕

　　　　門掩虛亭不自聊，風搖枯竹倍蕭條。梟魚恨切空雙淚，潘岳情
　　多有二毛。青草林塘新水短，白雲樓閣亂山遙。流塵寂寞誰消息？
　　腸斷幽魂不可招。〔註 137〕

兩首詩都是懷念亡人之作，詩人將沉痛的情感融入淒清的景象之中。殘機夜
雨、風搖枯竹烘托出一片冷清與寂寞，同時也象徵著詩人心中對亡人的懷念。
兩詩所抒發的情感都是無比真切的，但是如果我們不追究詩中所用典故的含

〔註 132〕焦竑：《赤壁樓上作一首》，《澹園集》，李劍雄點校，中華書局 1999 年版，第
　　　　640 頁。
〔註 133〕焦竑：《題顧侯明月軒序》《澹園集》，李劍雄點校，中華書局 1999 年版，第
　　　　609 頁。
〔註 134〕焦竑：《湖西別業二首》，《澹園集》，李劍雄點校，中華書局 1999 年版，第
　　　　611 頁。
〔註 135〕焦竑：《與邦師克明、汝教雞鳴寺看後湖作》，《澹園集》，李劍雄點校，中華
　　　　書局 1999 年版，第 641 頁。
〔註 136〕焦竑：《述感六首（一）》，《澹園集》，李劍雄點校，中華書局 1999 年版，第
　　　　643 頁。
〔註 137〕焦竑：《述感六首（三）》，《澹園集》，李劍雄點校，中華書局 1999 年版，第
　　　　643 頁。

義，那就無法去理解詩中所包含的更深一層的情感。前一首詩兩次用典，「團扇秋風字字悲」指的是班婕妤《團扇詩》，詩云：「新裂齊紈素，鮮潔如霜雪。裁為合歡扇，團團似明月。出入君懷袖，動搖微風發。常恐秋節至，涼飆奪炎熱。棄捐篋笥中，恩情中道絕。」在這裡用此典故所要表達的是對亡人沉痛的懷念正如《團扇詩》中所抒發的情感這般悲涼，而無端的命運讓彼此的分離也如班姬見棄這般使人無奈。「門人慾廢蓼莪詩」指的是《小雅‧蓼莪》，詩云：「蓼蓼者莪，匪莪伊蒿。哀哀父母，生我劬勞。蓼蓼者莪，匪莪伊蔚。哀哀父母，生我勞瘁。缾之罄矣，維罍之恥。鮮民之生，不如死之久矣。無父何怙？無母何恃？出則銜恤，入則靡至。父兮生我，母兮鞠我。拊我畜我，長我育我，顧我復我，出入腹我。欲報之德。昊天罔極！南山烈烈，飄風發發。民莫不穀，我獨何害！南山律律，飄風弗弗。民莫不穀，我獨不卒！」〔註138〕《毛詩序》說此詩說：「刺幽王也，民人勞苦，孝子不得終養爾。」〔註139〕且不管此詩是否是刺幽王之作，其為悼念父母的祭歌應該是可以肯定的，詩人借之傳達的是不能終養父母的痛極之感。這一層意思在詩歌並沒有直接表達出來，而是隱藏於用典之中。後一首也兩次用典，「皋魚恨切空雙淚」出自《韓詩外傳》。《韓詩外傳》卷九載：「孔子行，見皋魚哭於道旁，辟車與之言。皋魚曰：『吾失之三矣：少而學，遊諸侯以後吾親，失之一也；高尚吾志，閒吾事君，失之二也；與友厚而小絕之，失之三也。樹欲靜而風不止，子欲養而親不待也。往而不可追者，年也；去而不可見者，親也。吾請從此辭矣』。立槁而死。」〔註140〕這裡用皋魚之典所抒發的同樣也是不能終養父母的悲痛。「潘岳情多有二毛」則指潘岳的名作《悼亡詩》，意指自己此時的悲痛不減潘岳。如果忽略了詩人用典中所隱含的深意，那麼就只能體認到詩中最表層的情感。

> 中歲行藏漫倚樓，吳鉤淨拂夜堂幽。姓名未署騏驎字，出入長
> 看鹿豕遊。遠道也誰思老馬，褊心亦自怒虛舟。劫灰俛仰人間世，
> 且擬乘春一散愁。〔註141〕

詩人登臨遠眺，胸中滿懷壯志難酬之歎。詩中的「吳勾」也使人聯想起李賀

〔註138〕《毛詩正義》卷十三，十三經注疏，中華書局1998年影印本。
〔註139〕《毛詩正義》卷十三，十三經注疏，中華書局1998年影印本。
〔註140〕《韓詩外傳》卷九，文淵閣四庫全書，經部49冊。
〔註141〕焦竑：《述感六首（二）》，《澹園集》，李劍雄點校，中華書局1999年版，第643頁。

「男兒何不帶吳鉤，收取關山五十州？請君暫上凌煙閣，若個書生萬戶侯」中的壯志與辛棄疾「把吳鉤看了，欄杆拍遍，無人會、登臨意」的憤懣，從而加深了詩中的情感力度。詩末的「人間世」則是來自於《莊子·人間世》，其中所暗含的虛懷應世的處世態度與詩末「且擬乘春一散愁」的瀟灑相得益彰。

　　焦竑詩作中的用典可以說是數不勝數的，這裡就不再一一舉例。用典一方面加深了詩中的情感，另一方面則使得情感的抒發不是直接的而是曲折的。焦竑詩作中這種頻繁的用典現象和他博學多識有關。對才學的重視也是焦竑性靈說所包含一個重要因素，性靈之抒發，不僅要有獨悟，有深情，還要有才學，沒有才學則會影響性靈之表達。《焦氏筆乘》中有一則記載了焦竑對詩人不讀書的批評，其文云：「葛常之云：『僧祖可作詩多佳句，如『懷人更作夢千里，歸思欲迷雲一灘』，又『窗間一榻篆煙碧，門外四山秋葉紅』，皆清新可喜。然讀書不多，故變態少。觀其體格，不過煙雲草樹，山川鷗鳥而已，徐師川乃極稱之，何邪？』予謂『讀書不多』數語，最中學者之病。世乃有謂詩不關書者，遂欲不持寸鐵，鼓行詞場，寧不怖死！」〔註142〕其中透露出以才學為詩的傾向。焦竑對前人詩歌的批評也多著眼於此，他曾指出東坡詩中用典的錯誤，為杜甫詩中的用典一一標明出處。對於用典的講究也從一個側面說明焦竑儘管在理論表達中強調詩歌的情感本質，忽略了詩歌形諸於文字的技巧化階段，但從其創作中看，其對於這個方面並沒有完全忽略。至此，筆者分析了焦竑詩學觀所包含四個重要命題，即妙悟說，情感說，意法關係問題以及重視才學的觀點，這四個方面共同構成了焦竑性靈說的完整內涵。

　　焦竑的文學思想是和他的人格心態與學術思想緊密聯繫的，他既關注自我性命又胸懷天下的人生價值觀使得他在強調文學的實用功能同時又運用文學抒發自適、體道的情懷，他的心性論與三教合一的學術思想也與他的文道關係論與性靈說存在著深層的聯繫。因此，人格心態、學術思想與文學思想之間構成了一個整體，只有揭示出三者之間的內在關聯，才能把握焦竑文學思想的真實內涵。

〔註142〕焦竑：《作詩不讀書》，《焦氏筆乘》，李劍雄點校，中華書局 2008 年版，第162 頁。

第四章　焦竑與隆慶、萬曆年間文壇

　　焦竑在明代隆慶、萬曆年間主要以學者著稱，然而在此時文壇亦不無影響。吳夢暘描述焦竑在當時文壇的影響云：「弱侯先生之文行之於世者，人皆誦習而宗之，而猶以不得盡窺其全為憾。」焦竑與隆慶、萬曆年間文壇的聯繫，主要是通過與李贄和袁宗道之間的交往來體現的。另外，南京是焦竑的重要活動場所之一，其與金陵文人亦有交往。本章擬從這三個方面揭示焦竑與隆慶、萬曆年間文壇的關係。

第一節　焦竑與李贄

一、焦竑與李贄交往之情況

　　考諸史實，焦竑與李贄結識應在隆慶元年。此年冬，焦竑赴京準備次年會試，而李贄此時正在京擔任禮部司務，二人相識應始於此年。然而此時二人並未深交。隆慶五年，李贄因厭惡京城浮華，乞任留都，改任南京刑部員外郎。李贄早聞焦竑大名，此時兩人一見如故，意氣相投。在此後於南京任職的五年中，李贄日與焦竑相聚論學。李贄曾自述此時情形云：

　　　　既而徙官留都，始與侯朝夕促膝窮詣彼此實際。夫不詣則已，
　　詣則必爾，乃為冥契也。故宏甫之學雖無所授，其得之弱侯者亦甚
　　有力。夫侯千古人也，世之願交侯者眾矣；其為文章欲以立言，則
　　師弱侯；為制科以資進取，顯不世之業則師弱侯。又其大者，則曰：
　　「是啜菽飲水以善事其親者也，是立德也。」故世之為不朽故以交

於侯者，非一宏甫也。然惟宏甫為深知侯，故弱侯亦自以宏甫為知
己。〔註1〕

字裏行間無不透露著李贄對這份友情的真誠與珍惜。隆慶六年到萬曆四年這幾
年中，焦、李二人過從甚密，他們或者談學論道，或者飲酒作詩。由於材料的
缺失使得我們無法對這一時期兩人在思想上的交流有詳細深入的瞭解，然而有
一點是可以確認的。即此時二人經常對心學理論進行探討。嘉靖四十一年師從
於耿定向，萬曆二年問學於王襞，焦竑對心學的體悟可謂是日益加深了，而李
贄在北京擔任禮部司務時開始接觸陽明心學，在南京時又一心向道，積極參與
各種講會，因此共同商討性命之理自然是情理中事。李贄對心學的接觸源於其
對死亡的恐懼。他曾追憶其問學起因曰：「不幸年甫四十，為友人李逢陽、徐用
檢所誘，告我龍溪王先生語，示我陽明王先生書，乃知得道真人不死，實與真
佛真仙同。雖倔強，不得不信之矣。」〔註2〕李贄對陽明心學的理解在於解決
生死問題，參悟到生命的底蘊，這與焦竑人生價值觀中追求性命解脫的一面是
相契合的。李贄將焦竑比作蘇軾，聲稱自己願意傚仿黃庭堅、秦觀、晁補之、
張耒等蘇門四學士作焦竑門下一老門生，這樣的比喻是對焦竑人格風範深深瞭
解後所作出的結論，無疑是恰當的。另外，由於焦竑學問的廣博，李贄在南京
期間所涉獵書籍範圍明顯擴大，同時萌發了著書評史的癖好。李贄讀書時所遇
到的種種疑問，焦竑都一一為之解答，這就是李贄所說的「古人言語多有來歷，
或可通於古未可通於今者，時時對書則時時想兄，願得侍兄之側也。此弟之不
可少兄者一也。」〔註3〕萬曆五年，李贄離開南京，出任姚安太守。從隆慶五
年到萬曆五年，焦竑與李贄的交往是十分融洽的。焦竑曾有詩追憶此時的情形。

一笑同幽事，移樽向夕陰。長風吹片雨，蕭颯動高林。自愛丘
中賞，還同澤畔吟。相看意不盡，涼露滿衣襟。

化城圍野色，空翠落秋陰。與客開香積，談玄傍竹林。梵天留
宴坐，花雨助清吟。一酌那為貴，因之披素襟。〔註4〕

〔註1〕李贄：《壽焦太史尊翁後渠公八秩華誕序》，《澹園集·附編三》，李劍雄點校，
　　　中華書局1999年版，第1244頁。
〔註2〕李贄：《陽明先生年譜後語》，《陽明先生道學鈔》附錄，續修四庫全書本。
〔註3〕李贄：《又與從吾》，《澹園集·附編三》，李劍雄點校，中華書局1999年版，
　　　第1241頁。
〔註4〕焦竑：《同李比部永禪房小集二首》，《澹園集》，李劍雄點校，中華書局 1999
　　　年版，第607頁。

我們分明可以讀出兩位意趣相投的好友相聚時的愉悅。長風片雨、蕭颯高林，焦、李二人於此中談玄論道，他們大概深深感受到心學給他們帶來的人生受用，深深感受到忘懷得失、超越世俗後的快樂。如果不是這樣，焦竑筆下怎會出現如此充滿韻味，如此清新、空靈的景色呢？

從萬曆五年李贄離開南京，直至萬曆三十年李贄於獄中自裁，其與焦竑不斷有書信往來，並共有四次相會。萬曆九年，李贄與焦竑會於黃安。萬曆二十年，李贄與焦竑會於漢陽。萬曆二六年，焦竑遭誣陷貶官，李贄與焦竑聯舟南下。萬曆二十七年，焦竑自福建辭官回南京，李贄亦於黃安移居南京永慶寺，與焦竑研討性命之學。縱觀李贄一生，其確以焦竑為知己。李贄曾將《藏書》交與焦竑，並去信曰：「望兄細閱一過，如以為無害，則題數句於前，發出編次本意可矣，不願他人作半句文字於其間也。何也？今世想未有知卓吾了者也。」〔註5〕可見，在李贄看來，焦竑是唯一能瞭解他的人。焦竑對李贄對人格心態、學術思想、文學觀都產生了影響。

二、焦竑對李贄人格心態、學術思想的影響

（一）狂者氣魄

焦竑本人的個性中就帶有狂的成分。耿定向在《評焦楊兩生詩》中寫道：「淳也雅而淡，竑乎簡且狂。」〔註6〕焦竑曾對狂狷與鄉愿的做出區分：「大氐中行其猶龍乎？狂猶鳳，狷猶虎，其卓犖俊為均為任道之器。至於鄉愿者，狐也。狐肖人形，不能辨其狐而反為所惑，至一逢狂狷，眾口嗷嗷。必力排之而後已，世人之無識，良可悲矣！夫君子之貴自信而已，苟有狂狷之一節，即為孔孟所印可矣，即庸流排沮之何傷哉？」〔註7〕在焦竑看來狂狷雖然不如中行，然而亦有成聖的可能。並且狂狷具有自信其心的人格境界。焦竑曾有詩云：「昔我從結髮，翩翩恣狂肆，凌厲問學場，志意縱橫飛。慷慨思故人，自謂不足為。世俗薄朱顏，榮華翻見嗤。中原一顧盼，千載成相知。相知今古難，千秋一嘉遇。而我狂簡姿，得蒙英達顧。肝膽一以披，形跡非所驚。」〔註8〕道出了二人同為狂者的相似性。焦竑推崇李贄，亦是著眼於李

〔註5〕李贄：《答焦漪園》，《焚書》，中華書局1975年版，第8頁。
〔註6〕耿定向：《評焦楊兩生詩》，《耿天台先生文集》，卷一，四庫全書存目叢書本。
〔註7〕焦竑：《答錢侍御》，《澹園集》，李劍雄點校，中華書局1999年版，第84頁。
〔註8〕焦竑：《送李比部》，《澹園集》，李劍雄點校，中華書局1999年版，第588頁。

贊所具有的狂者人格。「先生高邁素潔，如泰華崇嚴，不可昵近，聽其言冷冷然，塵土俱盡，而寔本人情、切物理，一一當實不虛，蓋一披其容接未有不爽然自失者也。」〔註9〕

李贄本來就具有疏狂之性格，而在其思想體系中亦對狂者頗為推崇。與焦竑一樣，李贄認為，除了中行之外，狂者最為具備成聖的可能。乃是因為狂者具有獨立的品格。其云：「蓋狂者下視古人高視一身，以為古人雖高，其跡往矣，何必踐彼跡為也，是謂志大。」〔註10〕又云：「狂者不蹈故襲，不踐往跡，見識高矣，所謂如鳳凰翔於千仞之上，誰能當之。」〔註11〕在與焦竑往來的書信中，李贄曾與焦竑專門討論過此問題。

> 人猶水也，豪傑猶巨魚也。欲求巨魚，必須異水，欲求豪傑，必須異人。此的然之理也……豪傑之士，亦若此焉爾矣。今若索豪士於鄉人皆好之中，是猶釣魚於井也，胡可得也！則其人可謂智者歟！何也？豪傑之士決非鄉人之所好，而鄉人之中亦決不生豪傑。古今聖賢皆豪傑為之，非豪傑而能為聖賢者，自古無之矣。今日夜汲汲，欲與天下之豪傑共為聖賢，而乃索豪傑於鄉人，則非但失卻豪傑，亦且失卻聖賢之路矣。所謂北轅而南其轍，亦又安可得也！吾見其人決非豪傑，亦決非有為聖賢之真志者。〔註12〕

李贄認為豪傑之士必然有不同於常人之處，只有豪傑方才具備成聖的志向與條件。焦竑與李贄此種對狂者氣魄的推崇均是源於陽明心學的薰染。陽明心學對自我價值的挺立使得焦、李二人對狂者之獨立精神均頗為推崇。這種人格氣質的相近與相似也是焦、李二人能夠互相欣賞的重要原因。

（二）三教合一

李贄對道家學說的研討始於萬曆三年，對佛學的研究始於萬曆四年。其云：「五十以後，大衰欲死，因得友朋勸誨，翻閱貝經，幸於生死之原窺見斑點，乃復研窮《學》《庸》要旨，知其宗貫。」〔註13〕從時間上來說，此時正是李贄於南京任職，並與焦竑密切往來之時。結合焦竑的學術思想，李贄對佛道的研

〔註9〕焦竑：《李氏藏書序》，《澹園集·附編一》，李劍雄點校，中華書局1999年版，第1180頁。

〔註10〕李贄：《答友人書》，《焚書》，中華書局1975年版，第58頁。

〔註11〕李贄：《與耿司寇告別》，《焚書》，中華書局1975年版，第27頁。

〔註12〕李贄：《與焦弱侯》，《焚書》，中華書局1975年版，第3頁。

〔註13〕李贄：《聖教小引》，《續焚書》，中華書局1975年版，第66頁。

究應與焦竑不無關係。此點有李贄書信為證：「老雖無用，而時疑者，三聖人經綸大用，判若白黑，不啻千里萬里，但均為至聖，未可輕議之，此又弟之不可少兄者三也。」〔註14〕可見關於三教合一的問題亦是焦、李二人討論的重要內容。並且從上述引文可知，李贄對釋、道的探究是出於了脫生死的目的。

李贄《初潭集》中曾有一篇談論儒釋道三教關係的文字，後題為《三教歸儒說》，收入《續焚書》中，是瞭解李贄三教合一思想的重要材料。

> 儒、道、釋之學，一也，以其初皆期於聞道也。必聞道然後可以死，故曰：「朝聞道，夕死可矣。」非聞道則未可以死，故又曰：「吾以女為死矣。」唯志在聞道，故其視富貴若浮雲，棄天下如敝屣然也。然曰浮雲，直輕之耳；曰敝屣，直賤之耳：未以為害也。若夫道人則視富貴如糞穢，視天下若枷鎖，唯恐其去之不速矣。然糞穢臭也，枷鎖累也，猶未甚害也。乃釋子則又甚矣：彼其視富貴若虎豹之在陷阱，魚鳥之入網羅，活人之赴湯火然，求死不得，求生不得，一如是甚也。此儒、道、釋之所以異也，然其期於聞道以出世一也。蓋必出世，然後可以免富貴之苦也。

> 堯之讓舜也，唯恐舜之復洗耳也，苟得攝位，即為幸事，蓋推而遠之，唯恐其不可得也，非以舜之治天下有過於堯，而故讓之位以為民計也。此其至著者也。孔之蔬食，顏之陋巷，非堯心歟！自顏氏沒，微言絕，聖學亡，則儒不傳矣。故曰：「天喪予。」何也？以諸子雖學，夫嘗以聞道為心也。則亦不免仕大夫之家為富貴所移爾矣，況繼此而為漢儒之附會，宋儒之穿鑿乎？又況繼此而以宋儒為標的，穿鑿為指歸乎？人益鄙而風益下矣！無怪其流弊至於今日，陽為道學，陰為富貴，被服儒雅，行若狗彘然也。〔註15〕

文中李贄指出儒、釋、道三家相通之根本在於聞道以出世的終極追求，只是三家對于天下與富貴的態度有所不同而已。儒家以天下與富貴為輕，道家以天下與富貴為累，而佛家則以之為陷阱。進而認為堯之讓天下於舜，亦是為了要求得出世之解脫。漢儒之所以附會，宋儒之所以穿鑿，皆是因為失去了儒家聞道以出世的本意。說釋、道乃出世之學庶幾合乎釋道之學的特點，而

〔註14〕李贄：《又與從吾》，《澹園集·附編三》，李劍雄點校，中華書局1999年版，第1241頁。

〔註15〕李贄：《三教歸儒說》，《續焚書》，中華書局1975年版，第75頁。

李贄將儒學之終極追求解釋為聞道以出世則是其出於追求自我性命解脫的人生價值觀，對儒學做出的創造性解釋。可以說，追求自我性命之解脫是李贄提倡三教合一的根本目的。

對比本文第二章所闡述的焦竑三教合一之思想，可知李贄在此問題上與焦竑的差異。焦竑提倡三教合一，儘管亦有追求自我解脫之一面，但其總體思路則是通釋、道之無，以用儒家之有，其常常以儒家經世入世之價值觀改造釋道之學。其與李贄在三教會通的路徑上是相反的。也正是因為如此，焦、李二人在人生價值觀亦有分歧。焦竑在科舉場中屢屢受挫而終不放棄，自然是以經世之志為支撐。而李贄對焦竑此種舉動頗為擔憂，屢次勸說焦竑莫把時光浪費於科舉場中，應以了脫生死為根本追求。其在焦竑科舉失利後作詩云：「秫林人去帝京留，可是明珠復暗投？」、「豐城久去無人識，早晚知君已白頭。」〔註16〕萬曆十三年居麻城時，又作書勸喻焦竑道：「夫兄以蓋世聰明，而一生全力盡向詩文草聖場中，又不幸而得力，故於生死念頭不過一分兩分，微而又微也如此。且當處窮之日，未必能為地主，是以未敢決來。然兄實不容不與弟會者，兄雖強壯，然亦幾於知命矣，此時不在念，他年功名到手，事勢益忙，精力漸衰，求文字者造門益眾，恐益不暇為此矣。功名富貴等，平生盡能道是身外物，到此反為主而性命反為賓。」〔註17〕在李贄看來參加科舉，求取功名只是身外之事，卻不是人生的最終目的。「夫文學縱得於詞苑，猶全然於性分了不相干，況文學終難到手乎？」〔註18〕萬曆十六年，李贄又去信勸說焦竑以死生為念，可見兩人之分歧。

三、焦竑對李贄文學觀的影響

（一）「真」：從《焦氏類林》到《初潭集》

《焦氏類林》為焦竑讀書筆記，乃其採輯舊聞而成，後經友人李登整理出版。其書仿照《世說新語》篇目進行分類，記錄了自上古至元代諸位人物之言行事蹟。萬曆十六年，李贄看到《焦氏類林》後大為讚賞：「《類林》妙甚，當

〔註16〕 李贄：《感事二絕寄焦弱侯》，《澹園集·附編三》，李劍雄點校，中華書局1999年版，第1246頁。
〔註17〕 李贄：《與焦從吾》，《澹園集·附編三》，李劍雄點校，中華書局1999年版，第1240頁。
〔註18〕 李贄：《與弱侯焦太史》，《續焚書》，中華書局1975年版，第21頁。

與《世說》並傳無疑。」〔註19〕李贄《初潭集》的編寫即是源於《焦氏類林》的直接影響。李贄在《初潭集》自序中說：「臨川王撰《世說》，自漢末以至於魏晉二百年間物耳，上下古今固未備也。《焦氏類林》起自義、軒，迄於勝國，備矣……今觀二書，雖千載不同時，而碎金宛然，豐神若一，學者取而讀之，於焉悅目，於焉賞心，真前後自相映發，令人應接不暇也。譬則傳神寫照於阿堵之中，目睛既點，則其人凜凜自有生氣；益三毛，更覺有神，且與其不可傳者而傳之矣。」〔註20〕可知焦竑對《世說新語》與《焦氏類林》十分推崇，其後李贄便將《世說新語》與《焦氏類林》合併，在兩書基礎上編纂而成《初潭集》，並對其中人物言行進行點評。從上述引文可知，李贄對《世說新語》與《焦氏類林》的推崇著眼點在於兩者對人物性情的傳神刻畫。

　　究其實質，焦竑《焦氏類林》的編寫有兩個主要目的，一是為了保存史料，二是為了垂訓後世。關於此點，姚汝紹在為《焦氏類林》作序時便已指出：「昔漢末暨魏晉諸公，雅善清言，謦欬間皆成珠玉，宋臨川王劉義慶輯其雋永者為《世說新語》傳焉，由是歷代珍之，在今尤盛……然以愚管評之，幕言要在垂訓，言不足訓，雖新何關，且自漢而上，可採者尚繁篇籍，顧略不蒙其網羅，讀者又安能無遺憾也乎！……大都劉氏主在輔談，弱侯欲以為訓，意自各有攸存，是書若行，自可與之分路揚鑣，亦何銖兩於上中下駟之間而判其優劣也哉？……夫欲語道之真，則心先同措，既難以示人，而人亦未易聽受。若其散見而為言語文字之華者，乃世所沃聞習見，日趨而奔走者也，又不因而利導之，則終焉所與能幾善乎？……嗟乎，古人順世化俗之心，蓋往往然矣，又何疑補弱侯。……俾毋淺之乎觀此書。」〔註21〕此序指出了《焦氏類林》與《世說新語》在主旨上的差別。《世說新語》呈現了魏晉名士的精神風貌，姚汝紹評其「主在輔談」，而《焦氏類林》的編寫的目的則在於順世化俗，垂訓後世：「夫古人嘉言垂不朽，咸可軌法後世，顧具散逸紀載中，而簡冊浩盲，不音如象緯川嶽，即窮搜博獵，未可考而悉也……乃今焦弱侯氏攬百家，獵千古，言有當於心者，輒手錄之，遂集成《類林》書約言賅，無庸考索，而百氏藝文，可一批閱間得之；古人嘉處，似無遺矣，……意援古而示訓，乃即恥獨為君子者，其功偉矣。」〔註22〕《焦氏類林》採輯古人

〔註19〕李贄：《與焦漪園太史》，《續焚書》，中華書局1975年版，第27頁。

〔註20〕李贄：《初潭集又序》，《初潭集》，中華書局1974年版，第3頁。

〔註21〕姚汝紹：《焦氏類林序》，《焦氏類林》，續修四庫全書本。

〔註22〕王元貞：《焦氏類林序》，《焦氏類林》，續修四庫全書本。

言行就是為了給後人提供可以傚仿的軌範。

　　《焦氏類林》雖無焦竑之評語，然可以從選材特點方面窺測其思想傾向。《焦氏類林》仿照《世說新語》編纂體例，將所輯材料按照門類編排，共分為五十九門。其中君臣、父子、兄弟、夫婦、師友、方正、長厚、清介、雅量、儉約、政事、文學等門，都帶有明確的垂訓後世的意圖。並且這些門類材料選輯書目較多，君臣八十則，師友九十二則，政事九十五則，文學一百八十四則。這四個門類是《焦氏類林》中選材最多的門類，可見焦竑對其頗為重視。這些門類所收入之人多為明君賢臣或者道德典範。此舉數條以證之。

　　善於納諫之明君：

　　　　景公為臺，臺成，又欲為鐘，晏子諫曰：「君不勝欲，為臺又為鐘，是重斂於民，民之衰矣。夫斂民之衰以為樂，不祥。景公乃止。〔註23〕

剛直方正之賢臣：

　　　　光武問誰可傳為太子者，群臣承上意，皆言太子舅陰識可，博士張佚正色曰：「陛下立太子，為陰氏乎？為天下乎？」〔註24〕

清廉之臣：

　　　　交趾太守張恢，坐髒千金，以資物班群臣，鍾離意得珠璣，悉以委地而不拜賜。帝怪問其故：「孔子忍渴於盜泉，曾子回車於勝母，惡其名也。」帝曰：「清乎，尚書之言。」〔註25〕

孝子：

　　　　張敷生母亡數歲，聞之雖童蒙便有感慕之色，至十歲許，求母遺物，而散失已盡，惟得一畫扇，乃緘錄之。〔註26〕

在《焦氏類林》中，衡量人物最重要的標準是道德操守與政治才能，這與焦竑夙懷經世之志的人格心態是密切相關的。然而以道德操守評判人物並不能完全概括《焦氏類林》的思想傾向。《焦氏類林》中亦包含有焦竑對人物性情之美的欣賞，這集中體現於豪爽、任達、棲逸、簡傲諸門中。如其對嗜酒之人的描繪：

〔註23〕焦竑：《焦氏類林》，續修四庫全書本，卷一。
〔註24〕焦竑：《焦氏類林》，續修四庫全書本，卷二。
〔註25〕焦竑：《焦氏類林》，續修四庫全書本，卷三。
〔註26〕焦竑：《焦氏類林》，續修四庫全書本，卷三。

鄭泉嗜酒，臨卒，謂其同類曰：「必葬我陶家之側，庶百歲後，
化而成土，幸見取為酒壺，實獲我心矣。〔註27〕

伯倫肆意放蕩，以宇宙為秩，常乘鹿車。攜一壺酒，使人荷鍤
遂之，云：」死便掘地以埋，木形骸邀遊一世。〔註28〕

這幾則材料無不透露出焦竑對人物瀟灑、放達之性情的欣慕與推崇。又如從
審美的角度對人物性情的賞析：

陶弘景愛山水，每經澗洞，必坐臥其間，吟詠盤桓，不能已已，
謂門人曰：「吾見朱門廣廈，雖識其華樂，而無欲往之心，望高岩，
瞰大澤，雖知此難立之恒欲就之，且永明中求祿，得則差舛，若不
爾，豈得為今日之事，豈惟身有仙相，亦緣勢使之然。〔註29〕

諸如此類均已溢出了道德評價的範圍。當然，焦竑對人物性情之美的弘揚並
不具備理論上的自覺，然如果仔細體味《焦氏類林》中豪爽、任達、棲逸、
簡傲諸門中所選人物的言行，則可發現這些人大多具有率性而為的性格特點。
如果從學術根源上說，焦竑之提倡率性之美，應該源於其良知當下現成的學
術思想。良知當下現成提倡良知的自然發用，與率性而為在內在理路上是相
一致的。這正是《焦氏類林》影響《初潭集》的關鍵所在。從門類上看，李
贄《初潭集》保留了《焦氏類林》中豪爽、任達、棲逸、簡傲諸門，而有所
增加。又提出了「自然之性」的觀點：「自然之性，乃是自然真道學也，豈講
道學者所能學乎！」〔註30〕自然之性是與假道學相對的，其最重要的特徵是
率性而為，真誠無偽。簡言之，就是真實的表現自我性情。以真、假評判人
物，是《初潭集》一以貫之的主旨。「武王有疾，二公曰：『我其為王穆卜』
周公乃自以為功，為三壇同墠，為壇於南方北面，植璧秉珪，告於太王、王
季、文王，願以旦代某之身，史冊祝以告，歸而納冊祝於金藤之匱中。」〔註
31〕李贄認為周公此舉頗為虛偽：「周公欲以身代兄之死，既以明告於神矣，而
卒不死何耶？然猶可委曰：『神不許我以死，我豈敢自死乎！我直以明我欲代
兄之心云耳，非以祈人之知我欲代兄之死也。」〔註32〕李贄認為周公乃是出

〔註27〕焦竑：《焦氏類林》，續修四庫全書本，卷八。
〔註28〕焦竑：《焦氏類林》，續修四庫全書本，卷八。
〔註29〕焦竑：《焦氏類林》，續修四庫全書本，卷八
〔註30〕李贄：《初潭集》，中華書局1974年版，第328頁。
〔註31〕李贄：《初潭集》，中華書局1974年版，第113頁。
〔註32〕李贄：《初潭集》，中華書局1974年版，第113頁。

於好名，故而虛偽。與此種虛偽之假道學相比，一些率性之舉則更符合李贄關於真誠的標準。

> 阮籍嫂嘗還家，籍見與別。或譏之，籍曰：「禮豈為我設也！」
〔註33〕

> 張志和築室越州東郭。陳少游表其居曰玄真坊，為買地，大其閣，號回軒巷。先是門阻流水，無梁，少游又為構之，號大夫橋。陸羽嘗問「孰為往來」，志和曰：「太虛為室，明月為燭，與四海諸公共處，未嘗少別。〔註34〕

真誠，是李贄評判事物的重要標準。正由於此，李贄所反對的是假道學，而對真道學，則是頗為崇敬的。「韋澳兄溫與中丞高元裕友善，溫請用澳為御史。又謂澳曰：「高公甚欲與汝一面，一面即為御史矣。」澳曰：然恐無呈身御史也。」〔註35〕韋澳之行為並非出於虛偽，因此贊其：「此真道學，可敬也。」率性而為，自然真實亦是李贄為人之特點，正如其云：「怕作官便捨官，喜作官便作官；喜講學便講學，不喜講學便不肯講學。此一等人心身俱泰，手足輕安，既無兩頭照顧之患，又無掩蓋表揚之醜。」〔註36〕

（二）尊蘇：《蘇長公二妙集》、《東坡志林》與《坡仙集》

尊蘇是焦竑的重要文學觀點。筆者在第二章中曾指出焦竑尊蘇出於其自得於心的文學觀，要點在於蘇軾之文具有「卓然有所創見」與「道其所欲言而止」的文學風貌，而根源在於蘇軾具有卓然獨立的人格境界與心性空明的學術思想。尊蘇同樣是李贄的重要文學主張。其在給焦竑的書信中說：「蘇長公何如人，故其文章自然驚天動地。世人不知，祇以文章稱之，不知文章直彼餘事耳，世未有其人不能卓立而能文章垂不朽者。」〔註37〕又云：「蘇長公片言隻字與金玉同聲，雖千古未見其比，則以其胸中絕無俗氣，下筆不作尋常語，不步人腳故耳。」〔註38〕可見李贄推崇蘇軾，亦著眼於其卓然獨立的人格境界與卓然有所創見的文學風貌。儘管沒有足夠的材料證明李贄尊蘇的

〔註33〕李贄：《初潭集》，中華書局1974年版，第36頁。
〔註34〕李贄：《初潭集》，中華書局1974年版，第251頁。
〔註35〕李贄：《初潭集》，中華書局1974年版，第108頁。
〔註36〕李贄：《復焦弱侯》，《焚書》，中華書局1975年版，第46頁。
〔註37〕李贄：《復焦弱侯》，《焚書》，中華書局1974年版，第46頁。
〔註38〕李贄：《又與從吾》，《焚書》，中華書局1974年版，第256頁。

觀念直接來源於焦竑的啟發，然而李贄在與焦竑的書信中多次表達出對蘇軾的推崇，可見二人在此點上的契合。

　　焦、李二人在尊蘇問題的契合亦可見於二人對蘇軾文集的編纂。萬曆二十八年，李贄所選十六卷《坡仙集》由焦竑主持刊刻。對於《坡仙集》所選篇目，李贄有其獨特的標準：「弟於全刻中抄出作四冊，俱世人所未取。世人所取者，世人所知耳，亦長公俯就世人而作也。至其真洪鐘大呂，大扣小應，俱繫精神髓骨所在，弟今盡數錄出，時一披閱，心事宛然，如對長公披襟面語。」〔註39〕可見，李贄對蘇軾文章的選擇是與世人不同的。李贄在與焦竑的另一封書信中指出了此種不同的關鍵所在，此信中，其評蘇軾文章云：「如大文章終未免有依傚在。」〔註40〕可知李贄對蘇軾所謂「大文章」並不重視。那麼，李贄所重視的是蘇軾的何種文章？此點可從李贄所披選《坡仙集》所存篇目探知。《坡仙集》選詩賦九篇，頌九篇，墓誌銘八篇，銘三十一篇，偈三篇，贊二十六篇，傳四篇，碑五篇，記二十八篇，敘七篇，祭文七篇，祝文十四篇，志林四篇，雜作三十一篇，經說八篇，論七篇，表狀七十一篇，樂語四篇，啟四十九篇，書柬八十一篇，策問十九篇，奏議四十六篇，內制三十一篇，外制十五篇。〔註41〕在李贄所選諸種文體中，書柬所佔的比重最大，而在書柬中又以尺牘篇目最多。究其原因，在於尺牘的寫作具有隨意性，其文體規定性不是很強。創作者可以隨意揮灑，最能體現創作者的精神風貌。而李贄對蘇軾尺牘的共十九條評點中，就有十五條用了「趣」、「趣甚」的字眼。可知李贄鑒賞蘇軾尺牘的著眼點。不僅對於尺牘這種文體如此，「趣」也是《坡仙集》編選與評點一以貫之的宗旨。李贄在《坡仙集》中的評語可分為四大類，一是「趣」、「趣甚」，二是「好」、「好甚」，三是「事奇」，四是「可觀可感」。從意義內涵上說，「趣」在其中具有統領作用。所謂「趣」大體指一種生動、活潑、機智，甚至是詼諧幽默的風格，這種風格能使文學接受者獲得一種心理快感。蘇軾《答賈耘老》云：「今日舟中無他事，十指如懸槌。適有人致嘉酒，遂獨飲一杯，醺然徑醉。念賈處士貧甚，無以慰其意，乃為作怪石古木，每遇饑時，輒以開看，還能飽人否。」〔註42〕李贄評其「趣甚」，即是著眼於其中的機智與幽默。

〔註39〕李贄：《復焦弱侯》，《焚書》，中華書局1974年版，第48頁。
〔註40〕李贄：《又與從吾》，《焚書》，中華書局1974年版，第256頁。
〔註41〕據國家圖書館藏明萬曆二十八年陳氏繼志齋刻本統計。
〔註42〕《坡仙集》，國家圖書館藏明刻本，卷六。

　　無獨有偶，南京師範大學圖書館藏焦竑編選與評點的《蘇長公二妙集》（存尺牘十一卷）在選材標準上與《坡仙集》若合符節。焦竑認為書牘有不同於序、記、策、論等文體之獨特特徵。《蘇長公二妙集》卷首有焦竑撰《東坡二妙題詞》體現了此點：

> 　　坡公言語妙天下，與韓柳歐並列四大家。今學士傳誦者獨重論策序記之文，而坡公之妙不盡於此。吾以為駢語佛偈稗雜諧謔□不矢口，霏玉□墨，散珠而玉於□表，纖旨文外。□政則莫如簡牘詩餘。出之入筆，義味騰躍而生，□氣叢雜而玉□弇□□云韻則韋溫讓，壯舌則侯白讓，雅筆則芟豫章讓，儶是坡公之獨擅，而三家未有也。□□□□飆□，學涉淵泓，而機鋒遊戲乃之禪悅。凡不可摹之狀與甚難傳之情，一如坡手，無不躍如。以故模山范水，隨物肖形……（以下字跡難以辨認）。嬉笑怒罵無非文章，街談巷謔□□風雅矣。弇州少與歷下□□修古，每厭薄四家文，晚乃酷嗜坡公，□小□為外紀，□比之山文海錯。余得秘府藏本，獨綴出詞二種，揭至妙□以示同志。坡公之妙，不盡於論策序記。有□□至妙。□即與外紀並□，是編可也。〔註43〕

該文雖有多處字跡難以辨析，但可以得出如下結論：焦竑認為尺牘詩餘等文體具有與論策序記不同的文體特徵，這類文體可以信筆而書，揮灑自如，稗雜諧謔無不可入之，而達到摹不可摹之狀與傳甚難傳之情的效果。楊師孔為焦竑批點《蘇長公二妙集》所作的序可以從側面印證焦竑以上觀點，其云：「蓋雙魚尺幅據案傳神，豔語新聲翰墨遊戲，率略揮毫，隨手點綴，甚有經濟大略。肯綮心言，不能莊語，不可正言。一字點睛，百家可廢。片言居要，心神俱通。向特行乎其不得不行，此則不知其行而特行。向特止乎其不得不止，此則不知其止而止。所謂無心於文而為文之至者也。」〔註44〕其中所云：「率略揮毫，隨手點綴」亦即信筆而書的寫作方式。除此之外，國家圖書館藏有明刻本《東坡志林》，題焦竑評點。《東坡志林》內容廣泛，收入了蘇軾多篇史論雜說。文章長短不一，大多信筆而書。焦竑對其點評，說明其對蘇軾此類文章是頗感興趣的。觀其評語，也多從蘇軾文章涉筆成趣、灑脫有致的角

〔註43〕焦竑：《東坡二妙題詞》，《蘇長公二妙集》卷首，南京師範大學藏明刻本。
〔註44〕楊師孔：《焦太史批點蘇長公二妙集序》，《蘇長公二妙集》卷首，南京師範大學圖書館藏明刻本。

度進行點評。如評《疾病》篇曰「趣語」〔註45〕，評《記道人戲語》篇曰「戲而不虐」〔註46〕，評《記與歐公語》曰「諧語自燦然」〔註47〕。

　　從以上的梳理可知，焦竑對李贄人格心態、學術思想與文學思想均有一定程度的影響。李贄在人格心態與學術思想方面發揮了焦竑注重自我之一面。而焦竑對李贄文學觀的影響，則可從李贄《初潭集》與《坡仙集》的編纂中窺見一斑。焦竑在《焦氏類林》中呈現出的對人物真性情的欣賞，在很大程度上影響了李贄的《初潭集》，使得「真」成為李贄一種重要的審美態度。焦、李二人在尊蘇問題上也有很大共性，呈現出對蘇軾小品文體的重視與揮灑自如的文學風貌的欣賞等特徵。

第二節　焦竑與袁宗道

　　萬曆十七年，焦竑大魁天下，官翰林院編修，焦竑與袁宗道認識即在此年，並且經焦竑介紹，公安三袁與李贄結識。因此，此前研究者多論及焦竑與公安派之關係，這當然是無可厚非也是符合歷史之真實狀況的。但是只是如此立論，則難免過於簡單化。首先，焦竑與公安派之關聯並非偶然，而是契合了萬曆中後期以來士風與文風漸變之時代思潮。另外，焦竑與公安派之間有同有異，這也是應該辨析的。因此本節就以袁宗道為例，從這幾個方面入手對此問題加以闡述。

一、萬曆中後期文風之漸變

　　萬曆中後期文壇風氣之轉向問題已是學界共識，也得到眾多研究者之重視。近年來後七子晚期文學思想的轉變，公安派的興起等問題，以至於徐渭、湯顯祖、屠隆等開風氣之先者已經得到充分的研究。而本文意在指出文學思想的轉變與發展是一個緩慢的漸變的過程，它絕非後人所追述的那樣脈絡清晰而簡明。如我們放寬視野，則可發現在上述後七子轉變，公安派興起，徐、湯、屠諸人外，文風之漸變尚有諸多線索可尋。

　　文風轉向之端倪在隆慶年間即已見出。于慎行，字無垢，東阿人，隆慶二年進士。《明史》評其「學有原委，神宗時詞館中以慎行與馮琦文學為一

〔註45〕《東坡志林》，國家圖書館藏明刻本，卷一。
〔註46〕《東坡志林》，國家圖書館藏明刻本，卷二。
〔註47〕《東坡志林》，國家圖書館藏明刻本，卷三。

時冠。」〔註48〕隆慶與萬曆前期正是李攀龍、王世貞復古理論盛行於文壇之
時，而于慎行論詩則與其有別，四庫館臣評其：「慎行於李攀龍為鄉人，而
不沿歷城之學。為詩典雅和平，自繞清韻。」〔註49〕陳田評其論詩洞達古今
流變〔註50〕，觀其論詩云：「唐人不為古樂府，是知古樂府也。辭聲相雜，
既無從辨，音節未會，又難於歌，故不爾。然不效其體，而時假其名，以達
所欲出，斯慕古而託焉者乎。近世一二名家，至乃逐句形模，以追遺響，則
唐人吐棄矣。」〔註51〕此等議論直接針對後七子而發。然而文風轉向在隆慶
年間之端倪向來不受重視，此點已為前人所發：「說詩者遇嘉隆朝士或置不
觀，且以公安竟陵斷七子之後。不知隆慶諸臣已力挽叫囂之習，歸之平淡。」
〔註52〕在萬曆前期，亦可尋此等轉向之蹤跡。萬曆五年，馮夢禎、沈懋學、
屠隆等進士及第，三人以文章氣節相標榜。三人之文學觀也有相似與可值得
注意之處。《列朝詩集小傳》評馮夢禎「為詩疏朗通脫，不以刻鏤為功，佛
乘之文憨大師極推之，以為宋金華之後一人也。詩亦不蹈時習。」〔註53〕《明
分省人物考》評其為文一洗時筌，獨追作者，文運為之一變。焦竑曾為其文
集作序指出其為文之特色，即「格不必模仿，語不必鉤棘，伸筆行墨，惟筆
機所至，天真燦然。語不足而味有餘。」〔註54〕沈懋學，字君典，」其詩文
不名一家，縱橫捭闔，出人意表。」〔註55〕萬曆十四年之後，公安三袁之一
袁宗道選庶吉士之時，館閣風氣漸變。《列朝詩集小傳》云：「隆、萬之間，
東阿於文定公博通端雅，表儀詞垣，臨朐於文定為年家子，繼入史館，聲實
相望。臨朐早世，末及愛立。歿後五年，而東阿始大拜，一登政事堂，未遑
秉筆，奄忽不起，人之云亡，君子於二公，有深恫焉。於有《穀城集》，馮
有《北海集》，並行於世。當時士大夫入史館者，服習舊學，猶以讀書汲古
為能事，學有根柢，詞知典要。二公其卓然者也。丙戌己丑，館選最盛，公
安、南充、會稽，標新豎義，一掃煩蕪之習。而風氣則已變矣。自是厥後，
詞林之學，日就舛駁，修飾枝葉者，以肥皮厚肉相誇；剗換面目者，以牛鬼

〔註48〕《明史》卷11，中華書局1974年版，第5737頁。
〔註49〕《明詩紀事》卷8，《明代傳記叢刊》本，第939頁。
〔註50〕《列朝詩集小傳》，《明代傳記叢刊》本，第547頁。
〔註51〕《列朝詩集小傳》，《明代傳記叢刊》本，第547頁。
〔註52〕《明人詩品》，《明代傳記叢刊》本，第83頁。
〔註53〕《列朝詩集小傳》，《明代傳記叢刊》本，第660頁。
〔註54〕焦竑：《大司成馮公具區集序》，《澹園集》，第1188頁。
〔註55〕陳田：《明詩紀事》，《明代傳記叢刊》本，第庚卷12，第1頁。

蛇神自喜。」〔註56〕文中所指公安即袁宗道，南充為黃輝，會稽為陶望齡。陶望齡與黃輝之後都成為公安派之成員之一。陶望齡之文學觀大要以辭達為宗，「儒者論文宜折衷孔子，孔子曰辭達而已矣。夫意皎而不宣，而後有辭。辭取達意而止。」〔註57〕以自得為歸，認為為文應該自信其心，瞭然於胸。「古之工於立言者，言所明也。莊周之於道德，韓非之於刑名，其瞭然於中者，迫於吐而文必不可茹」。〔註58〕以真與誠為判斷標準，其對徐渭之推崇即出於此點。尚簡淡之風，其為詩詩格清越，超似神仙，以清新自持。《明詩紀事》評其詩歌「為陶為柳，間為長吉，超如也。」〔註59〕黃輝為人有超世之志向，為詩亦爽秀絕倫。

從以上所舉諸端可知隆慶以來，文壇之上悄然發生了某種新的轉向。概言之，即以自得於心的文學觀有別於後七子復古之文學主張，並且提倡一種所謂平淡、清越，爽秀的新的審美範式，以有別於後七子崇風骨，尚格調之審美追求。公安派便是在此種文壇風氣中崛起。

二、焦竑與袁宗道

（一）學術思想與人生價值觀之異同

公安派作為晚明文壇一顆耀眼的明珠，其興起與發展等諸多問題一直是研究晚明文學之重中之重。在過去的研究中，焦竑也正是因為與公安派的關係而受到研究者的重視，並且依據復古與性靈對立的思維模式將其理所應當的歸入性靈一派。誠然，焦竑在公安派興起中所起的作用是不容忽視的，然而其到底在哪些方面影響了公安派以及二者之間有何異同，諸如此類問題卻缺乏詳細的辨析。在公安三袁中，以袁宗道與焦竑接觸最多，本文便以其為例，說明這些問題。

袁宗道，字伯修，楚之公安人。袁宗道早年因疾病纏身而關注於生死問題。《石浦先生傳》言：「逾年，抱奇病，病幾死。有道人教以數息靜坐之法有效，始閉門鼻觀，棄去文字障，遍閱養生家言。是時海內有談沖舉之事者，先生欣然信之，謂神仙可坐而得也。」〔註60〕可知袁宗道早年為學除科舉制

〔註56〕錢謙益：《列朝詩集小傳》，《明代傳記叢刊》本，第606頁。
〔註57〕陶望齡：《歇庵集》，《明代論著叢刊》本，第315頁。
〔註58〕陶望齡：《歇庵集》，《明代論著叢刊》本，第382頁。
〔註59〕陳田：《明詩紀事》，《明代傳記叢刊》本，第120頁。
〔註60〕袁中道：《珂雪齋集》，上海古籍出版社2007年版，第708頁。

義外便是傾心於養生修仙之學，以求得長生不死。袁宗道為學的轉向發生於萬曆十七年就焦竑、瞿汝稷問學之後。「己丑，焦公竑首制科，瞿公汝稷官京師，先生就之問學，共引以頓悟之旨。」〔註61〕其後袁宗道之為學方式便發生了轉變：「便閱大慧、中峰諸錄，得參求之訣。久之，稍有所豁。先生於是研精性命，不復談長生事矣。」〔註62〕可知袁宗道經歷了一個由養生學說向心性學說的轉向，而此種轉向的第一階段便是求得儒釋合一之旨。袁小修記其「偶於張子韶與大慧論格物處有所入」，「至是，始復讀孔孟諸書，乃知至寶原在家內，何必向外尋求。」〔註63〕其在《說書類》中便云：「三教聖人，門庭各異，本領是同。所謂學禪而後知儒，非虛語也。先輩謂儒門澹泊，收拾不住，皆歸釋氏。故今之高明有志向者，腐朽吾魯、鄒之書，而以諸宗語錄為珍奇，率終身濡首其中，而不知返。不知彼之所有，森然具吾牘中，特吾儒渾含不曳靈耳，真所謂淡而不厭者也。閒來與諸弟及數友講論，稍稍借禪詮儒，始欣然捨竺典，而尋求本業之妙義。」〔註64〕袁宗道這裡所說的本業之妙義所指應為心性之學。

袁宗道論心性以虛靈為宗，與上文提及諸公相同，亦主性無善惡說。其解至善云：「夫善何以曰至也？住於惡固非善，住於善亦非至善。善惡兩邊俱不依是何境，所謂至善也。但起心動念，便不是止。起心動念，不屬善邊，便屬惡邊，便不是至善。」〔註65〕究其實質，袁宗道所論虛靈之性體應不執著於有，亦不執著於無。「有所恐懼，等是執有，心不在焉是落空。要之，有所不在，俱是迷妄耳。此廣大心，寧謂之有，謂之無乎？妄謂之有者，如目翳而為空有真花；妄謂之無者，如病狂而為己頭忽失。」〔註66〕「有心造出的，固是小慧：假饒無心造出的，亦不離小慧。何者？有心即落掉舉，無心便屬昏沉，都墮情識，故名小慧。」〔註67〕宗道之意在於通過有無雙遣而達到一種超越對待之虛靈狀態，所謂「凡物以彼載此，以此載彼；以彼破此，以此破彼。蓋有二，故可載可破也。而道豈其然哉？不惟不可言二，而且不

〔註61〕袁中道：《珂雪齋集》，上海古籍出版社2007年版，第708頁。
〔註62〕袁中道：《珂雪齋集》，上海古籍出版社2007年版，第708頁。
〔註63〕袁中道：《珂雪齋集》，上海古籍出版社2007年版，第708頁。
〔註64〕袁宗道：《白蘇齋類集》，上海古籍出版社1989年版，第237頁。
〔註65〕袁宗道：《白蘇齋類集》，上海古籍出版社1989年版，第238頁。
〔註66〕袁宗道：《白蘇齋類集》，上海古籍出版社1989年版，第240頁。
〔註67〕袁宗道：《白蘇齋類集》，上海古籍出版社1989年版，第252頁。

可言一，又安得而載之破之。」〔註68〕這種超越對待的狀態，便是孔子所謂「執中」：「虛靈之地，不染一塵，亦不捨一法。故不見有一法可取，亦不見有一法可捨。若有所取，則有所捨矣。揚子取為我，墨子取兼愛，而子莫執中。」〔註69〕即是一種無所倚之逍遙之境。正因為持有此種超越對待之虛靈心性觀，使得其對儒家聖人之評價也往往採取了一種超越之視角，其評堯舜云：「堯舜事業，如一點浮雲過太虛。」〔註70〕

可以說以虛靈，超越對待論心性是袁宗道追求自我解脫，自我順適之理論基礎。關於此種自我順適之人生價值觀，可以從其對陶淵明的評價出見出。

> 淵明夷猶柳下，高臥窗前，身則逸矣，瓶無儲粟，三旬九食，其如口何哉？今考其始終，一為州祭酒，再參建威軍，三令彭澤，與世人奔走祿仕，以屨饞吻者等耳。觀其自薦之辭曰：「聊欲絃歌，為三徑資。」及得公田，亟命種秫，以求一醉。由此觀之，淵明豈以藜藿為清，惡肉食而逃之哉？疎粗之骨，不堪拜起；慵墮之性，不慣薄書，雖欲不歸而貧，貧而餓，不可得也……淵明解印而歸，尚可執杖耘丘，持缽乞食，不至有性命之憂。而長為縣令，則韓退之所謂「抑而行之，必發狂疾」，未有不喪身失命者也。然則淵明者，但可謂之審緩急，識重輕，見事透徹，去就瞥脫者耳。〔註71〕

從上文中可以看出，袁宗道一反歷代對陶淵明高潔人品之稱讚，而認為其並非以藜藿為清，惡肉食而逃之者。陶淵明辭官隱居並非因為「不為五斗米折腰」之高潔，而是為了順適自我「不慣薄書」之本性。出處去就均以是否適性為準則。如其評小人與大人之區別，宗道認為所謂小人乃是斤斤自守，恪守名節之人。而大人者則是「譬諸海洋變化，種種蛟龍，種種珠寶，然糞壤宿尸，亦混其中也。小人者，譬諸尺潭，清瑩澈底，雖置寸鱗，猶驚怖不定也。」〔註72〕可見，袁宗道之人生價值觀不僅追求自我順適，而且還頗為通達。

由上述可知，袁宗道在出入釋道與以虛靈論心性等方面與焦竑可謂如出一轍，其中所受焦竑的影響是不言而喻的。而在人生價值觀方面，袁宗道則

〔註68〕袁宗道：《白蘇齋類集》，上海古籍出版社1989年版，第261頁。
〔註69〕袁宗道：《白蘇齋類集》，上海古籍出版社1989年版，第279頁。
〔註70〕袁宗道：《白蘇齋類集》，上海古籍出版社1989年版，第242頁。
〔註71〕袁宗道：《讀淵明傳》，上海古籍出版社1989年版，第292頁。
〔註72〕袁宗道：《白蘇齋類集》，上海古籍出版社1989年版，第287頁。

更多發揮了焦竑追求自我解脫的一面，形成了其自適與通達的人生追求。

（二）文學觀之異同

袁宗道論文，與上提及諸人相似，亦主「辭達」：「口舌代心者也，文章又代口舌者也。輾轉隔礙，雖寫得暢顯，已恐不如口舌矣，況能如心之所存乎？故孔子論文曰辭達而已。」〔註73〕之所以要辭達在於文需寫心。要做到辭達首先則要用語淺近。時有古今，語言亦有古今之別。今人認為古人用語奇奧，是因為拿今之語言和古之語言相比，焉知今人所謂古人之奇字奧句非古之街談巷語？這也是復古派之錯誤所在。「左氏去古不遠，然傳中字句，未嘗肖《書》也。司馬去左亦不遠，然《史記》句字，亦未嘗肖《左》也。至於今日，逆數前漢，不知幾千年遠矣，自司馬不能同於左氏，而今日乃欲兼同左、馬，不亦謬乎！……空同不知，篇篇模擬，亦謂反正。後之文人，遂視為定例。」〔註74〕袁宗道認為並非不必學古，師古在於師其意，而不必泥其字句。學達即是學古。既然文之發生最根本者在於心與意，好的文章則必然是有情有情有識的。「有一派學問，則醸出一種意見。有一種意見，則創出一般言語。無意見則虛浮，虛浮則雷同矣。故大喜者必絕倒，大哀者必號痛，大怒者必叫吼動地，髮上指冠。」〔註75〕袁宗道尚達的文學觀與焦竑是一致的，二者均推崇蘇軾。要之，即在於蘇軾為文能達於心，亦能達於口與手。然而，與焦竑相比，袁宗道只延續了焦竑尚達的觀點，而揚棄了焦竑對諸如法、氣、才學的重視。

在詩歌創作方面，二人之同有兩點。一是詩歌所表現出的自適與體道之情懷，這源於二者學術思想與人生價值觀之相似之處。

> 宇宙信空闊，方外多友生。世情到口厭，名障入心輕。月寫風枝影，人驚夜雀聲。射堂千畝雪，乘醉更同行。〔註76〕

> 共道夢非真，誰知醒復偽。飛昇羨呂公，亦是夢中事。〔註77〕

此類詩通常以談性理為主，而缺乏審美價值。而正如我們論及焦竑時所論，此類詩無需以審美價值為評判標準，而是在心性之學盛行，士大夫談禪體道

〔註73〕 袁宗道：《白蘇齋類集》，上海古籍出版社 1989 年版，第 283 頁。

〔註74〕 袁宗道：《白蘇齋類集》，上海古籍出版社 1989 年版，第 284 頁。

〔註75〕 袁宗道：《白蘇齋類集》，上海古籍出版社 1989 年版，第 285 頁。

〔註76〕 袁宗道：《白蘇齋類集》，上海古籍出版社 1989 年版，第 53 頁。

〔註77〕 袁宗道：《白蘇齋類集》，上海古籍出版社 1989 年版，第 66 頁。

成為一時風氣的學術思潮中,對詩歌功能的開拓。

二是二者之詩皆有一種清遠淡漠之韻致,以寫景之詩最為突出。

> 空亭堪徒倚,一水帶疏林。亂石含芳草,危橋度遠岑。野垣還竹色,淇澳尚泉音。豈不懷君子,高蹤何處尋。〔註78〕

> 日日幽齋裏,殘雪只自攤。筋骸謝客便,鄉土定交難。濕釀苔衣厚,寒攻練裕單。悠悠堪花輿,空驚鬢髮疏。〔註79〕

詩中所寫由以上的分析可知儘管焦竑與袁宗道二人並沒有明確提出性靈說,然而二人論詩都具有了性靈的要素。關於性靈說所包含的諸種要素,黃卓越曾有過精確的概括,指出其具有源於心性本體,為一種心理的靈明或虛靈狀態,無始無終,具有心理的原真性,率真性、自適性等,發為一種本色的情趣或意趣,及韻、秀、慧等。可以說這些要素在焦、袁二人文學觀中都具有。

焦竑的詩歌創作中除了性靈的諸要素要外,還有別的因素,比如說尚氣與尚才學之觀念,這種觀念集中體現在古體詩的創作中。此點在相關章節中已有論述。宗道之古體則有著不同的體貌。

> 美酒入犀杯,微作松柏氣。佐之芹與蒿,頗有山林意。不用烹豬養,酒清忌肥膩。頗有三日紅,囊無百錢費。不費復不饞,養財兼養胃。都門仕宦者,獨有二樂事:第一多美酒,第二饒朋輩。欲得不思歸,呼朋時一醉。〔註80〕

> 夢中叢桂開,香陰籠數畝。黃粒肥於豆,蒼枝大如肘。一笑開清樽,折柬邀詩友。忽悟客燕城,老桂何從有。以手急捫摸,驗是真花否。頗覺花非花,不悟手非手。一夢雜惺迷,真妄誰能剖。豈惟夜夢花,亦有晝生柳。此事實難知,試問逍遙叟。〔註81〕

比起焦竑古體詩之用語奇奧,宗道之古體用語淺近。而從情感特徵上來說,袁宗道之古體詩大多抒發的都是內斂的,沖淡的情感,而不同於焦竑古體詩,尤其是七言古體那種縱橫恣肆、慷慨悲歌的激越之情。

從以上分析中我們可以得出結論,袁宗道在學術思想與人生價值觀方面確實深受焦竑之影響,其在對心性的認識上以及三教合一之學術特點上與焦

〔註78〕袁宗道:《白蘇齋類集》,上海古籍出版社 1989 年版,第 19 頁。
〔註79〕袁宗道:《白蘇齋類集》,上海古籍出版社 1989 年版,第 35 頁。
〔註80〕袁宗道:《白蘇齋類集》,上海古籍出版社 1989 年版,第 12 頁。
〔註81〕袁宗道:《白蘇齋類集》,上海古籍出版社 1989 年版,第 13 頁。

竑如出一轍，然而在人生價值觀方面，袁宗道之繼承了焦竑追求自我解脫的一面。同樣在文學觀方面，袁宗道在尚達於清遠之詩風方面與焦竑類似，但同樣也有著許多重要的不同。袁宗道所具有的這些特點，奠定了之後公安派發展之方向。可以說焦竑與袁宗道都是性靈文學之開啟者，而焦竑與性靈派之間的差異也是不容忽視的，如果簡單的將其歸於性靈派則未免失之粗糙。

第三節　焦竑與隆萬年間金陵文人

　　焦竑一生，除在京為官的十年外，其餘時間皆以南京為主要活動場所。焦竑在南京的影響，可從黃宗羲的描述中窺見一二：「金陵人士輻湊之地，先生主持壇坫，如水赴壑，其以理學倡率，王弇州所不如也」。〔註82〕儘管黃宗羲此番論述著眼於理學之角度，然而焦竑是南京士林中一重要人物當為不爭之事實。

　　作為陪都的南京，在明代文學史上佔有重要的位置。陪都的特殊地位使得其作為閒散官員的聚集地而成為文人活動頻繁之地。明初，作為首都，金陵文壇曾興盛一時，其後隨著明王朝的遷都而逐漸蕭條。金陵文壇重新開始繁榮大概在弘治正德年間。錢謙益《列朝詩集小傳》概括金陵文學之發展云：「海宇承平，陪京佳麗。仕宦者誇為仙都，遊談者指為樂土。弘正之間，顧華玉、王欽佩以文章立壇；陳大聲，徐子仁以詞曲擅場。江山妍淑，士女清華，才俊翕集，風流弘長。嘉靖中年，朱子價、何元朗為寓公；金在衡、盛仲交為地主；皇甫子循、黃淳父之流為旅人；相與授簡分題，徵歌選勝。秦淮一曲，煙水競其風華；桃葉諸姬，梅柳滋其妍翠。此金陵之初盛也。萬曆初年，陳寧鄉芹，解組石城，卜居笛步，置驛邀賓，復修清溪之社。於是在衡、仲交，以舊老而涖盟；幼子、百穀，以勝流而至止。厥後軒車紛還，唱和頻煩。雖詞章未嫻大雅，而盤遊無已太康。此金陵之再盛也。閩人曹學佺能始迴翔棘寺，遊宴冶城，賓朋過從，名勝延眺；縉紳則臧晉叔、陳德遠為眉目，布衣則吳非熊、吳允兆、柳陳父、盛太古為領袖。臺城懷古，爰為憑弔之篇；新亭送客，亦有傷離之作。筆墨橫飛，篇帙騰湧。此金陵之極盛也。」〔註83〕可知金陵文壇復蘇於弘治正德期間，極盛於隆萬年間。閒散官員與文

〔註82〕黃宗羲：《明儒學案》，中華書局1985年版，第829頁。
〔註83〕錢謙益：《列朝詩集小傳》，《明代傳記叢刊》本，第463頁。

人名士或遊或居，聚集於此，再加上秦淮諸豔與桃葉諸姬往往也參與士人之文學活動，使得其不僅有士人文化之風雅，亦有市井文化之淺俗，即所謂秦淮粉黛與江左風流。並且這兩者作為留都文化的兩大特色也往往相互交織。焦竑正是所謂江左風流之傑出者。

一、焦竑與金陵文人交遊情況

（一）焦竑與金陵本土文人之交遊狀況，可考者如下：

姚汝循 字敘卿，號鳳麓，上元人。嘉靖三十五年進士，除杞縣知縣，遷南京刑部郎中，出為大名知府，罷歸，居鳳凰臺十年。後起為嘉州知州，因逆張居正罷官歸鄉。焦竑在《與姚鳳麓》回憶二人在南京的交往：「回憶蒼崖燕磯之上，把臂論心，歡言酌酒，可復得哉！」〔註84〕並有《送姚敘卿》、《初夏同馬李二明府姚大名吳觀察集德載》、《李太宰、陰司空同集姚大名宅》〔註85〕等詩。

陳所聞 字藎卿，上元諸生，善工詩識曲。此人生平難以確考。焦竑有《雨花臺歌贈陳藎卿》、《藎卿移居兼納新姬》、《題蘿月軒為陳藎卿作》〔註86〕等詩，並為其《北宮詞紀》作序。萬曆三十年，曾與其同登獻花岩。

余孟麟 字伯祥，江寧人。萬曆二年進士第二，授翰林院編修，歷南司業洗馬，侍讀學士，掌南京翰林院事。焦竑有《和余學士金陵登覽二十首》、《余學士八十得子》〔註87〕等詩，並有《金陵雅遊篇》記與余夢麟、顧起元等唱和之詩。

盛時泰 字仲交，上元人，貢生。

盛敏耕 盛時泰之子，字伯年，博聞強記，工小令，為諸生。焦竑有《同鄔女翼李文仲羅敬叔李承烈盛伯年李君錫集冶城飛霞閣分得巾字》、《酬盛伯年見懷》、《送盛仲交北上》、《九日登棲霞絕頂同伯年作》、《宿白雲庵和伯年作》〔註88〕等詩記其與二人交往情況。

〔註84〕焦竑：《與姚鳳麓》，《澹園集》，李劍雄點校，中華書局1999年版，第105頁。
〔註85〕焦竑：《澹園集》李劍雄點校，中華書局1999年版，第614、651、659頁。
〔註86〕焦竑：《澹園集》李劍雄點校，中華書局1999年版，第605、681、1160頁。
〔註87〕焦竑：《澹園集》李劍雄點校，中華書局1999年版，第623、1144頁。
〔註88〕焦竑：《澹園集》李劍雄點校，中華書局1999年版，第609、646、648、650、651頁。

李佺　字象先，上元人，庠生。焦竑為其《竹浪齋集》作序〔註89〕。

周暉　字吉甫，上元人。弱冠為博士弟子。焦竑有《李文仲　陳孟芳　周吉甫集欣賞齋得山字》〔註90〕記與其唱和之情狀，並為其《金陵瑣事》作序。

杜大成　字允修，號山狂生，金陵人。幼嗜聲詩，長解音律。喜花禽蟲花木。焦竑有詩《贈杜允修》〔註91〕。

李言恭　字惟寅。武靖王裔孫，襲封臨淮侯，留守陪都。家於金陵，賦詩結社，有承平王孫之風。焦竑有詩《李惟寅燈宴》〔註92〕。

陳芹　字子野，號橫崖，上元人，焦竑有詩《為陳子野作三首》。〔註93〕

吳汝紀　字蕭卿，明嘉靖間新都人，生平不可考。刻印過唐韋應物《韋蘇州集》8 卷，陶潛《陶淵明集》10 卷，吳韋昭《國語解》21 卷《補音》3 卷等。焦竑集中有《天闕山同吳蕭卿作》、《七日立春集蕭卿宅同用人字》、《冶城送蕭卿北上》、《壽吳蕭卿》〔註94〕等詩。

李登　字士龍，上元人。隆慶初以選貢充太學生，授新野令。與焦竑同為耿定向門人。

（二）焦竑與宦遊南京之文人交遊情況，可考者如下：

馮夢禎　字開之，秀水人，萬曆五年進士第一，授編修。因忤張居正，以病罷免。後復官‧累遷南京國子監祭酒，又遭中傷歸，遂致仕歸。其在南京任職期間曾與焦竑密切往來。焦竑有《答馮司成》〔註95〕，並為其文集作序。

黃汝亨　字貞父，浙江仁和人。萬曆二十六年進士。萬曆四十年，黃汝亨為南儀部郎，與焦竑過從甚密。

曹學佺　字能始，侯官人。萬曆己未進士，除戶部主事，後遷南大理寺副，轉南戶部郎中，出為四川右參政、浙江副察使、廣西參議、陝西副使。

〔註89〕焦竑：《竹浪齋集序》，《澹園集》，李劍雄點校，中華書局 1999 年版，第 778 頁。

〔註90〕焦竑：《澹園集》，李劍雄點校，中華書局 1999 年版，第 652 頁。

〔註91〕焦竑：《澹園集》，李劍雄點校，中華書局 1999 年版，第 659 頁。

〔註92〕焦竑：《澹園集》，李劍雄點校，中華書局 1999 年版，第 668 頁。

〔註93〕焦竑：《澹園集》，李劍雄點校，中華書局 1999 年版，第 691 頁。

〔註94〕焦竑：《澹園集》，李劍雄點校，中華書局 1999 年版，第 595、624、681、1161 頁。

〔註95〕焦竑：《澹園集》，李劍雄點校，中華書局 1999 年版，第 103 頁。

天啟中除為民，遂不復出。在南京任職期間曾與焦竑有交往。焦竑有《曹能始嘉篇見詒》、《送曹能始》。〔註96〕

區大相　高明人，萬曆己丑進士，改庶吉士，授檢討，歷贊善、中允，改南太僕丞。焦竑有詩《送區用儒使淮府》〔註97〕。

鄭之文　南城人，公車下第，薄遊長干。萬曆庚戌進士，授南工部主事。焦竑曾為其文集作序。

潘之恆　字景升，僑寓金陵。

汪廷訥　字昌朝，又字無如。曾官南京鹽運使，寧波府同知，辭歸後隱居不出。明後期重要的戲曲家，焦竑為其所編《文壇列俎》作序。

二、焦竑在金陵的文學活動

金陵，作為明代陪都和鄉試所在地，使得大批文人能夠聚集於此。隆萬年間文人結社唱和活動十分頻繁，焦竑在金陵的文學活動可考者如下：

隆慶五年——萬曆五年　陳芹結清溪社，焦竑雖未列入該社正式成員，然該社活動時間較長，參與人員也較多，大部分成員也並非固定。考焦竑集中有《為陳子野作三首》〔註98〕，證明其與陳芹有交往，因此焦竑亦或參與過清溪社之活動。

萬曆十三年　陳所聞寓居莫愁湖，結文社，與焦竑過從甚密。

萬曆十四年　上元李登、焦竑、江西湯顯祖集南京城西永慶寺談學。

萬曆二十年　李登、王元坤、王元貞、姚汝循等結白社。焦竑詩中有關於白社之內容，因此焦竑應參與過白社的活動。此年，與馮夢禎杯酒往還。集陳所聞蘿月軒，焦竑有詩《題蘿月軒為陳蓋卿作》〔註99〕

萬曆二十七年——萬曆三十五年　福建曹學佺官南京大理寺，此際與江寧張正蒙、海門柳應芳、浙江臧懋循、吳夢暘、安徽吳兆、福建姚旅等結社，輯《金陵社集詩》一卷。焦竑與曹學佺有交往，亦或參與其結社活動。

萬曆三十年　與吳蕭卿、陳所聞、陳宏世、歐陽惟玉等在牛首山訪磨厓詩文，作《獻花岩志》。

萬曆三十二年　與陳所聞等遊雨花臺，陳所聞輯《北宮詞紀》，以散曲記

〔註96〕焦竑：《澹園集》，李劍雄點校，中華書局1999年版，第637、1154頁。
〔註97〕焦竑：《澹園集》，李劍雄點校，中華書局1999年版，第1130頁。
〔註98〕焦竑：《澹園集》，李劍雄點校，中華書局1999年版，第691頁。
〔註99〕焦竑：《澹園集》，李劍雄點校，中華書局1999年版，第1160頁。

雨花臺遊，焦竑為作《雨花臺歌》〔註100〕。

　　萬曆三十七年　梅鼎祚約焦竑作鈔書之會。汪道昆客金陵，會焦竑。

三、焦竑與金陵文壇交遊活動的文學意義

　　焦竑與金陵文人的交遊與文學活動涉及人物眾多，次數頻繁，並且具有隨意性，無固定之組織形式與明確的宗旨。然而要說交遊諸人無任何相似或相同的文學主張也是不符合實際情況的。筆者認為至少有兩點值得注意，一是上文所提及與焦竑交遊諸人大多具有放達自適的人生態度，二是諸人大多追求一種信筆而書，沖容清婉之文學風貌。從此兩點我們可以從一個側面窺見隆萬年間文學思想發展的風會所向，可以爬梳出文學思想轉變的蛛絲馬跡。

（一）放達自適的人生態度

　　姚汝循　嘉靖丙辰進士，《皇明詞林人物考》載其：「官至知府，再罷郡事，閉館延勝呂高僧，日為方廣之談，飄然若遺世而自適者。」〔註101〕姚汝循曾出為大名知府，罷歸，居鳳凰臺十年，後起為嘉州知州。其自敘其《浪遊集》略云：「蓋予謝大名郡事歸，一臥十年，甚安之。非特世忘予，予亦與世相忘。」〔註102〕從中我們可知姚汝循在歸居南京的十年間是一種與世相忘，飄然自適的人生態度。在起為嘉州知府，又因忤張居正罷歸之後，則對居官的風塵之苦避之不及，其云：「夫山林之樂與風塵之苦其事甚易辨，人之捨所樂而從所苦，猶曰冀有所建樹而禪於時。我則一無所成而三四年間馳騁往來於燕趙楚蜀者且數萬餘里，卒用罪廢而歸，非莊生所謂倒置之民哉。」〔註103〕焦竑在與其書信中說：「頃卻掃妙觀，當復深入圓明，盡蠲法縛，此非百劫千生，種有夙根，何能一旦臻此？」〔註104〕其中也可知姚汝循追求自我解脫的人生態度。

　　盛時泰　性愛山水，結舍山中，時跨一青驢欣然獨往於山水之間。《列朝詩集小傳》載其：性豪歷落，不問家人產。卜築於大城山中，又愛方山祈澤

〔註100〕焦竑：《澹園集》李劍雄點校，中華書局1999年版，第605頁。
〔註101〕《皇明詞林人物考》，《明代傳記叢刊》本，第559頁。
〔註102〕《皇明詞林人物考》，《明代傳記叢刊》本，第559頁。
〔註103〕《皇明詞林人物考》，《明代傳記叢刊》本，第559頁。
〔註104〕焦竑：《與姚鳳麓》，《澹園集》第105頁。

之盛，咸有結構。杖策跨驢，欣然獨往，家人莫能跡之。」〔註105〕可見其頗有以山水自適之情懷。考其生平，盛時泰曾屢試不第，遂絕意仕途，一意以山水自適，曾著《大城山樵傳》以見志，其云：「大城山樵，都人士也。因耕於大城山之陽，故以樵人稱焉。自少耽詩律，解飲酒，不問家人事……嘗思亢跡於五嶽，得深山大澤以自適。」〔註106〕

周暉　以博古洽聞著稱，撰有《金陵舊事》二卷，《金陵瑣事》十卷。周暉似終生不仕，「吟詠自適，不求人知」。〔註107〕

陳所聞　上元諸生，無意於仕途。為人豪邁不羈，工詩識曲，卜居於莫愁湖畔。

馮夢禎　馮夢禎的人格特徵中本有自適放達之一面，史評其為「落落世外人，少仕態」〔註108〕，馮夢禎曾因京察以浮躁罷免，罷歸後「脫然有遺世之想，日與野衲婁人笑傲湖山」〔註109〕，其曾師事羅汝芳，講求性命之學，並深研佛典，求死生之大事。據錢謙益《二學集碑傳》載，馮夢禎不僅深研佛典，還師事於東南名僧紫柏可公，「紫柏可公以宗乘唱於東南，奉手摳衣為幅巾弟子，鉗錘評唱不捨晝夜。里居十年，蒲團接席，漉囊倚戶，如道人老衲，流連山水，品香汋茗，如遊閒退士。」〔註110〕可知馮夢禎有很強烈的尋求個人解脫的人生傾向。

黃汝亨　黃汝亨在南京為官時，「暇則策青騾徘徊山水間，退則堅局撻自若。」鍾惺則云：「以貞父若而人，不使之作熱官。獨得優仰於金陵曹署，仕隱吏仙，天若有所私於貞父者已。」〔註111〕

潘之恒　以倜儻奇偉自負。晚年倦遊，僑寓金陵多年。

汪廷訥　曾官南京鹽運使，辭官後隱居不出。

從以上材料的爬梳中，我們可以得出兩點結論。首先，金陵文壇諸人自適放達的人生態度與追求自我解脫的人生追求，表現為市隱與吏隱兩種形態。市隱者以盛時泰、陳所聞、周暉、潘之恒等人為代表。吏隱者以姚汝循、馮夢禎、

〔註105〕錢謙益：《列朝詩集小傳》，《明代傳記叢刊》本，第 499 頁。
〔註106〕錢謙益：《列朝詩集小傳》，《明代傳記叢刊》本，第 499 頁。
〔註107〕錢謙益：《列朝詩集小傳》，《明代傳記叢刊》本，第 508 頁。
〔註108〕《明分省人物考》，《明代傳記叢刊》本，第 458 頁。
〔註109〕《明分省人物考》，《明代傳記叢刊》本，第 458 頁。
〔註110〕《二學集碑傳》，《明代傳記叢刊》本，第 406 頁。
〔註111〕錢謙益：《列朝詩集小傳》，《明代傳記叢刊》本，第 508 頁。

黃汝亨為代表。而南京的人文傳統與地理環境則為此兩種人生形態提供了可供
實現的環境。其實，金陵文人自適放達的人生態度或多或少與陽明心學的流行
與當時士人好談禪之風氣有關。關於此點，可從姚汝循與馮夢禎身上見出。

（二）信筆而書、沖容清婉之文學風貌

正如上文指出，金陵文壇諸人活動次數頻繁並具有隨意性，無固定之宗
旨與理論主張。而各人也有不同的特色，如姚汝循「五古仿陶韋，近體宗大
曆」〔註112〕，而盛時泰則「詩宗盛唐，專尚風骨」〔註113〕，但如果我們去其
異取其同，則有一點值得注意，即金陵文壇諸人均追求一種信筆而書、沖容
清婉之文學風貌。

所謂信筆而書，首先指的是一種不以刻鏤為工的行文方式，此點在金陵
文壇諸人中均有表現。《明詩紀事》載盛時泰「落筆成詩，不加點定」。〔註114〕
李登則「冥契內典，生平究心性命，詩文無意工拙」。〔註115〕馮夢禎為文「疏
朗通脫，不以刻意為工」。更深一層來說，信筆而書指的是一種自得於心，道
其所欲言而止的文學觀。焦竑曾為金陵文人李佺《竹浪齋詩集》作序：

> 詩也者，率其自道所欲言而已。以彼體物指事，發乎自然，悼
> 逝傷離，本之襟度。蓋悲喜在內，嘯歌以宣，非強而自鳴也。以故
> 二南無分音，列國無辨體，兩雅可大小，而不可上下，三頌可今古，
> 而不可選擇。異調同聲，異聲同趣，邈哉旨矣。豈可謂瑟愈於琴，
> 琴愈於磬，磬愈於柷圉，而輒等差之哉！古賢豪者流，隱顯殊致，
> 必欲洩千年之靈氣，勒一家之奧言，錯綜雅頌，出入古今，光不滅
> 之名，揚未顯之蘊，乃其志也。倘如世論，於唐則推初、盛而薄中、
> 晚，於宋又執李杜而繩蘇黃，植木索塗，縮縮焉循而無敢失，此兒
> 童之見，何以伏元和、慶曆之強魄也。〔註116〕

此文主要有兩點意思，第一是從詩歌的發生來說，詩歌發生乃是發乎自然，
本之襟度，將詩歌發生收回自我之本心。第二是從詩歌評價是說，詩歌的好
壞應不以時代為標準。焦竑的此種表達合乎其一貫的論文宗旨，也與李佺本

〔註112〕《靜志居詩話》，《明代傳記叢刊》本，第241頁。
〔註113〕《皇明詞林人物考》，《明代傳記叢刊》本，第599頁。
〔註114〕《明詩紀事》，《明代傳記叢刊》本，第924頁。
〔註115〕《明分省人物考》，《明代傳記叢刊》本，第232頁。
〔註116〕焦竑：《竹浪齋詩集序》，《澹園集》，第778頁。

人之創作實踐相符合。李佺為詩便是「取家也近，不冥搜以為奇。銓志也真，不強博以為法。」〔註117〕

觀金陵文壇諸人之創作，有一共同之處，即是崇尚一種沖容清婉之體貌。姚汝循五古遠仿陶、韋，近體能宗大曆，為詩有風致，沖容自妥，飄然自得。盛伯年為詩亦句法清婉。李惟寅則風氣婉弱，雍容韋帶。《靜志居詩話》記其為詩三變，一則「年少氣盛，有觸易形」，二則「檢括為深沉之思」，三則「縱其性靈，時復翛然自得」。〔註118〕

回雁峰頭望帝京，寒雲黯黯不勝情。賈生已道長安遠，今過長
沙又幾程。

霜月流孤影，寒雲續斷行。

墨香臨帖後，茶沸罷琴餘。

檻竹報晴仍帶雨，瓶梅裏凍尚留春。〔註119〕

——姚汝循

花發臨危岸，鶯啼過遠林。

水溟螢光亂，風秋雁語清。

石扉藤蔓迷樵路，流水桃花引客來〔註120〕。

——盛伯年

以上所引諸詩均為寫景之作，並且皆有一種清遠淡漠之韻致與閒適沖容之趣味。這種信筆而書的文學觀與沖容清婉的文學風格也正是焦竑文學思想的一部分。不妨說這即是焦竑對本土文學風格的自覺秉承。

〔註117〕《明代金陵人物志》，《明代傳記叢刊》本，第302頁。

〔註118〕《靜志居詩話》，《明代傳記叢刊》本，第740頁。

〔註119〕《列朝詩集小傳》，《明代傳記叢刊》本，第500頁。

〔註120〕《明詩紀事》，《明代傳記叢刊》本，第923頁。

結　語

　　本文在全面清理焦竑現存文獻的基礎上，得出以下結論：

　　一、焦竑不僅僅是一位陽明心學之後勁，還是一位通儒。本文通過對其交遊狀況的詳細考證，得出其與明代隆慶、萬曆年間陽明後學學者、經世學者、文人等多個群體都有著密切的交往，由此而映射出其與明代萬曆隆慶、萬曆年間思想史發展的紐結點。具體而言，他是陽明心學後學，其承襲了良知現成派的觀點並有所推進，另一方面，他又對陽明後學之弊端有所警醒與糾正。其與經世學者的交往及對經世之學的提倡，而成為明末經世思潮的先聲。因此，從對焦竑思想的研究可以窺見明末陽明學式微與經世之學興起的思想發展脈絡。

　　二、具體就其人格心態與學術思想而言，焦竑具有一種「學為通儒」的特點。其學術思想呈現出尊德性與道問學並存，會通三教的總體特徵。析而言之，首先，其在陽明心學方面的造詣使其具有了一種自信本心的人生態度。其次，其性空理論則為其追求內在超越的人生價值觀提供了學理基礎。其對經世之學的提倡則與其經世之志向緊密關聯。

　　三、焦竑此種學術思想與人格心態深刻影響了其文學思想的形成。「學為通儒」使得其對「文」的認識持有一種廣義的「大文觀」，儒家傳統經世精神的回歸，則使得其得其對文章價值的認識具有一種「務為有用」的價值訴求與「華實相符」的審美風格。而其以性空為特點的陽明心學理論則推進了其對文道關係的理解。其詩學觀亦體現出自適之情懷，以禪喻詩，重才學及重情與抑情並存的多個複雜向度。

　　四、正確認識焦竑文學思想的複雜性。由於多年來晚明文學研究師古派

與師心派的劃分，使得焦竑文學思想與晚明性靈文學思潮之關聯的側面得以突顯，而與此同時則掩蓋了焦竑文學思想其他方面的特徵。文學思想史的發展是一種網狀的，複雜的，多線路的衍生過程。流派之間的演變也並非後人所追述的那般脈絡分明，而是錯綜複雜。此點在焦竑文學思想中體現得尤為明顯，其文學思想不僅開啟了以公安派為代表的晚明性靈文學思想，而且與唐宋派、七子派的文學思想均有某種程度的糾纏，甚至成為以陳子龍、張溥等為代表的明末經世文學思潮的先聲。

由於焦竑與李贄三袁等人的關係，再加上晚明文學研究中師古派與師心派的劃分模式，焦竑作為「自得於心」觀念之倡導者，自然而然被歸入師心之性靈一派。這樣的結論彷彿不言而喻，而文學思想的發展彷彿也顯得脈絡清晰。而事實上卻並非如此，文學思想的發展是緩慢的，網狀的，糾纏而多向的，而不是如後人所追述的那般清楚而單向的線性的。這種糾纏不清的特點最能體現於焦竑的文學思想中。

首先，焦竑的文學思想與唐宋派有著某種關聯。僅從交遊狀況上看，焦竑便與唐宋派及其周圍成員有過交往。第一是唐順之。唐順之於嘉靖三十七年任職南京，嘉靖三十九年卒，在這期間焦竑曾於其處借得蘇軾《易》、《書》二解，焦竑讀蘇氏經解便自此始。焦竑對蘇軾的推崇或得之於唐順之亦未可知。另外，焦竑曾編纂過唐順之之文集，對其道德與事功大加讚賞。另一個人物是茅維。茅維，字孝若，此人乃茅坤之子。陳田評其古詩清真，頗近送人。焦竑曾有與其論文之書。當然，僅從交遊情況來看，並不能充分說明焦竑與唐宋派之關聯，更為重要的是焦竑論文與唐宋派有著很大的相似性。在唐宋派最為核心的文論主張方面，如文與道的並重，意與法兼顧兩點上，焦竑與唐宋派可謂並無二致。

更為重要的是焦竑與七子派的關聯。焦竑反對復古末流，對七子派也多有批評。然而其文學思想卻具與之糾纏不清之處。第一是尚情，前後七子皆尚情，強調情為詩之根本。諸人關於此點之表達，學界屢有徵引，毋庸贅述，而焦竑對情為詩歌之根本性的認識亦如前述。特別值得注意的是焦竑的七言古體詩，詩中所灌注的豪邁激越之情，詩風意象瑰麗，用語奇奧，這些都是不同於後來之性靈派，而與七子派相貫通的。焦竑在理論表達中反對模擬，而在創作中則多有模擬之處。如「庭前有芳樹，灼灼敷春榮。秋霜中夜隕，

枝條忽已零。我有同懷子，悠忽如流星。生者日已乖，死者日已泯。」〔註1〕
明顯是對《古詩十九首》之模仿。「亂峰欲溟江氣寒，老蜃吹雲白日死。」則
是化用李賀之句，此種傾向在焦竑詩作中可謂比比皆是。

　　而焦竑與性靈派之關聯，也是一個值得檢討的問題。焦竑詩學中重妙悟，
突出主觀心性，對詩歌自適與體道功能的拓展，強調清遠之趣等都具有了性
靈說之品格。自從陽明心學盛行以來，「性靈」逐漸由一個哲學範疇轉化為文
學範疇。焦竑可以算是這個轉化過程中的一環。另外，焦竑對儒家傳統文治
文學觀與政用文章觀的回歸，上承臺閣體，下開東林、復社諸人。焦竑文學
思想的這種複雜糾纏的特點使得他的創作具有多種體貌特點，其文章時而質
樸時而放達，其詩歌時而慷慨悲歌，時而清遠淡漠。而其與上述三個文學流
派的關聯也恰恰是其與時代思潮之扭結點，也展現出文學思想發展之緩慢的，
網狀的，糾纏而多向的真實狀況。

〔註1〕焦竑：《送別》，《澹園集》，李劍雄點校，中華書局1999年版，第588頁。

附錄一：焦竑交遊簡表

說明：筆者在正文中已涉及焦竑交遊之部分情況，然而並非焦竑交遊情況之全貌。因此需要在此將焦竑交遊之全貌做詳細說明。

耿定向

字在倫，號天台。嘉靖三十五年進士，嘉靖四十五年督學南畿，頗為器重焦竑。焦竑入其門下問學。

史惺堂

字景實，嘉靖癸丑進士。嘉靖四十一年，耿定向督學南畿，曾勸其正學術正人心。同年，焦竑受到耿定向重視，亦託史桂芳委曲接引。焦竑曾為其作墓誌銘，見《澹園集》479 頁。

陳其志

與焦竑有書信往來，探討為學之方。《答陳景湖》，《澹園集》83 頁。

錢岱

字汝瞻，號秀峰，今張家港市塘橋鎮鹿苑人。明隆慶五年（1571）進士，官至都察院監察御史，授廣州府推官，擢湖廣道御史。辭官後與常熟造小輞川別業，演習戲曲。有《兩晉南北合纂》四十卷存世。此人也是著名的藏書家與刻書家。曾與焦竑書信論學，（《答錢侍御》）《澹園集》84 頁。

柯挺

福建海澄人，字以拔，號立臺，治詩國子，庚辰（萬曆八年）進士。歷

任御史，約於萬曆十八年督學南畿。

督學南畿時與焦竑有交往，焦竑集中有與其往來書信，見《澹園集》98、106頁。

顧養謙

字益卿，號沖庵，今江蘇南通人。嘉靖進士，由戶部郎中遷薊鎮兵備，旋進右僉都御史，巡撫遼東，勳跡卓著，遷南京戶部侍郎，以憂歸。萬曆二十一年起為兵部侍郎，代宋應昌總督薊、遼諸軍務，主持日本關白議封事。多智略，有膽識，所至有聲，乞歸卒。

與焦竑有書信來往，並與李卓吾有交往。見《澹園集》98、105、849頁。

憨山德清

明代四大高僧之一，俗姓蔡，字澄印，號憨山，全椒（今屬安徽省）人。宣講三教一理，主張禪淨雙修。憨山德清早年出家於南京報恩寺，焦竑亦在此讀書。兩人相識或在此時。

（《澹園集》102頁，有《答陳幹室》，此信應寫於萬曆二十三年憨山德清被貶雷州、曹溪之時。）

許國

字維楨，安徽歙縣人。嘉靖四十四年進士，歷仕嘉靖、隆慶、萬曆三朝，歷官檢討、國子監祭酒、太常寺卿、詹事、禮吏兩部侍郎、禮部尚書兼東閣大學士入參機務，為焦竑座師。

馮夢禎

萬曆五年二甲三名進士，官編修，與沈懋學、屠隆以氣節相尚。張居正喪父爭情，夢禎詣其子嗣修力言不可，忤居正，病免，萬曆二十一年補廣德州判官，量移行人司，副尚寶司丞，升南京國子監司業，遷右諭德，署南京翰林院，再遷右庶子，拜南京國子監祭酒」。三年後被劾罷官，遂不復出，移居杭州，築室於孤山之麓。喜蓄書，搜羅宏富，築「快雪堂靜以藏之，藏書印有「馮氏開之」、「馮氏圖書」、「馮氏快雪堂藏書記」、「孤山草堂」等。著有《歷代貢舉志》、《快雪堂集》、《快雪堂漫錄》。在南京任國子監祭酒時與焦竑往來甚密，焦竑曾為其文集作序。

姚汝循

明詩文家。初名理，字汝循，後改字敘卿，別號鳳麓。江寧人。嘉靖三十五年進士，除祀縣知縣，先後任南京刑部主事、南京刑部郎中、大名知府。隆慶初，受謗降為民，歸居鳳凰臺十年，遊歷於燕、趙、楚、蜀間。起為桂陽州同知、嘉州知州。又以逆大學士張居正，再次罷官歸鄉。善異行、書。闢錦石山齋儲書及書法名畫。晚年講學鄉里。工詩，與李登、盛敏耕等共結白社，切磋詩文。著述頗豐，主要有《錦石山齋集》、《屏居集》、《浪遊集》、《耕餘集》、《姚汝循詩》等，編校品評名人作品也很多，有《金陵風雅》、《王氏書苑》、《至遊子》等。焦竑參與了其在南京的文學活動，見《澹園集》105頁。

張世則

明隆慶元年鄉試中舉，萬曆二年中進士。起初，張世則任寶坻知縣，後又歷任吏部給事中、戶部司倉主事、禮部主客司郎中、四川安綿兵備僉事、港西湖東道參政。有《貂璫史鑒》、《大學說》等著作存世。與焦竑有書信來往，焦竑對其著作讚賞有加。

見《澹園集》105頁，《與張準齋》

方時化

生卒年不詳，萬曆年間舉人，官至敘州府同知。治經，主研《易》。李贄門人，與焦竑論《易》。

鄧伯羔

生卒年不詳，常州人。有《古易詮》、《今易詮》、《藝彀》等著作存世。為學篤實。焦竑對其《易詮》頗為讚賞。見《澹園集》108，《答鄧孺孝》。

陳耀文

字晦伯，號筆山，明代碻山縣人，十二歲補庠生，嘉靖癸卯中舉，庚戌年中進士，授中書舍人。後升工部給事中，因慷慨時事，數上危言，忤怒權貴，謫魏縣丞，量移淮安推官，寧波、蘇州同知，後遷南京戶部郎中、淮安兵備副使，又升陝西太僕寺卿，未到任，請告歸。在家閉門謝客，日以著述為事，年八十二歲卒。陳耀文一生著述較多，曾主纂《碻山縣志》兩卷，成書於明嘉靖三十年。至今傳之於世的有《天中記》六十卷、《正楊》四卷、《經

典稽疑》二卷、《花草粹編》十二卷、《學圃萱蘇》六卷、《學林就正》一卷。
陳耀文是明代嘉隆年間博學多聞、論述精洽的學者。焦竑向其借書，並表達
了與其結交的心願。見《澹園集》109《與陳晦伯》。

許孚遠

字孟沖，德清人，嘉靖 41 年進士。其人篤信良知，而惡乎援良知入佛者。
與當時名儒馮從吾、劉宗周、丁元薦友善。著有《論語述》、《敬和堂集》八
卷、《大學述》、《中庸述》等。《四庫總目》傳於世。

與焦竑有書信來往，見《澹園集》113 頁。焦竑對其著作《大學述》有很
高的評價。並闡明性無善惡的觀點。

王樵

字明遠，號方麓，嘉靖二十六年進士。為學崇尚實用。著有《尚書日記》
十六卷，《春秋輯傳》十三卷，《周易私錄》三冊。詩文集《四庫全書》中收
錄《方麓集》十六卷。焦竑對王樵務實的學風給予充分肯定，見《澹園集》115，
《與王方翁》。

丁以舒（丁惟暄）

萬曆間休寧人。有《管涔集》六卷存世，祝世祿選。前有李維楨、楊起
元、陸西星序。與焦竑有書信來往，見《澹園集》125 頁，《答丁以舒》。

于慎行

字無垢，東阿人，隆慶二年進士。焦竑與其同在翰林院供職。于慎行在
詞館中以文學著稱，焦竑評其詩沖融和適，卓然大雅之音。見《澹園集》851，
《答于宗伯》。

楊起元

字貞復，號復所，廣東歸善人，萬曆丁丑進士。授翰林院編修，歷國子
監祭酒，禮部侍郎。羅近溪弟子。萬曆二十七年焦竑、李贄、楊起元三人曾
於南京論學，焦竑為其輯《楊復所先生語錄》。

茅維

字孝若，茅坤之少子。能詩，與同郡臧懋循、吳稼澄、吳夢暘並稱四子。
焦竑曾與其論文，見《澹園集》853，《答茅孝若》。

管東溟

字登之，學者稱東溟先生，明代太倉（今屬江蘇）人。隆慶五年進士。提倡三教合一，與焦竑論學，為焦竑摯友。見《澹園集》860 頁。

俞沾

字時澤，萬曆五年進士。曾與焦竑論學，見《澹園集》681。

張鳳翼

字伯起，號靈墟，長洲（今江蘇蘇州）人。嘉靖四十三年（1564）舉人。屢次會試不第，遂棄舉業，讀書養母，晚年以賣字和詩文為生。他善唱曲，喜為樂府新聲，是當時有名的戲曲家之一，有《紅拂記》等傳奇傳世。散曲有《敲月軒詞稿》，今不存。他的作品以「纖媚」勝，詞藻比較華麗。曾與焦竑同舟赴北京應試。

馮從吾

字仲好，號少墟。萬曆十七年進士，與焦竑同年進士。

馮復京

字嗣宗，江蘇常熟人。強學博記，早年治《詩經》，鉤貫箋疏。喜聚書，藏書萬卷。有《螇螰集》、《六家詩名物疏》五十五卷、《遵制家禮》、《常熟先賢事略》十卷等。焦竑為其《詩名物疏》作序，見《澹園集》127。

陳第

字季立，連江人。初，授兵法於俞大猷，與譚綸、戚繼光等討論兵法，任游擊將軍。後譚死戚罷，隱居鄉里，讀書論學。有著作《寄心集》、《一齋集》、《毛詩古音考》等存世。曾至南京訪焦竑論學。焦竑為其《毛詩古音考》、《伏羲圖贊》作序，見《澹園集》128、749 頁。

鄒元標

字而瞻，吉水人，萬曆五年進士。少從胡直遊，即有志於學。後與馮從吾等建首善書院，集同志講學。焦竑為其《宗儒語略》作序。見《澹園集》130。

祝眉壽

字介卿，從學於祝世祿。焦竑曾為其《國朝從祀四先生語略》作序，見《澹園集》130。

劉曰寧

字幼安，南昌人。萬曆十七年進士。改庶吉士，授編修。進右中允，掌皇長子講幄。焦竑在翰林供職時與其交遊。

李登

字士龍，上元（今南京）人。隆慶初以選貢充太學生，授新野令。工書法，善真、行、草及鍾鼎、小篆。焦竑友人。焦竑為其《書文音義便考》作序。見《澹園集》147。

祝世祿

字延之，號無功，室號環碧齋，德興縣（今德興市）人，萬曆十七年進士。著有《環碧齋詩集》《尺牘》，《環碧齋小言》。焦竑為其詩集作序。見《澹園集》158。

吳汝紀

字肅卿，明嘉靖間新都人。刻印過唐韋應物《韋蘇州集》8卷。萬曆間刻印過晉陶潛《陶淵明集》10卷，吳韋昭《國語解》21卷《補音》3卷。焦竑與其有交往，見《澹園集》161。

陳所聞

生卒年不詳，字藎卿，浙江仁和人，主要活動在南京。嘉靖十五年舉人，功名不遂，放浪山水，工度曲。焦竑與其有交往，見《澹園集》161。

鄭汝璧

字邦章，號昆巖、愚公，縉雲人。隆慶二年進士。平生著述頗豐，有《五經旁訓》、《功臣封爵考》、《皇明帝后紀略》、《同姓諸王表》、《臣諡類鈔》、《大明律例解》、《封司典故》、《延綏鎮志》、《由庚堂詩文集》等傳世。焦竑為其《由庚堂詩文集》作序，應該有間接交往，見《澹園集》167～168頁。

蘇叔大

生平不可考，嶺南人，與歐大任等有交往。焦竑曾為其詩集作序，見《澹園集》171。

周夢暘（生卒年不詳）

字啟明，南漳人。萬曆進士，官至工部郎中。著有《常談考誤》、《水部

備考》、《清谿山人文集》等，焦竑為其《清溪山人文集》作序。見《澹園集合》173。

劉戠之

生平不可考，焦竑為其詩集作序。見《澹園集》173。此人與三袁也有交往。

趙安甫

生平不可考，焦竑為其詩集《南遊草》作序，見《澹園集》174。

包彥平

生平不可考，焦竑為其《清賞集》作序，見《澹園集》176。

陳師

字思貞，錢塘人。官雲南永昌知府，罷歸，寓居僧舍。焦竑為其《禪寄筆談》作序。見《澹園集》178。

程大約

字幼博、君房，號筱野、獨醒客、玄玄子、玄居士等，徽州歙縣岩鎮人。曾捐得北直隸的太學生資格，後作過近一年鴻臚寺序班，所以也有士人稱他為「程鴻臚」。程氏一生著述頗多，計有《程氏墨苑》、《程幼博集》、《圓中草》、《徽郡新刻名公尺牘》行世。焦竑為其《墨苑》作序。

瞿汝夔

字符立，號那羅窟學人，幻寄道人、槃談等，南直隸蘇州府常熟（今屬江蘇）人。瞿景淳之子。以父蔭受職，三遷至刑部主事，出知辰州府，任職長蘆鹽運使，累官至太僕少卿。幼秉奇慧，博覽強記，宿通內外典。歷從紫柏、密藏、散木等諸公遊，又聞禪法於竹堂寺之管東溟。其後紫柏真可禪師於徑山刻大藏，汝稷乃為文導諸善信，共襄斯舉。又於佛前發誓，願荷法藏。萬曆三十年，撮匯歷代禪宿法語為《指月錄》三十卷，盛行於世。

焦竑參與了其刻經活動，見《澹園集》183。

黃輝

字昭素，一字平倩，號慎軒，別號鐵庵居士，四川順慶府南充縣人。焦竑同年進士，由庶吉士累官至詹事府少詹事。焦竑在翰林供職時曾與其來往。

沈鳳翔

字孟威，南京人。萬曆二十年進士，為焦竑所取。歷任蕭山令，兵科（戶科）給事中。焦竑為其所編《崇德錄》作序，見《澹園集》771。

屠中孚

萬曆間平湖人，生平不可考，焦竑為其《重暉堂集》作序。

陳天樞

會稽樊江里人。焦竑為其《秦淮臥雪卷》作序。

李佺

南京人，焦竑曾為其《竹浪齋詩集》作序。

汪廷訥

字昌朝，又字無如。曾官南京鹽運使，寧波府同知，辭歸後隱居不出。明後期重要的戲曲家。焦竑曾為其《文壇列俎》作序。

潘之恒

字景升，僑寓金陵。與焦竑詩歌唱和。

鎮澄

字空印，俗姓李。萬曆年間名僧，焦竑題其《般若照真論》，見《澹園集》271。

鄭之文

南城人，萬曆庚戌進士，授南工部主事。在南京時與焦竑有交往。

盛時泰　盛敏耕

盛時泰，字仲交，上元人，貢生。盛敏耕，盛時泰之子。焦竑參與其在南京的文學活動。

陳所聞

字藎卿，上元諸生。焦竑參與其在南京的文學活動。

吳汝紀

字肅卿，明嘉靖間新都人，生平不可考。焦竑參與其在南京的文學活動。

余夢麟

字伯祥，江寧人。萬曆二年進士第二，授翰林院編修，歷南司業洗馬，侍讀學士，掌南京翰林院事。在南京為官時與焦竑有交往，有詩歌唱和。

杜大成

字允修，號山狂生，金陵人。焦竑參與其在南京的文學活動。

周暉

字吉甫，上元人。焦竑參與其在南京的文學活動。

黃汝亨

字貞父，浙江仁和人。萬曆二十六年進士。萬曆四十年，黃汝亨為南儀部郎，與焦竑過從甚密。

曹學佺

字能始，侯官人。萬曆己未進士，除戶部主事，後遷南大理寺副，轉南戶部郎中，出為四川右參政、浙江副察使、廣西參議、陝西副使。天啟中除為民，遂不復出。在南京任職期間曾與焦竑有交往。

區大相

高明人，萬曆己丑進士，改庶吉士，授檢討，歷贊善、中允，改南太僕丞。與焦竑有詩歌唱和。

李渭

號同野，思南人。耿定向督學南畿時，曾從耿定向遊，從而與焦竑相識。

祝世祿

字延之，號無功，鄱陽人。與焦竑同為耿定向門人。

潘士藻

字去華，號雪松，萬曆癸未進士。與焦竑同為耿定向門人。

鄒元標

字而瞻，號南皋，吉水人，萬曆五年進士。在南京為官時與焦竑有交往，焦竑為其《宗儒語略》作序。

附錄二：焦竑現存文獻簡考

一、已得到學界公認確為焦竑著述之文獻

1. 《易筌》：六卷。中國科學院圖書館藏明萬曆四十年刻本，題焦竑撰。收入《續修四庫全書》經部，總第十一冊。

2. 《易因》：兩卷。北京圖書館藏明刻本，題焦竑、方時化講，汪本鈳記錄。

3. 《國朝獻徵錄》：一百二十卷。北京圖書館藏明萬曆四十四年徐象橒曼山館刻本，題焦竑輯。

4. 《國史經籍志》：六卷，《糾謬》一卷。復旦大學圖書館藏明徐象橒刻本，題焦竑撰。

5. 《熙朝名臣實錄》：二十七卷。上海圖書館藏明末刻本，題焦竑撰。

6. 《皇明人物考》：六卷。北京大學圖書館藏明萬曆二十二年三衢舒氏刻本，題焦竑輯。

7. 《養正圖解》：不分卷。北京圖書館藏明萬曆間刻本，題焦竑撰。

8. 《玉堂叢語》：八卷。天津圖書館、山東省圖書館藏明萬曆四十六年徐象橒曼山館刻本，題焦竑撰。

9. 《焦氏類林》：八卷。北京大學圖書館、四川省圖書館，貴州省藏明萬曆十五年王元貞刻本，題焦竑撰。

10. 《老子翼》：三卷，《考異》一卷。北京師範大學圖書館藏明萬曆十六年王元貞刻本，題焦竑輯。

11. 《莊子翼》：八卷，《闕誤》一卷，《附錄》一卷。南京圖書館藏明萬曆十六年王元貞刻本，題焦竑輯。

12. 《陰符經解》：一卷。北京圖書館藏清初重修本，題焦竑撰。

13. 《俗書刊誤》：十二卷。四川圖書館藏明萬曆見過齋刻本，題焦竑撰。

14. 《支談》：三卷。《寶顏堂秘籍》收石印本，題焦竑撰。

15. 《楞嚴經精解評林》：三卷，北京圖書館藏中華民國二十三年十二月上海涵芬樓影印大日本續藏經本。

16. 《楞伽阿跋多羅寶法經精解評林》：一卷，北京圖書館藏中華民國二十三年十二月上海涵芬樓影印大日本續藏經本。

17. 《大乘妙法蓮華經精解評林》：二卷，北京圖書館藏中華民國十四年六月上海涵芬樓影印大日本續藏經本。

18. 《圓覺經精解評林》：一卷，北京圖書館藏中華民國十四年六月上海涵芬樓影印大日本續藏經本。

19. 《焦氏筆乘》：正集六卷續集八卷。北京圖書館藏明萬曆三十四年謝興棟刻本，題焦竑撰。

20. 《澹園集》：正集四十九卷，續集三十五卷。該書正集南京圖書館藏明萬曆三十四年刻本，續集中國科學院圖書館藏明萬曆三十九年朱汝鼇刻本，題焦竑撰。

二、筆者尋訪所得並確定為焦竑著述之文獻

1. 《刻宋鄭一拂先生祠錄》：一卷。北京圖書館藏明萬曆三十四年鄧鑣刻本，題焦竑輯。

2. 《關侯廟碑》：一張。北京圖書館藏拓本一張。題（明）焦竑撰，董其昌行書，王肯堂篆額，吳仁培鐫。

3. 《漢前將軍關公祠志》：九卷。北京圖書館藏明萬曆三十一年趙欽陽刻本，題焦竑輯。焦竑集中有《漢前將軍關公祠志序》可以與此相互印證，可確定為焦竑著述。

4. 《京學誌》；二卷。臺灣國立中央圖書館珍藏明萬曆間刊本。焦竑文集中有《京學誌序》可與此相互印證，可確定為焦竑著述。

5. 《國策鈔》：二卷八冊，南京圖書館藏明刻本，白口單邊，十行二十字，題焦竑輯。焦竑文集中有記載其早年研讀《左傳》經歷之文字：「憶十五、六始得《左傳》、《國語》、《戰國策》、《史記》、《莊》、《騷》，讀而好之。」〔註1〕因此，該書或為焦竑研讀《戰國策》時之書鈔。

6. 《金陵雅遊篇》：一卷。又名《金陵圖詠》，北京圖書館藏有明天啟年間刻本，題余夢麟、焦竑、顧起元、朱之蕃撰。考余、顧、朱諸人生活於南京，且與焦竑過從甚密。此書應為焦竑著述

7. 《焦竑手札》：不分卷。南京圖書館藏有稿本，為焦竑與茹真道丈（李登）之書信往來。（見本文《附錄三：焦竑佚文輯錄》）

〔註1〕陳懿典：《尊師澹園先生集序》，《澹園集·附編二》，李劍雄點校，中華書局1999年版，第1213頁。

8. 《絕句衍義四卷、絕句辨體八卷、絕句附錄一卷、唐絕增奇五卷、唐絕搜奇一卷、六言絕句一卷、五言絕句一卷》題楊慎輯，焦竑批點，北京圖書館藏明曼山館刻本。《續修四庫全書》收於集部，第 1590 冊。焦竑對楊慎頗為推崇，對楊慎遺著多有整理。此書應是焦竑著述。然書中多為焦竑圈點，焦竑評語僅有數條。

9. 《蘇長公二妙集》：二二卷。南京師範大學圖書館藏明天啟元年徐象橒曼山館刻本，存尺牘十一卷四冊，魚口單邊，十行十八字。題宋蘇軾撰，明焦竑批點。首卷首葉題「琅琊焦竑批點。夜郎楊文驄閱。錢塘徐象橒梓。」卷二首葉題琅琊焦竑批點。江夏黃居中訂正。茂苑許自昌校閱。卷三首葉題」琅琊焦竑批點。江夏黃居正訂正。南誰彭昌治同閱。『卷四首葉題「琅琊焦竑批點。江夏黃居中訂正。夜郎楊文驄參閱。」卷五首葉題「琅琊焦竑批點。茂苑許自昌校。夜郎楊文驄閱。」卷六首葉題「琅琊焦竑批點。江夏黃居正訂正。仁和張堯翼同閱。」卷七首業題「琅琊焦竑批點。監官翁彥登訂正。江夏黃居中□閱。」卷八首葉題「琅琊焦竑批點。江夏黃居中訂正。茂苑許自昌□閱。」卷九首葉題「琅琊焦竑批點。江夏黃居正訂正。仁和陳紹英同閱。」卷十首葉題「琅琊焦竑批點。江夏黃居中訂正。沛國朱蔚然同閱。「卷十一首葉題「琅琊焦竑批點。茂苑許自昌校。」卷首以此有焦竑撰《東坡二妙題詞》，方應祥撰《蘇長公二妙集敘》，楊師孔撰《焦太史批點蘇長公二妙集序》。焦竑對蘇軾之著作多有搜羅與整理，該書應為焦竑著述。

10. 《東坡先生志林》：五卷，北京圖書館藏明刻本，題焦竑選評。國家圖書館藏明末刻本。該書應為焦竑著述。

三、筆者尋訪所得疑為偽作之文獻

1. 《左傳鈔》：六卷。南京圖書館藏明刊本六卷十二冊，白口單邊，十行二十字。題焦竑輯。卷首有焦竑序文與太史氏與弱侯二印章。焦竑文集中有記載其早年研讀《左傳》經歷之文字：「憶十五、六始得《左傳》、《國語》、《戰國策》、《史記》、《莊》、《騷》，讀而好之。」〔註 2〕因此，該書或為焦竑研讀《左傳》時之書鈔。然而該書焦竑序文中卻云：「全刻太繁，茲於退食之暇稍為芟削，序次成篇。後學讀古文詞實為一臠之割，不為習春秋者存要略，乃為習舉業者示標的也。」僅將其作為科舉之範本，識見狹陋，與焦竑本身之學術特徵頗為不符。因此筆者疑其為偽作。

2. 《二十九子品匯釋評》：二十卷。有明萬曆四十四年刻本，收入《四庫全書存目叢書》子部第 133 冊。《四庫提要》云：「其書雜取諸子，毫無倫次，評點亦皆託名，謬陋不可言狀。蓋坊賈射利之本不足以當指責也。」

〔註 2〕陳懿典：《尊師澹園先生集序》，《澹園集·附編二》，李劍雄點校，中華書局1999 年版，第 1213 頁。

又該書卷首李廷機序文云：「國史從吾焦君、青陽翁君、蘭嵎朱君……嘗於公署之暇，拔「二十九子」之文，擇其言堪為世資者，為之演繹品評。」萬曆四十四年距焦竑去官已有十六年，因此此書應為偽作。

3. 《注釋九子全書》：十四卷。清華大學藏有明書林詹聖譯刻本。情況與上列《二十九子品匯釋評》相同。

4. 《兩翰林纂注諸子折衷匯錦》：十卷。北京圖書館藏有明刻本，與《二十九子品匯評》類似，似為坊賈射利之本。

5. 《新鐫焦太史匯選中原文獻》：二十四卷。北京圖書館藏有萬曆年間刻本。該書《四庫總目》有著錄，然疑其為偽作：「是書自序云：『一切典故無當於制科者，概置弗錄』，識見已陋，……竑雖耽於禪學，敢為異論，然在明人中尚屬賅博，何至顛舛如是？疑書賈偽託也。」筆者認為，四庫館臣之論頗為有據，此種情況亦見於多種文獻中。

6. 《明四先生文範》：四卷。華東師範大學藏日本元文二年刻本，題焦竑選，四先生分別為李夢陽、李攀龍、汪道昆、王世貞，卷首有焦竑自序，云：「四先生者，都人士奉之不啻憲令，即余亦雅嗜四先生語。生平摘其奇者，雅順者，雄毫而磊落者，牘堆而部，部剖而四，以當經生術。」焦竑文集中多有反對復古派之觀點，而此處卻頗為推崇，與焦竑歷來之觀點矛盾。因此筆者疑其為偽作。

7. 《新刊焦太史續選百家評林明文珠璣》：十卷。中國科學院圖書館藏明刻本。選入明代作品一百一十家，所選諸家不甚精擇，排列順序亦頗混亂，且據焦竑自序，該書刊刻於萬曆二十二年，卻有萬曆四十四年之作品出現。因此筆者疑為偽作。

四、筆者尋訪所得，無法辨別真偽之文獻

1. 《名文珠璣》，蘇州圖書館藏明刻本，僅存四冊。題焦竑輯，焦竑批點。卷首依次為焦竑序、西吳史鳴皋敘、《名文珠璣談藪》、《名文珠璣考實》，選入先秦至明代諸家文。

2. 《新鐫焦太史匯選百家評林名文珠璣》：十三卷。蘇州圖書館藏明刻本，十行二十字，共十四冊。題焦竑輯，焦竑批點。卷首依次為焦竑序、名文珠璣目錄、讀子書總例、名文珠璣評林姓氏、《名文珠璣子書考實》、《名文珠璣談藪》。然與《名文珠璣》中所收《名文珠璣談藪》與《名文珠璣考實》內容有所不同。選入先秦至唐宋諸家文。

以上二書均未寫明具體刊刻年月，雖同以《名文珠璣》為題，然選入篇目卻不盡相同，且收入《名文珠璣談藪》輯錄諸人順序頗為凌亂，焦竑似不至於犯如此之錯誤，焦竑文集與其門人許吳儒所列焦竑已刊、未刊書目中均未提及此書。然筆者亦無確鑿證據說明此書為偽。或此書確為焦竑選輯與批點，然在其流傳過程中後人不斷增補。此種可能亦不可避免。

3. 《歷科廷試狀元策》：十卷，總考一卷。北京大學圖書館藏清雍正刻本，題為明焦竑輯、清胡任興增輯。

4. 《兩漢萃寶評林》：二卷。北京圖書館藏明萬曆二十年萬卷樓周對峰刻本。題焦竑選輯，李廷機注釋，李光縉匯評。卷首有許國序。此本李劍雄認為卷首序文淺俗，恐非許國真筆。且該書體例不精，一如《二十九子品匯釋評》之例。然筆者無確鑿證據確定其偽，暫繫於此。

5. 《史記萃寶評林》：三卷。北京圖書館藏萬曆十八年書林自新齋余紹崫刻本。題焦竑選輯，李廷機注釋，李光縉匯評。情況如同上列《兩漢萃寶評林》。

附錄三：焦竑佚文輯錄

說明：□為字跡無法辨認處。

東坡二妙題詞

坡公言語妙天下，與韓柳歐並列四大家？今學士傳誦者獨重論策序記之文，而坡公之妙不盡於此。吾以為駢語佛偈稗雜諧謔□不矢口，靠玉□墨，散珠而玉於□表，纖旨文外。□跂則莫如簡牘詩餘。出之入筆，義味騰躍而生，□氣叢雜而玉□弅□□云韻則韋溫讓，壯舌則侯白讓，雅筆則茭豫章讓，雋是坡公之獨擅，而三家未有也。□□□□飆□，學涉淵泓，而機鋒遊戲乃之禪悅。凡不可摹之狀與甚難傳之情，一如坡手，無不躍如。以故模山范水，隨物肖形……（以下字跡難以辨認）。嬉笑怒罵無非文章，街談巷謔□□風雅矣。弇州少與歷下□□修古，每厭薄四家文，晚乃酷嗜坡公，□小□為外紀，□比之山文海錯。余得秘府藏本，獨綴出詞二種，揭至妙□以示同志。坡公之妙，不盡於論策序記。有□□至妙。□即與外紀並□，是編可也。戊午九日，澹園老人竑題。

序名文珠璣

余慨世有尚於先代，重器若商彝、周鼎、和弓垂矢、夏后氏之璜，皆其所樂玩者。至觀其形制，實欲取之為世資，渺渺不可得。惟河圖大訓出於上世，最為遼渺，然歷唐虞三代以來，推演於周文，紹述於孔孟，講明於漢宋諸儒。迨今其道詳明，不惟上君子淹習其義，雖童孺婦叟亦稍稍能指之曰：「此上世重寶，河中龍馬所負以出，聖帝明王垂之以憲乃後者也。若此者何，蓋其物之有關於理道，非彝鼎弓矢之屬，徒取之以為國容豔麗觀也已。惟文之

－179－

傳也亦然，既自孔孟歿，斯道不明久矣。秦漢以後之士能言者，各騁其才智發之為文辭，無慮數百家，其書當盈塞宇（寓）內，然可尚而傳者寡也。考其間有傳而最著者，上自左史、國語、戰國策、老莊諸子以還，下迨漢之司馬遷，唐之韓柳，宋之歐蘇諸君子之所述作。猗歟稱美盛哉！惟上溯其所謂河圖大訓，雖不得與之並駕而傳，然大都於世理有關者，而亦非彝鼎弓矢然也。故余於退食之暇，取其言之足為世資者採而錄之，題為《名文珠璣》凡若干篇，思欲與世共焉，於是？繁輯簡，次其篇帙旁注批評，俾後學觀誦，知所向往云。雖然，是集也以尚論其世則心術學術雖各異尚，如以其辭，則根極乎身心性命之理，有裨與天下國家之大均也。吾夫子曰君子博學於文約之以禮，亦可以弗矣夫。此學者當自得也。因並序之者首，簡予之書林梓焉，以廣其傳，惟同志於世道者，尚其所可尚而傳焉，則幾矣。

左傳敘

自國朝以文取士，而習春秋未有不熟讀左氏傳者。故余嘗謂左氏傳為春秋外史也。十二國之諸侯共相雄長，征伐會盟，悉不由於共主周天子。寔？設焉。齊桓攘夷以尊周，夫子稱之而猶不免於次。陘城衛之議春秋非左氏，無藉焉。而胡氏傳之本此，又不必言矣。公羊穀梁亦嚴而覈。未可與此書同日道也。全刻太繁，茲於退食之暇稍為芟削，序次成篇。後學讀古文詞實為一臠之割，不為習春秋者存要略，乃為習舉業者示標的也。存之篋中，以供同好。

國策鈔序

戰國策者，漢儒中壘劉向之所校也。中壘謂其錯亂糅雜，出秦漢無疑。然其間謀士之談鋒，猛將之武略一一如指諸掌。繼春秋二百四十年行事，非此書安歸？然此書劉始定而一校於漢高誘如，宋曾鞏南宋鮑彪元朝俱留心焉。然而原本久湮，新刻亦多訛謬，用為重輯，得其大有裨舉業者凡若干篇。書中如豫讓之擊襄子，聶政之刺俠，累侯嬴之報無忌，荊軻之報燕丹，儀秦之縱約繼而連橫，平孟春陵諸公子禮賢而重士，千古來從未有如此之快心者，讀之能無拔劍起舞云已？

焦竑手札　不分卷，內容如下：

一、捧手教知尊舟未發□，甚無一更求。晤數日苦風寒所侵體中甚不佳

坐是□不能出門，第有馳情耳。四紙若得，終惠之厚幸，不可言外。諭領□悉老丈臻此耳順之境，知厚者何能為壽？弟會稍稍發明高誼，令後學知所模楷而已，然捻俠□明春為不能豫為期也。長途苦寒，諸唯□不具右上

　　茹真道丈先生門（閣）下

　　竑頓首

二、鄒序倘刻完乞，發下板頭還肯暫借否？此時四方友人大集中秋後，冶城之會似當續。

　　秋潭屢無僕奉，告而未暇幸。裁教餘容，晤盡不一一。

　　竑頓首

　　茹真先生道丈

三、大篇領頌，甚慰。弟尚有一篇未成，甚愧遲鈍也，石鼓文語錄並拜雅賜□。以例不敢領，幸垂亮，華嚴臨抄板欲付印經人白姓者，令其流行。昨呼之未至，有便幸一趣之□容。

　　面謝不盡

四、賤疾□向愈，弟體氣甚虛，猶費調攝耳·承諭刻文事甚獲鄙心。吾丈免為維□作狀則於道南顧可闕如。弟當與兄各作一文以了夙懷。俟晤間商之耳。人還先此草

　　覆竑又頓首

五、□談遣上其字畫之□終不暇校矣。幸兄是正之，有可筆削者。即乞痛加塗抹。此係初稿不妨更錄耳。今日即過朱宅否並？並問

　　竑頓首

六、承教得晤王丈甚為感慰。東山之行約於何日？更圖一晤為望。弟自歸，持疏欲書名者甚眾。應者□多矣昨永慶僧募緣者至借為□利，今大敗覆□。此絕不欲為僧書一字自今始也。萬惟亮之客面盡

　　名正具

七、頃小啟曾澈上，覽否？類林亦曾為料檢否？寺中渴望過教，丈何惜一移玉慰我，拳拳也，至狠至狠也。諸面悉不既（亂）

　　竑頓首

　　茹真老道丈　卓吾有字多致聲附啟

八、契闊復久，無佳懷仰。且晚恐馬生到又當遠別。還日則僕又且之薊門矣。所欲請教者甚多恨匆匆未皇吐露，頃方屏跡，吉祥萬萬。移玉過我，為一夜之談，至望至望。所□舊事專人持上，付嘉紹一為整頓本，不當以不急煩之，姑以為遊藝之事可也。類例多不妥，以近方料理舉業不暇及此。幸老丈刪定其綱為望，活字目附往，幸查入

紘弟頓首

茹真老道丈三人墨卷印出者乞一部

九、前晤華述補知□。飲大賓，得人此真足以風也，可喜可喜。□原昨之棲霞計，明日可還還時當道尊意耳，倘□見過或後日乃可確晤也不一一。

紘頓首

茹真先生道丈門（閣）下

十、弟苦羸弱，方以稍展限期為幸。不意又有此星火差使也。且晚當勉撰一草，求兄是正之。

使還先此布（有）覆不一一

即日頓首

十一、聞駕還喜甚，即欲上謁，而與（輿）人已散遣不能出門。（以後？）辰當專候，決不敢勞。先過（日？）此中忽忽不得領教，不若晤於高居為（佳？）也。□不及弟名正具

十二、前承教，謝謝。莊子翼二冊在陳大來處者。原約送至左右，幸發來（奉？）如尚未送到，即煩（使用？）小價一取之，至望。吳伯良臨三月不□任之之語，甚佳。昨秋潭道及甚（相？）為喜之也。餘未盡紘頓首

茹真先生道丈

應天府祭文

維萬曆某年某月某日，應天府尹某府丞某敢昭告於宋鄭介公一拂先生之靈曰：「新法之出，不俛而隨意，拂以歸違世所馳顛沛流離以蒼生故，一話一言不忘君父老壯，一節信於是邦，況其有書流傳者。春日載陽秋露祁祗薦樽酒以慰邦□□直。愚守尚饗。

上元縣移縣縣丞關文

應天府上元縣為乞修復賢祠，以崇往哲，以厲世風。抄蒙欽差提督學校巡按直隸監察御史饒批，據本府儒學□增附生員鄭宗化、張文暐、焦尊生等連名呈稱，照得本府清涼寺舊有一拂先生祠，宋先生賢鄭介公讀書處也。祠建於嘉定十四年，詳載《金陵志》。今已久廢。竊惟公大節精忠，照耀今古，凡有知識，孰不懷思？獨念荊國得君行志之時，實公平生師友之素。彼既能虛心以相接引，不難麗之以成功名。公乃念民瘼不啻疴□，視榮名有如敝履，遂觸忤權要，斥逐遐方，甘九死以如飴歷□年而無悔。昔所言民饑民溺以為予辜。傳稱其一話一言必在於君父，蓋其性繇學，逐義以仁成，固非皎皎務一時之名□，為匹夫之諒所能及也。頃年深而跡廢，然事往而風尚存，非其廟貌之尊嚴，曷稱人心之瞻仰？伏乞准於舊址鼎建一祠。微獨令士流低徊下馬之陵，亦將使過客獲致隻雞之酹。於此作忠臣義士之氣，於此興廉頑立儒之風，其餘名教不無小補。等情蒙批鄭公名跡，豈宜湮廢？仰上元縣動支本院贖銀六十兩□，地建置務令□堅固，以副邦人崇仰之意。此繳為此移關貴職□，同清涼寺僧真慶將學院發下前銀，（巡江屯田）二院續發到銀四十兩，置買磚瓦木料於本縣。看定地基，擇日興建，務令閎敞堅固，可垂永久。其興作日期並用過銀兩造小冊二本，聽學院委官不時稽查，無致違誤原□遵奉憲批，事理煩為查照，施行須至關者。

萬曆二十年六月

參考文獻

一、古籍

1. 《易筌》，明‧焦竑撰，中國科院圖書館藏明萬曆四十年刻本。
2. 《易因》，明‧焦竑撰，北京圖書館藏明刻本。
3. 《國朝獻徵錄》，明‧焦竑輯，北京圖書館藏明萬曆四十四年徐象橒曼山館刻本。
4. 《國史經籍志》，明‧焦竑撰，復旦大學圖書館藏明徐象橒刻本。
5. 《熙朝名臣實錄》，明‧焦竑撰，上海圖書館藏明末刻本。
6. 《皇明人物考》，明‧焦竑輯，北京大學圖書館藏明萬曆二十二年三衢舒氏刻本。
7. 《養正圖解》，明‧焦竑撰，北京圖書館藏明萬曆間刻本。
8. 《玉堂叢語》，明‧焦竑撰，山東省圖書館藏明萬曆四十六年徐象橒曼山館刻本。
9. 《焦氏類林》，明‧焦竑撰，北京大學圖書館藏明萬曆十五年王元貞刻本。
10. 《老子翼》，明‧焦竑輯，北京師範大學圖書館藏明萬曆十六年王元貞刻本。
11. 《莊子翼》，明‧焦竑輯，南京圖書館藏明萬曆十六年王元貞刻本。
12. 《俗書刊誤》，明‧焦竑撰，四川圖書館藏明萬曆見過齋刻本。
13. 《支談》，明‧焦竑撰，《寶顏堂秘笈》本。
14. 《焦氏筆乘》，明‧焦竑撰，北京圖書館藏明萬曆三十四年謝興棟刻本。
15. 《陰符經解》，明‧焦竑撰，北京圖書館藏清初重修本。
16. 《刻宋鄭一拂先生祠錄》，明‧焦竑撰，北京圖書館藏明萬曆二十四年鄧鑣刻本。
17. 《澹園集》，明‧焦竑撰，中華書局 1999 年版。

18. 《金陵雅遊篇》，明‧焦竑撰，北京圖書館藏明末天啟三年朱之蕃刻本。

19. 《絕句衍義四卷、絕句辨體八卷、絕句附錄一卷、唐絕增奇五卷、唐絕搜奇一卷、六言絕句一卷、五言絕句一卷》。楊慎輯，焦竑批點，北京圖書館藏明曼山館刻本。

20. 《歷科廷試狀元策》，明‧焦竑輯，北京大學圖書館藏清雍正刻本。

21. 《史記萃寶評林》，明‧焦竑輯，北京大學圖書館藏明萬曆十八年書林自新齋余紹崿刻本。

22. 《兩漢萃寶評林》，明‧焦竑輯，北京師範大學圖書館藏明萬曆二十年萬卷樓周對峰刻本。

23. 《新刊焦太史續選百家評林明文珠璣》，明‧焦竑選，中國科學院圖書館藏有明萬曆刻本。

24. 《新鍥焦太史匯選百家評林歷代古文珠璣》，明‧焦竑輯，北京師範大學圖書館藏有明萬曆刻本。

25. 《楞嚴經精解評林》，明‧焦竑纂，北京圖書館藏有商務印書館影印大日本續藏經本。

26. 《楞伽阿跋多羅寶法經精解評林》，明‧焦竑纂，北京圖書館藏有商務印書館影印大日本續藏經本。

27. 《圓覺經精解評林》，明‧焦竑纂，北京圖書館藏有商務印書館影印大日本續藏經本。

28. 《大乘妙法蓮華經精解評林》，明‧焦竑纂，北京圖書館藏有商務印書館影印大日本續藏經本。

29. 《新刻七十二朝四書人物考注釋》，明‧焦竑纂，北京圖書館藏有明刻本。

30. 《二十九子品匯釋評》，明‧焦竑校正，北京圖書館藏有有明萬曆四十四年刻本。

31. 《注釋九子全書》，明‧焦竑注釋，清華大學圖書館藏明書林詹聖譯刻本。

32. 《兩翰林纂注諸子折衷匯錦》，明‧焦竑纂注，北京圖書館藏有有明萬曆三衢書林龔少崗刻本。

33. 《新鐫焦太史匯選中原文獻》，明‧焦竑選，北京圖書館藏明萬曆二十四年刻本。

34. 《關侯廟碑》，明‧焦竑撰，北京圖書館藏拓本一張。

35. 《蘇老泉文集》，明‧焦竑評，北京圖書館藏明刻本。

36. 《墨苑序》，明‧焦竑撰，北京圖書館藏民國 11 年仁和吳氏雙照樓刻本。

37. 《澹園詞》，明‧焦竑撰，北京圖書館藏民國刻本。

38. 《標箋續文章軌範》，明‧焦竑評選，北京圖書館藏日本明治 14 年東京水野慶治郎刻本。

39. 《續文章軌範評林注釋》，明・焦竑評選，北京圖書館藏日本明治間大阪山內藏刻本。

40. 《新刻精選當代臺閣精華》，明・焦竑評選，北京圖書館藏明末刻本。

41. 《東坡先生志林》，明・焦竑評，北京圖書館藏明末刻本。

42. 《新鐫焦太史匯選百家評林名文珠璣》，明・焦竑編，蘇州圖書館藏明刻本。

43. 《名文珠璣》，明・焦竑編，蘇州圖書館藏明刻本。

44. 《重鍥增補合併焦太史匯選評林名文珠璣》，明・焦竑匯選，北京大學圖書館藏明萬曆二十三年刻本。

45. 《焦竑手札》，明・焦竑撰，南京圖書館藏稿本。

46. 《蘇長公二妙集》：存《東坡先生尺牘》，明・焦竑批點，南京師範大學圖書館藏明天啟元年徐象橒曼山館刻本。

47. 《明四先生文範》，明・焦竑選華東師範大學藏日本元文二年刻本。

48. 《京學誌》，明・焦竑著，臺北：國風出版社 1965 年版。

49. 《左傳鈔》，明・焦竑輯，南京圖書館藏明刻本。

50. 《國策鈔》，明・焦竑輯，南京圖書館藏明刻本。

51. 《漢前將軍關公祠志》，明・焦竑輯，北京圖書館藏明萬曆三十一年趙欽陽刻本。

52. 《王陽明先生全集》，明・王陽明撰，上海古籍出版社，1992 年版。

53. 《耿天台先生全書》，明・耿定向撰，武昌正信印務館，1925 年版。

54. 《東崖王先生遺集》，明・王襞撰，四庫全書存目叢書本。

55. 《近溪子集・續集》，明・羅汝芳撰，四庫全書存目叢書本。

56. 《盱壇直詮》，明・羅汝芳撰，中國子學名著集成，臺北：中國子學名著集成編印基金會，1978 年版。

57. 《焚書　續焚書》，明・李贄著中華書局，1975 年版。

58. 《郊居遺稿》，明・沈懋學著，四庫全書存目叢書本。

59. 《快雪堂集》，明・馮夢禎著，四庫全書存目叢書本。

60. 《快雪堂漫錄》，明・馮夢禎著，四庫全書存目叢書本。

61. 《貂璫史鑒》，明・張世則著，四庫全書存目叢書本。

62. 《古易詮》，明・鄧伯羔撰，北京圖書館藏明刻本。

63. 《藝彀》，明・鄧伯羔著，上海古籍出版社 1992 年版。

64. 《敬和堂集》，明・許孚遠撰，四庫全書存目叢書本。

65. 《方麓集》，明・王樵撰，四庫全書本。

66. 《王方麓稿》，明‧王樵撰，北京圖書館藏清刻本。

67. 《趙文肅公文集》，明‧趙貞吉撰，四庫全書存目叢書本。

68. 《穀城山館文集》，明‧于慎行撰，四庫全書存目叢書本。

69. 《穀城山館詩集》，明‧于慎行撰，北京圖書館藏明刻本。

70. 《少墟集》，明‧馮從吾撰，四庫全書本。

71. 《證學編》，明‧楊起元撰，四庫全書存目叢書本。

72. 《問辨牘》，明‧管志道撰，四庫全書存目叢書本。

73. 《續問辨牘》，明‧管志道撰，四庫全書存目叢書本。

74. 《管子惕若齋集》，明‧管志道撰，北京大學圖書館藏明萬曆刻本。

75. 《冶城真寓存稿》，明‧李登撰，北京大學圖書館藏萬曆二十五年活字印本。

76. 《環碧齋尺牘》，明‧祝世祿撰，四庫全書存目叢書本。

77. 《筒然堂遺集》，明‧潘士藻撰，上海圖書館藏萬曆三十八年刻本。

78. 《歇庵集》，明‧陶望齡撰，續修四庫全書本。

79. 《一齋集》，明‧陳第撰，四庫禁燬書叢刊本。

80. 《願學集》，明‧鄒元標撰，四庫全書本。

81. 《周海門先生文錄》，明‧周汝登撰，四庫全書存目叢書本。

82. 《東越證學錄》，明‧周汝等撰，四庫全書存目叢書本。

83. 《十三經注疏，清‧阮元校刊中華書局影印版，1982 年版。

84. 《周易集解纂疏》，李道平中華書局，1994 年版。

85. 《論語集釋》，清‧程樹德撰，中華書局，1990 年版。

86. 《孟子正義》，清‧焦循撰，中華書局，1987 年版。

87. 《莊子集解》，清‧郭慶藩撰，中華書局，1961 年版。

88. 《老子較釋》，朱謙之撰，中華書局，1984 年版。

89. 《四書章句集注》，宋‧朱熹撰，中華書局，1983 年版。

90. 《明儒學案》，清‧黃宗羲撰，中華書局，1985 年版。

91. 《國榷》，清‧談遷撰，上海古籍出版社，1983 年版。

92. 《明會要，清‧龍文彬撰，中華書局，1956 年版。

93. 《明史》，清‧張廷玉撰，中華書局，1974 年版。

94. 《明史紀事本末》，清‧谷應泰撰，中華書局，1973 年版。

95. 《明通鑒，清‧夏燮撰，中華書局，2009 年版。

96. 《明詩紀事》，清‧陳田撰，上海古籍出版 1993 年版。

97. 《歷代詩話》，清‧何文煥撰，中華書局 1981 年版。

98. 《歷代詩話續編》，清・丁福保編著，中華書局 1983 年版。

99. 《列朝詩集小傳》，清・錢謙益著，上海古籍出版社，2008 年版。

100. 《靜志居詩話，清・朱彝尊著，人民文學出版社 1998 年版。

101. 《萬曆野獲編》，明・沈德符著，中華書局 1980 年版。

102. 《客座贅語》，明・顧起元著中華書局 18987 年版。

103. 《湧幢小品》，明・朱國楨著中華書局 1959 年版。

104. 《明代傳記叢刊》，周駿富輯，台灣明文書局 1991 年版。

二、研究著作

1. 《明清實學思潮史》，陳鼓應、辛冠潔、葛榮晉著，齊魯書杜，1989 年版。

2. 《明代思想史》，容肇祖著，齊魯書社，1992 年版。

3. 《從理學到樸學》，艾爾曼著，江蘇人民出版社，1995 年版。

4. 《心體與性體》，牟宗三著，上海古籍 1999 年版。

5. 《從戴震到章學誠》，余英時著，三聯書店，2000 年版。

6. 《儒釋道與晚明文學思潮》，周群著，上海書店出版社，2000 年版。

7. 《性靈派研究》，吳兆路著，甘肅教育出版社，2001 年版。

8. 《公安派研究》，鍾林斌著，遼寧大學出版社，2001 年版。

9. 《小品高潮與晚明文化：晚明小品七十三家評述》，尹恭弘著，華文出版社，2001 年版。

10. 《明代心學與詩學》，左東嶺著，學苑出版社，2002 年版。

11. 《心學與文學論稿：明代嘉靖萬曆時期概觀》，宋克夫、韓曉著，中國社會科學出版社，2002 年版。

12. 《晚明文學思潮研究》，吳承學、李光摩著，湖北教育出版社，2002 年版。

13. 《晚明詩歌研究》，李聖華著，人民文學出版社，2002 年版。

14. 《晚明與晚清：歷史傳承與文化創新》，陳平原、王德威、商偉著，湖北教育出版社，2002 年版。

15. 《宋明理學研究》，張立文著人民出版社，2002 年版。

16. 《陽明學的形成與發展》，錢明著江蘇古籍出版社，2002 年版。

17. 《中國文學精神・明清卷》，郭延禮主編；孫之梅著，山東教育出版社，2003 年版。

18. 《中國詩學與明清詩話》，嚴明著，文津出版社，2003 年版。

19. 《明清學術與文學》，孫之梅著，中國戲劇出版社，2003 年版。

20. 《明末清初文人結社研究》，何宗美著，南開大學出版社，2003 年版。

21. 《公安派的文化闡釋》，易聞曉著，齊魯書社，2003 年版。

22. 《明代知識界講學活動繫年：1522～1602》，吳震著，學林出版社，2003 年版。

23. 《王學通論：從王陽明到熊十力》，楊國榮著，華東師範大學出版社，2003 年版。

24. 《陽明後學研究》，吳震著，上海人民出版社，2003 年版。

25. 《明清詩文研究新視野》，羅時進著，文史哲出版社，2004 年版。

26. 《明清文學與思想中之主體意識與社會（文學篇）》，王璦玲著，中央研究院中國文哲研究所，2004 年版。

27. 《宋明理學》，陳來著，華東師範大學出版社，2004 年版。

28. 《宋明儒學的問題與發展》，牟宗三主編，華東師範大學出版社，2004 年版。

29. 《明代王學研究》，鮑世斌著，巴蜀書社，2004 年版。

30. 《明代南京學術人物傳》，沈新林主編，南京大學出版社，2004 年版。

31. 《2005 明代文學國際學術研討會論文集》，左東嶺主編，學苑出版社，2005 年版。

32. 《明代文學與地域文化研究》，朱萬曙、徐道彬編，黃山書社，2005 年版。

33. 《晚明思潮》，龔鵬程著，商務印書館，2005 年版。

34. 《明中後期文學思想研究》，黃卓越著，北京大學出版社，2005 年版。

35. 《公安派結社考》，何宗美著，劉明華主編，重慶出版社，2005 年版。

36. 《明代中晚期講學運動：1522～1626》，陳時龍著，復旦大學出版社，2005 年版。

37. 《中國文學編年史》，陳文新主編，湖南人民出版社，2006 年版。

38. 《明代中後期士人心態研究》，羅宗強著，南開大學出版社，2006 年版。

39. 《詩文論爭研究》，馮小祿著，雲南人民出版社，2006 年版。

40. 《明代八股文史探》，龔篤清著，湖南人民出版社，2006 年版。

41. 《明末清初文人結社研究續編》，何宗美著，中華書局，2006 年版。

42. 《明代文學研究國際學術研討會論文集》，羅宗強，陳洪主編，南開大學出版社，2006 年版。

43. 《明代中晚期江南士人社會交往研究》，徐林著，上海古籍出版社，2006 年版。

44. 《明代名人年譜》，于浩輯，北京圖書館出版社，2006 年版。

45. 《2006 明代文學論集》，廖可斌主編，浙江大學出版社，2007 年版。

46. 《明代詩學的邏輯進程與主要理論問題》，陳文新著，武漢大學出版社，2007 年版。

47. 《晚明狂禪思潮與文學思想研究》，趙偉著，巴蜀書社，2007 年版。

48. 《明代性靈說研究》，王頌梅著，花木蘭文化出版社，2007 年版。

49. 《明代中晚期講學運動》，陳時龍著，復旦大學出版社，2007 年版。

50. 《明清江蘇文人年表》，張慧劍著，上海古籍出版社，2008 年版。

51. 《從王陽明到曹雪芹：陽明心學與明清文藝思想》，潘運告著，湖南教育出版社，2008 年版。

52. 《公安派的文化精神》，尹恭弘著，同心出版社，2008 年版。

53. 《明代後期社會轉型研究》，張顯清主編，中國社會科學出版社，2008 年版。

54. 《晚明思想史論》，嵇文甫著，河南大學出版社，2008 年版。

55. 《明清之際的思想與言說》，趙園著，三聯書店（香港）有限公司，2008 年版。

56. 《知識與救世：明清之際經世之學研究》，魚洪亮著，北京大學出版社，2008 年版。

57. 《明代學術論集》，楊自平著，臺北萬卷樓圖書股份有限公司，2008 年版。

58. 《宋明理學與政治文化》，余英時著，吉林出版集團有限責任公司，2008 年版。

59. 《宋明儒學論》，陳來著，三聯書店（香港）有限公司，2008 年版。

60. 《明代儒佛融通思想研究》，程曦著，合肥工業大學出版社，2008 年版。

61. 《陽明學研究叢書》，王曉昕主編，西南交通大學出版社，2008 年版。

62. 《明清江南消費文化與文體演變研究》，邱江寧著，上海三聯書店，2009 年版。

63. 《畢竟是書生：晚明知識分子的思想苦旅》，陳清華著，崇文書局，2009 年版。

64. 《悖離與回歸：晚明士人美學態度的現代觀照》，張維昭著，鳳凰出版社，2009 年版。

65. 《明清文學與思想中之情、理、欲‧文學篇》，王瑗玲主編，臺北中央研究院中國文史哲研究所，2009 年版。

66. 《晚明公安派性靈文學思想研究》，范嘉晨、段慧冬著，中國社會科學出版社，2009 年版。

67. 《明代狀元史料彙編》，郭皓政、甘宏偉編著，武漢大學出版社，2009 年版。

68. 《明清學術研究》，單周堯主編，中國社會科學出版社，2009 年版。

69. 《明清思想文化變遷》，許蘇民、申屠爐明主編，南京大學出版社，2009 年版。

70. 《明清文學與思想中之情理欲，學術思想篇》，鍾彩鈞主編，中央研究院中國文史哲研究所，2009 年版。

71. 《明清之際儒家思想的變遷與發展》，林聰舜著，臺北縣花木蘭文化出版社，2009 年版。

72. 《宋明思想史稿》，季蒙、程漢著，秀威信息科技股份有限公司，2009 年版。

73. 《宋明理學》，曾亦、郭曉東著，南京大學出版社，2009 年版。

74. 《宋明理學心性論》，蔡方鹿著，巴蜀書社，2009 年版。

75. 《晚明心學思潮與士風變異研究》，李興源著，花木蘭文化出版社，2009 年版。

76. 《陽明學派與晚明佛教》，陳永革著，中國人民大學出版社，2009 年版。

77. 《陽明學與佛道關係研究》，劉聰著，巴蜀書社，2009 年版。

78. 《陽明學綜論》，吳光主編，中國人民大學出版社，2009 年版。

79. 《陽明學撼論》，王曉昕著，西南交通大學出版社，2009 年版。

80. 《王陽明及其學派論考》，錢明著，人民出版社，2009 年版。

81. 《晚明文人以文治生研究》，周榆華著，廣東高等教育出版社，2010 年版。

82. 《江蘇明代作家研究》，劉廷乾著，東南大學出版社，2010 年版。

83. 《江蘇明代作家詩論研究》，蘆宇苗著，南京大學出版社，2010 年版。

84. 《明代狀元與文學》，郭皓政著，齊魯書社，2010 年版。

85. 《明清文化史探研》，謝貴安著，商務印書館，2010 年版。

86. 《宋元明清思想史綱》，譚丕模著，上海書店出版社，2010 年版。

87. 《宋明理學綱要》，蔣維喬、楊大膺著，嶽麓書社，2010 年版。

88. 《宋明理學與中國文學》，許總著，百花洲文藝出版社，2010 年版。

89. 《宋明理學概述》，錢穆著，九州出版社，2010 年版。

90. 《宋明理學》，陳來著，允晨文化實業股份有限公司，2010 年版。

91. 《宋明儒學論》，陳來著，復旦大學出版社，2010 年版。

92. 《焦竑與晚明會通思潮》，劉海濱著，華東師範大學出版社，2010 年版。

93. 《明代中晚期考據學研究》，亢學軍著，大眾文藝出版社，2010 年版。

94. 《文人結社與明代文學的演進》，何宗美著，人民出版社，2011 年版。

95. 《明末清初詩論研究》，孫立著，廣東高等教育出版社，2011 年版。

96. 《多元範式下的明清思想研究》，吳根友主編，三聯書店，2011 年版。

97. 《明代的佛教與社會》，陳玉女著，北京大學出版社，2011 年版。

98. 《中國經學與宋明理學研究》，蔡方鹿著，人民文學出版社，2011 年版。

三、論文

（一）碩博論文

1. 黃熹：《焦竑三教會通思想研究》，北京大學中國哲學系博士論文，2005 年。

2. 劉海濱：《焦竑與晚明會通思潮》，復旦大學歷史學系博士學位論文，2005 年。

3. 白靜：《焦竑思想研究》，北京大學中文系博士論文，2011 年。

4. 龍曉英：《焦竑研究》，南京師範大學文學院碩士論文，2005 年。

（二）期刊論文

1. 嵇文甫：《公安三袁與左派王學》，《文哲月刊》，第 1 卷，第 7 期，1936 年 8 月。

2. 蔡文錦：《論焦竑的哲學思想》，《江南大學學報（人文社會科學版）》，2004 年第 1 期。

3. 趙樹廷：《心學的絕唱，實學的序曲——焦竑學術遞嬗的個案探析》，《山東大學學報（哲學社會科學版）》，2008 年第 1 期。

4. 黃熹：《從「明道」到「明性」——焦竑〈老子翼〉思想闡釋》，《中國哲學史》，2011 年第 4 期。

5. 韓偉：《焦竑文論思想探析》，《貴州師範大學學報·社會科學版》，2011 年第 4 期。

6. 白靜：《焦竑以禪意為最高境界的佛教詩學觀》，《蘭州交通大學學報》，2011 年 4 月第 30 卷第 2 期。

7. 吳正嵐：《論焦竑文學思想與蘇軾易學的淵源》，《廈門教育學院學報》，2011 年 11 月第 13 卷第 4 期。

8. 韓春平：《焦竑與明代中後期金陵地區的通俗文學》，《華僑大學學報·哲學社會科學版》，2007 年第 3 期。

9. 劉根勤：《明代文學中的「太史」群體角色——以焦竑〈四太史雜劇〉為例》，《文化遺產》，2009 年第 3 期。

10. 白靜：《崇南抑北：焦竑戲曲思想研究》，《內蒙古民族大學學報》，2011 年 5 月第 37 卷第 3 期。

11. 向燕南：《焦竑的學術特點與史學成就》，《文獻季刊》，1999 年 4 月第 2 期。

12. 王勇剛：《焦竑的史學思想》，《殷都學刊》，2001 年第 3 期。

13. 展龍：《論焦竑〈獻徵錄〉的史料價值》，《史學史研究》，2007 年第 1 期。

14. 展龍：《焦竑〈獻徵錄〉徵引文獻考》，《圖書館雜誌》，2007 年第 3 期。

15. 展龍：《焦竑〈獻徵錄〉，的編纂及版本流傳》，《圖書館工作與研究》，2009 年第 4 期。

16. 楊波：《焦竑〈國朝獻徵錄〉的文獻價值》，《河南教育學院學報·哲學社會科學版》，2007 年第 5 期第 26 卷。

17. 胡永啟：《焦竑與〈國朝獻徵錄〉》，《中州大學學報》，2007 年 4 月第 27 卷第 2 期。

18. 童偉：《妙性無寄　天真朗然——焦竑的人生境界論》，《黑龍江社會科學》，2008 年第 6 期。

19. 龍曉英：《焦竑生卒年及其他》，《南京師範大學文學院學報》，2006 年第 1 期。

20. 卜鍵：《焦竑的隱居、交遊與其別號龍洞山農》，《文學遺產》，1986 年第 1 期。

21. 李劍雄：《焦竑與公安三袁》，《社會科學輯刊》，1990 年第 3 期。

22. 龍曉英：《焦竑與公安三袁關係考論》，《西南科技大學學報》，2006 年 12 月第 23 卷第 4 期。

23. 劉開軍：《焦竑學術交誼二題》，紅河學院學報 2009 年 2 月第 1 期。

24. 龍曉英：《焦竑與戲曲家南京交遊考》，金陵科技學院學報（社會科學版）2005 年 9 月第 3 期。

25. 劉根勤：《「心學」與「實學」之間——對焦竑與徐光啟學術交往的考察》，《暨南學報·哲學社會科學版》，2013 年第 2 期。

26. 韓偉《楊慎對焦竑之影響考釋》，《古籍整理研究季刊》，2013 年 3 月第 2 期。

27. 展龍：《焦竑〈獻徵錄〉的版本及流傳》，《圖書館工作與研究》，2009 年第 4 期。

28. 王煒民：《從〈四庫全書〉看焦竑》，《殷都學刊》，1995 第 4 期。

後　記

　　之所以選擇焦竑作為研究對象，源於我對中國古代士人博雅傳統的執迷。然而淺薄如我，始終沒能完全讀懂如此深廣的他，以至於本書在焦竑研究上所做出的突破是遠遠不夠的。然而在本書的寫作過程中，我所感受到的焦竑思想的多元與複雜，他的人生追求中的超脫與責任以及他所呈現出的文學書寫的多樣性，都愈加激發了我對這位處於時代裂變中的學者型文人的持續興趣及對晚明這一激變時代的嚮往。通過本書寫作過程中對焦竑以及晚明文獻的初淺研讀，我更加清楚的意識到焦竑在晚明時代轉型中的重要意義，並立志將此以及與之相牽涉的問題作為我之後治學的方向。

　　首先，焦竑經世之學的內涵，他的經世之學所要解決的時代難題，他對儒家經世精神的回歸及在晚明思想轉型中的價值等均值得繼續做出更為深入的探索。本書正文論及隆萬年間經世之學興起乃是對晚明學風空疏及日益加深的政治危機的回應，焦竑的經世之學亦是在此歷史語境中產生的，他要回答的同樣是學風空疏及國事衰頹兩大時代難題。晚明學風的空疏與明代科舉的固陋有關，亦與陽明後學空談心性的弊端有關。作為陽明後學健將的焦竑，他雖然一方面積極汲取陽明心學的理論，但對陽明後學之弊端一直保持著警覺的態度。他試圖恢復傳統儒學博雅周備的傳統，他的經世之學內涵包含甚廣，經史之學，音韻訓詁之學，博物考據之學均囊括其中，另外如國家之財政、水利、邊事等亦端居其列。儘管其經世之學內容駁雜，但簡言之，可歸納為通經與致用兩大主題，焦竑在晚明時代轉型中的價值亦由此得以彰顯。他在晚明崇尚空談、國事衰頹的歷史語境中，重新強調了經典文獻的學習在儒學中的重要地位，並且指出了除了德性的修煉外，經世才能的習得也是儒

學中應有的內容。明末清初的顧炎武曾提出：「君子之為學，以明道也，以救世也。」其中提出的「明道」與「救世」成為明清之際經世思潮的兩大主題。明道則需通經，救世旨在致用，而這兩大主題已在焦竑的經世思想中有所顯現。從這個角度上說，焦竑誠為晚明思想轉型中的關鍵人物，起到了開風氣之先的作用。

在本書的寫作過程中，有一問題一直困擾著我，即我在緒論中提出的焦竑思想是否存在裂痕的問題，具體指焦竑的心性之學與經世之學是否存在內在矛盾的問題。儘管在正文中，我傾向於將焦竑兩個方面的學說統一在儒學尊德性與道問學並存，內聖與外王並存的理論框架下。然而隨著對焦竑文獻研讀的深入，我深感對此問題有進一步討論的必要。昆廷·斯金納在對思想史研究方法進行反思時，批判了思想史研究中常見的三種謬誤，即學說的神話、融貫性神話和預見的神話。其中融貫性神話的提法尤其引起了我的深思。所謂融貫性神話「就是研究者總是傾向於將研究對象的思想和著作視作一個融貫的整體。經典文本和進入思想史不朽者名冊的理論家的思想歷程，似乎註定了必然有著內在的融貫性，而研究者的任務正是要力圖去揭示和說明此種融貫性。實際上，思想和文本中真實衝突的存在，大概是任何研究者都不能完全否認的事實。而此種衝突和矛盾，既可能是思想對於充滿混沌和對抗的實在的某一面相的反映，也可能是思想家本身不同思想傾向的交相頡頏。它們本身就足以成為研究者高度關注的現象。」〔註1〕對於思想如此多元與複雜的焦竑來說，其學術思想的各個方面真的如後人所想像的如此通融麼？他的學術思想的各個方面是否也存在著裂痕，而這些裂痕是否恰恰能彰顯出時代思想轉型的內在理路呢？與此相關，其文學書寫所呈現出多樣性，這種多樣性的深層原因何在？其文學理論表達與文學創作實踐多有齟齬之處，這些齟齬之處正是觀念碰撞之處。既然有所碰撞，那麼是哪些觀念之間產生了碰撞？背後的原因是什麼？作為對文學思想發展的具體過程與演變原因極其重視的文學思想史研究而言，這些都是無法迴避的問題。也只有揭示了這些問題，對焦竑文學思想及其與隆萬年間文學思潮演變的研究才具備了獨特的學術價值，而區別於一般的文學史，文學理論史，文學批評史的研究。

〔註1〕參見彭剛:《歷史地理解思想——對斯金納有關思想史研究的理論反思的考察》，見《西方政治思想史方法論研究》，北京：社會科學文獻出版社，2011年，第164頁。

　　焦竑是明代經世思潮演進的一環,對焦竑的研究也引發了我對整個明代經世思潮演變過程的興趣。學界有關明代經世思想的研究主要集中在對明清之際經世學風的研究上。明清之際是中國歷史上一個十分重要的時期。這一時期在學術思想、文學思想等方面均出現了重大轉折。其中,學術思想從性理之學向經世之學的轉變是一個非常重要的現象。經世思潮作為明清之際一股強有力的學術思潮,對該時期的士人心態、文學思想產生了極其深刻的影響。這一時期,出現了大批以經世致用為人生目標的士人。文學思想也呈現出從強調性靈向追求實用的轉變。明清之際經世思想一直是中國思想史研究的熱點問題之一,成果頗豐。民國以來,明清之際經世致用的學術風氣作為一種時代思潮受到研究者的重視。梁啟超在其《中國近三百年學術史》與《清代學術概論》兩書中指出明清之際的經世致用思潮作為理學的反動,標實用主義為鵠,實為晚明帖括派與清談派之一大針砭。指出此時期的學者表現出拋棄明心見性的空談,專講經世致用之實務的學術傾向,並梳理了明清之際學者在心學修正、理學、經學、史學、自然科學等方面做出的成績及其中體現出的厭倦主觀的冥想而傾向於客觀的考察,排斥理論提倡實踐的學術方法。梁著對明清之際經世思潮的考察主要著眼於學術方法的闡釋,並將明清之際的經世思潮看作理學的對立面。錢穆《中國近三百年學術史》亦將明清之際的學術作為一個重要的時期進行探討。與梁啟超同名著作不同的是,錢著不同意將明清之際的經世致用思潮作為理學的反動,而指出明末東林學派對王學末流空疏學風的矯正,注重實行與實學等學術特色實開明清之際的經世致用之風氣。其謂:「不知宋學,則亦不能知漢學,更無以平漢宋之是非」、「明清之際,住家治學,尚多東林遺跡」,「且言漢學淵源者,必溯諸晚明諸遺老。」〔註 2〕要之,錢、梁二氏對明清之際經世致用思潮的討論具體結論多有不同。梁氏認為明清之際是中國學術史上一個文藝復興的時代,明清之際經世致用思潮與理學相對立。而錢氏則認為明清之際經世致用思潮與宋明理學的思想傾向是一致的。梁著與錢著奠定了兩種對明清之際經世思潮研究的範式。雖然學術界對明代經世思想的研究主要集中在明清之際,但經世思想並非只有到明清之際才出現。明代中葉以來,一方面社會危機加深,另一方面心學思想流行,這種思想體系所帶來的重視自我價值,強調自我超越以及學風空疏

〔註 2〕錢穆:《中國近三百年學術史》卷首,《自序》,(臺北)聯經出版事業公司 1993
　　年版。

等弊端不斷顯現，這使得傳統知識分子固有的經世觀念得到一部分士人的重視，如明代中期出現的丘濬及其《大學衍義補》即是明代中葉經世思潮的代表。另外，明代中期議禮派、歸有光及明代後期東林學派的經世思想亦是明代經世思潮演進的重要環節。而要對明代經世思潮的演進有一清晰的認知，則需要對這種思潮演進的諸環節進行梳理。在這樣的梳理中，我們可以去進一步考問在明代歷史上是否出現過內部一致的經世思想運動，還是雖然同是提倡經世，不同的士人或士人群體具有不同的知識背景與價值立場，這些都是頗為有趣的話題。

　　「經世」向來是儒學的題中應有之義，似乎是個不言自明的話題。那麼，到底何為「經世」，「經世」內涵何在？我們是否有一個較為清晰的界定呢？「經世」作為儒學的一個重要價值取向，其內涵較為複雜，具有多層次性，美國學者張灝對「經世」內涵的論述尤具參考價值，其在《儒家經世理念的思想傳統》、《宋明以來儒家經世思想》兩篇文章中詳細論述了「經世」內涵所包括的三個層面。首先，「經世」一詞所強調的是儒家特有的入世精神，這是儒家與佛、道兩家在人生價值觀上的根本區別。並且儒家這種入世精神要透過政治以表現，具體來說，對儒家知識分子而言理想的人生即通過從政來領導社會。第二，「經世」的第二個層次是透過政治以求化人世為一理想的社會，即作為儒家政治秩序關切的經世。也就是宋明儒所說的「治道」或「治體」。第三，「經世」的另外一個層次是作為儒家治術概念的經世，即宋明儒所說的「治法」。張灝指出徑將「經世」內涵等同於「治法」是對「經世」內涵的一種非常片面的理解。〔註 3〕張灝對「經世」內涵的論述較為全面且較為接近歷史的原貌，對我們進一步研究有關「經世」的問題有很大的啟發。

　　關於「經世」，還有很多問題尚未釐清，具有進一步討論的必要。經世思想與理學（包括心學）是否衝突？兩者是否是完全對立的思想體系？如上述，以梁啟超為代表的學者與以錢穆為代表的學者對於這個問題形成了兩種截然相反的看法。梁啟超將明末經世思潮看作為理學的反動，而錢穆則注意到兩者之間的深層思想聯繫。我傾向於認同錢穆先生的觀點，認為經世思潮與理學（包括心學）並不是兩種截然對立的思想體系。徑以心性之學作為理學與心學的全部內容的觀點有失偏頗。「經世」作為儒學的重要價值之一，無論是在程朱理學還是在陸王心學中都是一直存在的。陸象山曾明確指出：「儒者雖

〔註 3〕張灝：《儒家經世理念的思想傳統》，《政治思想史》，2013 年第 3 期。

至於無聲無臭，無方無體，皆主於經世。釋氏雖盡未來際度之，皆主於出世。」
〔註4〕可見，經世是儒家區別於釋、道的重要特徵。王陽明的良知學說雖在後
世被指責開啟了中晚明的空疏學風，然而仔細考察其思想體系，可以發現經
世仍是其學說的重要內容。就其本人來說，王陽明在明代也是以事功著稱的。
甚至傾向於自適一端的陽明後學王龍溪也將經世作為聖人之學的主要特徵。
由此可見，經世是儒學中的重要思想傳統，在理學與心學體系中也不例外，《大
學》的三綱八條目即是明證。之所以將明末經世思潮看作為理學的反動，是
將理學、心學所包含的完整的思想體系與後世理學、心學末流的空疏之弊相
混淆。其實明末經世學者對理學與心學的批判針對的正是此種末流所帶來的
弊端，而並非反對理學與心學的全部內容。明代士人的經世觀念中，是否包
含了本體論的內容，是否包含了修身即道德修養的內容？我認為明代士人的
經世觀念與其哲學思想中的本體論並無必然聯繫。也就是說並不是只有在本
體論中崇尚實體的學者才會有經世的觀念。本書所論的焦竑便是一個典型的
例子，他一方面力主性無善惡論，另一方面也有著積極入世的人生價值觀。
並且在其知識結構中，博物考據之學與經世之學也是重要的方面。至於明代
士人的經世觀念中是否包含了修身即道德修養的內容則要視具體人物的身份
而定。對於正統的理學家，往往將修身與經世緊密結合起來，認為修身是經
世前提。經世是否以修身為前提表現為正統理學家常常強調的王霸之辨與義
利之辨。而也有一部分士人對兩者的關係採取一種較為寬泛的理解，這部分
士人則較為注重事功一面。另一個是明代士人的經世觀念與智識主義的關係
問題。我認為智識主義是明代士人經世觀念的重要內容。智識主義反對束書
不觀的空疏學風，提倡博學即客觀知識的獲取。如對經史之學、博物考據之
學、政治制度、軍事、水利、輿地、天文等有關治法與治術的研究不僅是智
力主義的重要內容，也是士人經世追求落實在具體政治層面的體現。

　　焦竑作為性靈文學先驅的一面已經得到研究者充分的重視與研究。但是
在焦竑的觀念中，其對於文學經世致用價值的強調卻是不容忽視的。性靈文
學固然是中晚明文學發展的主要趨勢，但並非全部。就儒家思想來說，經世
在儒學中的重要性絕不下於修身。或許這是一個不言自明的觀點，導致經世
這個重要的觀念往往被學者們所忽略，從而沒有得到很深入的研究。與此相
關，經世文學觀也是中國傳統文學觀中非常重要的一種觀念，而或許由於此

〔註4〕陸九淵：《象山先生全集》卷二，四庫全書存目叢書本。

種觀念的文學性不是很強，同樣沒有得到深入的研究。因此，不僅就明代來說，放眼對整個中國古代思想觀念及文學思想的研究，對經世觀念及經世文學思想的研究也是非常不夠的。

以上是我在本書寫作過程中所觸發的一些思考，我也將會把這些思考作為今後致力去探討的問題。總之，我們要對焦竑所生活的晚明做出盡可能的歷史還原，體認到那個時代士人們的人生追求、文化態度、價值關懷，及其對時代難題所做出的不同回應。在此基礎上，對焦竑思想及其文學思想做出準確的定位。如此，方可說在一定程度上讀懂了這位複雜深廣的人物，在一定程度上讀懂了那個激變的時代。再進一步，則可對明代經世思潮及經世文學觀念做出更深入的梳理。而這是個更加具有挑戰的學術難題，正如上文所言，明代經世思想具有多層次性、多元性，在明代思想史上或許從未出現過內部一致的經世思想運動。因此，在探討明代士人的經世觀念時切不可做簡單化的描述，而應該揭示出明代士人的經世觀念的多樣性與複雜性。具體到明代士人的經世觀念對其文學觀的滲透這一問題更是如此。此問題並非在此能充分揭示，僅就兩個問題進行簡單說明。如就修身與經世之關係這一問題的理解上，主張修身乃經世之前提的士人與偏重於事功的士人在對文學取法對象的選擇上就會有很大的不同。前者往往注重道統與文統的統一，而很可能對秦漢文持有一種排斥的態度。而後者的文學取法對象則較為寬泛，如對《戰國策》這類在正統理學家眼中思想不純的著作，後者也會持一種欣賞的態度。再如，具有經世知識背景的士人，其文學觀中往往會有很濃厚的重才學、重知識的傾向，相較而言其對文學審美性的強調，對文學性靈、妙悟與情思的認識則不會很突出。

此書是在吾師左東嶺先生的指導下完成的。跟隨吾師讀書的七年應該說是迄今為止，我的人生中最充實最快樂的一段時光。轉眼之間，博士畢業將近五年，我時常有將在北京讀書的時光，將我們師生之間的點滴形諸文字的想法。然而此時坐下來寫後記，卻不知該從何寫起。在我心中，先生既是嚴師，又如慈父。七年中，我得到了嚴格的學術訓練，學會了立體多角度的思考問題，學會了不斷完善自己的知識結構，並將其融會貫通起來，這些都是七年跟隨先生所受到的潛移默化的影響。先生在與我們討論學術問題時是嚴肅的，嚴謹的，我記得先生經常說：「古人云：『取法乎上，僅得其中』，所以平時對自己的要求應該高一點。」直至今日，我一直將這句話作為自我要求

的標準。我深知，本書是遠遠達不到先生的要求的。然而我想只要能堅韌而快樂的生活著，保持著對學術的敬畏和熱愛，就是有不斷進步的機會的。先生亦是慈祥的，充滿溫情的。每次我遇到人生的難題與困惑，總喜歡找先生傾訴，先生亦一改平日的嚴肅與我傾心交談。如今，我依然清楚的記得，嚴冬之日，我與同門王馨鑫跟隨先生讀《莊子》的情景。屋外很寒冷，而屋內的我們則盡情的討論著，既有學術的思辨，也有人生感悟的抒發與情感的激蕩。

在本書的寫作過程中，我也收穫了我一生的摯友。我的室友，我的師兄、師姐、師弟、師妹們，這麼多年來，與你們共同經歷的種種快樂，種種感動，無論我們之後相距多遠，我都不會忘記！

感謝我的父母！從小到大，他們竭盡所能為我提供良好的生活環境，生活的壓力他們從來沒和我說過，緣於此，我才能夠心無旁騖的發展自己的興趣愛好。這麼多年來，我回報了他們什麼呢？謝謝那個抽出業餘時間將本書中五萬字的手稿敲進電腦的朋友，謝謝那個懂得我的書呆子氣的朋友。謝謝你理解我的追求與堅守，失落與無奈！

這幾年來，我都做了什麼？得到了什麼？我真的不知道怎麼衡量。但我不曾後悔過，至少我體會到了讀書時的那種寧靜。或許我僅僅是一個愛讀書的人，只是想通過讀書守住內心的那份純粹。

楊敏